CÓMO SALIR CON UN MEXICANO VOLADOR

CÓMO SALIR CON UN MEXICANO VOLADOR

RELATOS NUEVOS Y ESCOGIDOS

DANIEL A. OLIVAS

UNIVERSITY OF NEVADA PRESS | *Reno & Las Vegas*

University of Nevada Press | Reno, Nevada 89557 USA
www.unpress.nevada.edu

Diseño de portada de Trudi Gershinov / TG Design
Arte de la portada © OlgaSka / Shutterstock.com
Traducción de Cinta García de la Rosa

DATOS DE CATALOGACIÓN DE LA BIBLIOTECA DEL CONGRESO
Names: Olivas, Daniel A., author. | De La Rosa, Cinta Garcia, translator.
Title: Cómo salir con un mexicano volador / [Daniel A. Olivas] ; traducción de Cinta
    García de la Rosa.
Other titles: How to date a flying Mexican. Spanish
Description: Reno, Nevada: University of Nevada Press [2022].
Summary: "*Cómo salir con un mexicano volador: relatos nuevos y escogidos* by Daniel A.
    Olivas was originally published in English in 2022 as *How to Date a Flying Mexican:
    New and Collected Stories* by the University of Nevada Press. The English text has
    been reproduced in Spanish and the front matter has been modified to reflect the new
    translation."—Provided by publisher.
Identifiers: LCCN 2022042413 | ISBN 9781647790806 (paperback) |
    ISBN 9781647791094 (ebook)
Subjects: LCSH: Mexican Americans—Fiction. | Hispanic Americans—Fiction.
Classification: LCC PS3615.L58 H6918 2022 | DDC 813/.6—dc23/eng/20220919

PRIMERA IMPRESIÓN

Fabricado en los Estados Unidos de América

A mi padre,

Michael Augustine Olivas (1932–2020)

La respuesta más sencilla es que no puedes acotar un sueño.

—Luis Alberto Urrea
(de una entrevista con Daniel A. Olivas)

CONTENIDO

AGRADECIMIENTOS

DAR GRACIAS es peligroso porque es imposible enumerar a todas las personas que han jugado algún papel en el alumbramiento de un libro. Pero voy a intentarlo y, si tu nombre no aparece aquí, tú sabes quién eres y que me siento profundamente en deuda contigo. Muchas gracias a esos apasionados y brillantes editores de las editoriales, revistas literarias y antologías que publicaron estos relatos por primera vez. Doy las gracias de modo específico y con orgullo a sus publicaciones, nombrándolos al final de este libro. Agradezco profusamente la respuesta entusiasta que recibí de las excelentes personas de University of Nevada Press cuando envié este manuscrito para su consideración. Sé que llegan muchas propuestas a diario, así que significó mucho más para mí que se movieran con tal celeridad para completar el proceso de revisión de expertos y que, a continuación, me hicieran la oferta de publicación. Siempre he disfrutado leyendo sus libros a lo largo de los años. Es un placer formar parte de la familia. ¡Y un millón de gracias a mi correctora, Robin DuBlanc! No podría haber pedido un ojo más agudo o una colaboradora más atenta.

Un gran abrazo chicano a los muchos escritores talentosos y comprometidos que han animado e inspirado mi vida literaria. Y, como ya he hecho en muchas ocasiones, ofrezco gracias adicionales a mis compañeros blogueros del sitio literario *La Bloga*: Ustedes nunca dejan de brindar apoyo comunitario a nuestra curiosa vocación.

En cuanto a mi trabajo cotidiano, les doy las gracias a mis amigos del Departamento de Justicia de California, que han leído mis libros y han asistido a mis diversas lecturas públicas. Ustedes siguen ayudándome a integrar mi vida como abogado con la de autor. También han inspirado parte de la ficción en esta colección, en especial "Cosas buenas que suceden en Tina's Café". Juntos hemos trabajado duro por la gente de California y hemos visto a nuestra antigua jefa ocupar su lugar en la historia como la primera mujer de color en convertirse en vicepresidente de Estados Unidos. A veces los sueños sí que se hacen realidad.

Agradezco a mis padres que siempre se aseguraron de que fuéramos una familia amante de los libros y de que usáramos con libertad nuestras tarjetas de la biblioteca. Enseñaron a sus hijos a amar y apreciar la lectura, las artes y nuestra cultura. Sé que mi padre me mira desde el cielo y le sonríe al hijo que se convirtió en escritor. Te amo y te echo de menos, papá.

Por último, quiero darles las gracias a mi esposa, Susan Formaker, y a nuestro hijo, Benjamin Formaker-Olivas. Como he dicho antes, no soy nada sin ustedes. Espero que disfruten de mi nuevo libro.

INTRODUCCIÓN

AL ESCRIBIR ESTO, estamos en el décimo mes de confinamiento, mientras la pandemia siembra el caos en nuestro país. También esperamos nerviosos la inauguración de una nueva presidencia mientras el Capitolio de nuestra nación se militariza previendo nuevos actos de insurrección. Y aún sigo llorando la muerte de mi padre, Michael Augustine Olivas, que falleció el 23 de septiembre de 2020 tras una larga enfermedad. Hijo de inmigrantes mexicanos, mi padre soñaba con publicar su ficción y su poesía, cosa que no pudo ser. Destruyó todos sus escritos y continuó con su vida de amante esposo y padre de cinco hijos. Aunque nunca me explicó por qué tomó una medida tan firme y drástica, sospecho que el rechazo fue demasiado para mi padre, de modo que decidió eliminar toda prueba física de sus sueños literarios. Pero le complacía sobremanera el hecho de que yo me convirtiera en autor publicado, por lo que mis últimas visitas con él se vieron llenas de alegres conversaciones sobre libros y mis últimos proyectos literarios.

También soy una persona con dos vidas. Por un lado, en mi "trabajo cotidiano" como abogado sénior en el Departamento de Justicia de California, superviso a un equipo de casi cincuenta abogados y asistentes legales en los ámbitos de uso de los terrenos, leyes medioambientales y vivienda asequible. Mis días están ocupados con videoconferencias, llamadas telefónicas, memorandos, informes legales y correspondencia de todo tipo; todo ello mientras estoy sentado a la isleta de nuestra cocina y mi esposa también teletrabaja y supervisa un equipo de jueces de ley administrativa desde el despacho de nuestra casa. Trabajo con profesionales brillantes y comprometidos que han "mantenido la calma" a pesar de verse obligados a laborar desde casa, a veces con niños pequeños a los que cuidar y educar mientras hacen malabares con la exigente práctica legal. Y parte de ese trabajo legal implica luchar contra las políticas de la administración Trump que afectan a nuestras comunidades de inmigrantes con respecto a necesidades básicas como la vivienda. Así que, en lo que respecta a mi labor cotidiana, mi plato está lleno, como se suele decir. En mi otra vida, escribo ficción, poesía, ensayos, entrevistas a autores y obras de teatro. Y tras casi veinticinco años de escribir relatos de diversos géneros, me di cuenta de que muchas, si no todas, de mis narraciones pertenecían al mundo de lo mágico, los cuentos de hadas, las fábulas y los futuros distópicos. Hace unos meses decidí releer mis relatos publicados y seleccioné algunos de mis cuentos favoritos y más curiosos. Esos tiempos extraños parecían requerirlo. Al recopilar las historias que conforman este volumen, noté que muchas de ellas se enfrentaban, directa o indirectamente, a cuestiones de moralidad, justicia y autodeterminación, aun cuando estaban profundamente enraizadas en las culturas chicana y mexicana. Algunos de mis relatos simplemente se centraban en el modo en que nosotros, como personas, a menudo lastimamos a aquellos a quienes amamos por razones que son tan crueles como confusas. Y las últimas dos historias de esta colección representan mis más recientes relatos, escritos en 2019, los que confrontan las políticas y la retórica antiinmigración de Trump. En uno de esos relatos utilizo una narrativa distópica que ahora parece estar demasiado cerca de la realidad, mientras que el otro está imbuido de realismo mágico.

Mientras releía mis historias y ensamblaba esta colección, me descubrí cayendo en los recuerdos de haber escritos esos cuentos a lo largo del último cuarto de siglo. Nuestro hijo era bastante pequeño cuando escribí muchas de estas historias y, mientras él maduraba y se volvía más sofisticado, me gustaba pensar que mis habilidades para contar historias también lo hacían.

También ponderé una cuestión que he explorado en mis docenas de entrevistas publicadas con otros autores: ¿Por qué escribo? Aunque muchos de los autores a los que he entrevistado a lo largo de los años explicaban con elocuencia lo que los había inspirado a convertirse en escritores, yo ciertamente no tengo ni idea de por qué debo escribir. Sí sé que intento expresar la belleza y las complejidades de mi cultura, enraizada en México, el hogar de mis abuelos. Sin embargo, las descripciones inexactas de mi cultura son demasiado comunes y creo que tengo la obligación moral de corregirlas a través de mi propia narración.

Podrían decir que cuando escribo estoy realizando una declaración política, porque estoy añadiendo mi voz —mi muy chicana voz— a la conversación artística de nuestro país. Creo que este elemento inherentemente político es inevitable en todos los escritores que proceden de comunidades marginadas. Y sé que mis padres nos animaron a mis hermanos y a mí a expresar orgullo por nuestra cultura en cualquier modo que consideráramos apropiado.

¿Por qué elegí "Cómo salir con un mexicano volador" para el título de la colección? Por dos razones. Primera, de todas las historias que he leído ante el público a lo largo de los años, esta es la que ha recibido la respuesta más positiva, en forma de risas pero también de reconocimiento de los hitos culturales que describe. Segundo, era una de las historias favoritas de mi fallecido padre. Solo el título lo hacía reír... una risa que echo de menos cada día.

Mi padre era un orgulloso chicano que, junto con mi madre, se aseguró de que sus hijos se vieran expuestos al arte, a la literatura y a la cultura mexicanas. Y esta colección está impregnada de ese orgullo cultural. En una de mis últimas conversaciones con mi padre, le conté que estaba trabajando en este manuscrito y que había elegido su relato favorito como título del libro. Sonrió. Lo aprobó. Un hijo no puede pedir más.

Si ya han leído la mayoría de estas historias, espero que vuelvan a disfrutarlas. Y si mis historias son nuevas para ustedes, permítanme que les diga: Bienvenidos a mi pequeño y extraño mundo.

CÓMO SALIR CON UN MEXICANO VOLADOR

CÓMO SALIR CON UN MEXICANO VOLADOR

Regla 1 ~ No le cuenten a nadie lo de volar

TRAS LA SEGUNDA NOCHE en la que Conchita vio a Moisés volando en su patio trasero bajo la luz de la luna, y tras la primera de haber compartido su cama (la cual resultó ser la segunda noche que lo había visto volar en su patio trasero bajo la luz de la luna), se dio cuenta de que nadie, ni siquiera su hermana Julieta, podía saber nada sobre el talento extraordinario de su nuevo novio. ¿Qué pensaría la gente? Cierto era que los rumores se extenderían por el vecindario para finalmente emigrar al sur, fuera de Los Ángeles y al otro lado de la frontera, hasta llegar a Ocotlán, la ciudad natal de Conchita, por medio de susurradas conversaciones telefónicas, emails chistosos o incluso en concisas aunque reveladoras postales. Sí, el chisme sobrepasaría con certeza los límites de la ciudad, se extendería inexorable como una niebla nociva, para finalmente llegar a todos sus amigos y parientes, que sacudirían su cabeza colectiva porque la pobre Conchita Lozano de la Peña se había vuelto loca al fin. Y, por supuesto, proclamarían que tal locura implicaba la lujuria. Miren lo que pasa cuando no sientas cabeza como todas las buenas mexicanas católicas y no te casas con un hombre que pueda darte hijos, ¡algo que anhelar en tu edad anciana! Ninguna mujer temerosa de Dios debería entrar en la sexta década de su vida, como le pasó a Conchita dos años antes, sin haber caminado hacia el altar para aceptar el sacramento del matrimonio. Y no importa que Conchita seguramente no aparente la edad que tiene, con una piel tan suave como la cerámica india combinada con una figura voluptuosa que haría que se le cayera la dentadura postiza a cualquier hombre maduro (y disponible). Pero ese es el problema, ¿saben? Demasiada diversión y no suficiente dolor. Y ahora Conchita cree que se ha enamorado de un mexicano que puede volar. ¡Ay, Chihuahua! De modo que ya ven, nadie puede descubrir la inclinación de su novio a volar. Y punto. La buena fortuna de Conchita no puede malograrse por ese comportamiento ligeramente extraño.

Aunque guarda ese secreto, se lo presentará con orgullo a sus comadres en tardeadas, quinceañeras y funerales, aun cuando ya hubieran reconocido en Moisés Rojo al recientemente enviudado, pero aún vigoroso, vecino de Conchita. Y, de hecho, la gente asentiría con aprobación porque esta mujer (¡por fin!) había encontrado a un caballero firme, guapo y de edad apropiada que quizás, solo quizás, le pediría que se casara con él. Y tal vez, dirán todos: Conchita recapacitará después de todos esos años de "salir con" hombres encantadores pero inútiles y permitirá que la Santa Iglesia Católica y Apostólica bendiga su unión en una adecuada boda mexicana. Porque a los ojos de Dios nunca es demasiado tarde para los pecadores, siempre y cuando sigan vivos, respiren y ocupen espacio en este milagroso lugar al que llamamos Tierra.

Cuando Conchita finalmente habló del tema con Moisés, lo de que volaba, no lo del matrimonio, él levantó la mano derecha, con la palma dirigida a su nuevo amor, y la corrigió:

—Yo no vuelo, mi amor —dijo suavemente—. Yo levito.

—Y, ¿cuál es exactamente la diferencia? —preguntó ella.

—Los aviones vuelan —explicó—. Los pájaros, los mosquitos y los cometas vuelan. La gente levita.

—Oh —dijo Conchita—. Eso está aclarado. Pero, ¿qué debería decirle a la gente?

Moisés solo se encogió de hombros. Unos minutos más tarde, cuando Conchita intentó volver al tema, él la sujetó por los hombros y la besó de lleno en la boca. Conchita se rindió a su sabor, su olor y su tacto como, si fuera su primer beso. Moisés se retiró y miró a su novia a los ojos.

—Dile a la gente lo que desees —dijo—. A mí no me supone ninguna diferencia.

Y así fue: Conchita decidió que nunca compartiría su secreto con nadie.

Regla 2 ~ No intenten comprender cómo lo hace

APARTE DE LO DE VOLAR, Conchita consideraba que Moisés era bastante normal. Comía, dormía, leía el periódico y la amaba como cualquier hombre ordinario lo haría. Cuando le preguntó, un día, por qué ella no podía volar a menos que él le diera la mano (en cuyo caso ella se levantaba sin esfuerzo de la Tierra como si estuviera llena de helio), Moisés —por supuesto— corrigió su terminología ("Yo levito, no vuelo") y luego le explicó que —después de que su esposa muriera— él perdió el equilibrio. Así que empezó a practicar yoga y meditación transcendental.

—¿Cómo aprendiste esas cosas? —preguntó Conchita.

—Entré en internet y tecleé "desequilibrado" —dijo él—. Encontré muchas páginas web excelentes, así como artículos.

—¿Y? —presionó Conchita.

—Y tras mucho estudio me convertí en discípulo.

—¿Discípulo de qué?

—Del equilibrio, mi amor —respondió Moisés—. Equilibrio.

—Y si yo estudio yoga y meditación transcendental —se aventuró Conchita—, ¿también podría aprender a volar?

—Por supuesto que no —dijo él—. No he leído nada sobre levitación. Solo sucedió una noche mientras estaba sentado en la posición del loto y entonaba mi mantra.

Conchita obvió preguntar qué era un mantra, pero de todos modos continuó con su interrogatorio sobre el importante tema que les ocupaba.

—¿Tiene que haber luz de luna para volar?

—No, no —dijo Moisés, dejando ver un poco de impaciencia—. Esto no es magia. Es pura física.

—¡Lo sabía! —exclamó Conchita—. Nada de magia, solo campos magnéticos, ¿cierto?

Ante esto, Moisés solo sorbió por la nariz y alargó la mano hacia su taza de café. Conchita estaba frente al fregadero de la cocina, donde esperaba una respuesta a su pregunta.

—Haces el café más rico que jamás he probado —afirmó Moisés al fin—. ¿Qué haces para que sea tan delicioso?

—Es el secretito de mi madre —dijo ella, complacida por el elogio pero molesta por la evasiva.

Moisés presintió las emociones en conflicto de Conchita, así que dijo:

—Es cierto que los campos magnéticos podrían tener algo que ver.

Conchita sonrió y vertió café recién hecho en la taza de su amado.

Regla 3 ~ No mientan sobre el tema a su madre muerta

EN LA TERCERA NOCHE que compartieron su cama, Belén, la fallecida madre de Conchita, se apareció ante su hija. Moisés roncaba bajito, acurrucado como un bebé ahíto de leche, mientras Conchita estaba sentada a su lado, apoyada sobre dos almohadas, y examinaba su nueva y bastante placentera situación. Y entonces, en un parpadeo, ahí estaba Belén, al pie de su cama, vestida con el bonito estampado floral con el que la habían enterrado. Sujetaba una taza de café y fumaba un rollizo cigarrillo liado a mano.

—Ay, mija —dijo Belén tras exhalar una gran nube de humo blanco—. ¿Otro hombre?

—Mamá —susurró Conchita—. ¿Cuánto tiempo llevas ahí observando?

—Oh, mija, lo he visto todo.

—¡Ay, Dios mío! —exclamó Conchita con los labios apretados—. ¡Qué vergüenza!

—No te preocupes, mija —dijo Belén—. Estoy muerta. Nada me avergüenza. Tendrías que ver lo que hacen tus hermanas.

Conchita se sintió parcialmente apaciguada por ese pensamiento, pero se preguntaba si —de hecho— sus hermanas menores se divertían de verdad con sus hombres y si estarían pasándosela mejor que ella. Pero su madre interrumpió tales desvaríos.

—Y bueno, mija, así que tu nuevo hombre vuela, ¿eh?

—No sé qué quieres decir, mamá —dijo Conchita mientras se cruzaba de brazos y se giraba para mirar al durmiente Moisés.

—No le mientas a tu madre —dijo Belén—. El cuarto mandamiento lo prohíbe, como está estipulado por la Iglesia Católica Romana.

Silencio.

—De todos modos, es inútil —razonó Belén—. Lo sé todo. Las madres siempre lo saben todo.

Conchita sabía que su madre decía la verdad.

—De modo que, otra vez, mija, te pregunto: ¿Vuela tu nuevo hombre?

—Si las madres lo saben todo —dijo Conchita con una sonrisa aviesa—, ¿por qué lo preguntas?

—Porque las madres quieren que sus hijas admitan las cosas —la regañó—. ¿Vuela tu novio?

—No, mamá, él levita —dijo Conchita al voltear para mirar a su madre—. Los aviones vuelan. Igual que los mosquitos, los pájaros y otras cosas. Pero la gente levita.

—Ni modo —dijo Belén sacudiendo su cigarrillo—. Todo eso es lo mismo. Él está arriba, en el aire, como un avión o un pájaro o un mosquito o lo que sea.

Y así, Belén le dio un sorbo a su café y soltó un pequeño eructo.

—Pero su talento especial no lo convierte en una mala persona, mamá —dijo Conchita, que se sentía un poco a la defensiva.

—Tienes razón —dijo Belén—. ¿Sabes qué, mija? Antes de conocer a tu papá, salí con un hombre que podía hacer cosas con su boca que eran simplemente milagrosas.

—No, mamá, no necesito oírlo.

—Oh, mija, ese hombre —continuó Belén—. ¡Ese hombre podía hacerme volar!

Belén soltó una risita mientras su mente vagaba entre recuerdos antiguos.

Y Conchita soltó un suspiro.

—Su nombre era Francisco —dijo Belén tras unos instantes.

Conchita parpadeó.

—¿Te refieres al carnicero?

Belén asintió, bebió otro sorbo de café, y luego dio una buena bocanada a su gordo cigarrillo.

En ese momento, Moisés se despertó sobresaltado.

—¿Has dicho algo? —preguntó sin abrir los ojos.

Belén le lanzó un beso a su hija y desapareció.

—No, mi cielo —dijo Conchita—. Vuelve a dormir, no fue nada.

—¿Has estado fumando? —preguntó Moisés mientras olisqueaba el aire y apenas entreabría los ojos.

—No, mi cielo, no —dijo Conchita mientras bajaba las almohadas y se acurrucaba cerca de su hombre—. Ya sabes que no fumo.

Moisés cerró los ojos y comenzó a roncar con suavidad.

Regla 4 ~ No se debiliten en su intento por mantener el secreto

CADA MAÑANA antes de las siete y media, excepto los domingos, Conchita le pide a Moisés que vuelva a su casa. No es porque no aprecie la intimidad que solo largas y perezosas horas en la cama pueden proporcionar. No. Es porque su hermana Julieta la visita cada mañana a las siete y media en punto, de lunes a sábado, para terminar su vigorosa marcha y charlar un poco con su hermana. Tras compartir un tiempo en familia, Julieta se va a su casa, se ducha y se reúne con su marido —en su tienda fotográfica— para pasar otro día completo intentando mantener felices a sus caprichosos clientes. El que Moisés se marche antes de que Julieta llegue no es por Julieta. Para nada. Julieta sabe que, a lo largo de los años, su hermana mayor ha disfrutado de un número casi incontable de hombres. Y, como hermanas, habían compartido muchas historias picantes, aunque la mayoría eran de Conchita, no de Julieta. En realidad, Conchita quería ahorrarle a Moisés la vergüenza de tener que socializar con Julieta tras pasar la noche en la cálida y entretenida cama de Conchita. Era un hombre sensible que leía libros, disfrutaba del arte y, lo que era más importante, aún se estaba recuperando de la muerte de su esposa; aunque intentaba con todas sus fuerzas ocultarle su pena a Conchita.

Así que Conchita despertaba cuando sonaba su ruidoso despertador a las seis, se deslizaba encima de Moisés para una deliciosa sesión de sexo, servía un maravilloso desayuno de tamales de puerco y café caliente junto con el periódico, y luego dirigía a su hombre hacia la puerta de entrada. Moisés obedecía sin discusión, subyugado por el amor, la comida y las noticias matutinas. Se encaminaba a la casa de al lado, a su hogar, se duchaba, y luego meditaba en su salón mientras Conchita y Julieta charlaban.

Durante las primeras dos semanas en las que Conchita había disfrutado de su nueva relación, Julieta usaba sus visitas matutinas para acribillar a su hermana mayor a preguntas. Las pesquisas preliminares de Julieta eran de algún modo benignas y bastante generales, como "¿Ronca?" o "¿Cuál es su comida favorita?". Pero luego, tras un par de días, Julieta indagó más profundamente: "¿Con qué frecuencia hacen el amor?" y "¿Qué tan grande quieres que sea tu boda?". Tales preguntas no molestaban a Conchita. De hecho, se habría sentido insultada si Julieta no intentara indagar su vida amorosa. Pero una mañana su hermana sorprendió a Conchita con una pregunta particularmente perspicaz.

—¿Qué hace que Moisés sea diferente a todos los otros hombres con los que has estado? —preguntó mientras Conchita servía el café.

Esa era precisamente el tipo de pregunta que Conchita había temido. Ella siempre había compartido con Julieta los elementos más profundos y personales de su vida amorosa, aun cuando Julieta, tras absorber cada delicioso detalle, acabaría regañando a su hermana mayor por no sentar cabeza. ¿Estaría mal que Conchita revelara este pequeño secreto a su mejor audiencia? ¿Qué era lo peor que podía pasar? ¿Pensaría Julieta que estaba loca? No era gran cosa. Pero tal vez Conchita no debía moverse tan rápido con ese tema. Tal vez podría arrojar miguitas de información para ver cómo reaccionaba Julieta.

—Que es muy espiritual —contestó Conchita, que se confió a cada pizca de autocontrol que pudo reunir.

Julieta se espabiló.

—¿Espiritual? —preguntó—. ¿Te refieres a que les reza a todos los santos y a que va mucho a misa?

—No exactamente —contestó Conchita mientras miraba por la ventana de la cocina.

—Bueno, ¿qué quieres decir, hermana?

Conchita se volteó hacia su hermana, se llevó la taza de café a los labios, y dijo:

—Medita.

—¿Medita?

Conchita bebió y luego bajó la taza despacio hasta que tocó la mesa de madera con un tintineo tenue. Ella asintió y esperó.

—¿Medita? —volvió a escupir Julieta—. ¿Qué es? ¿Alguna especie de... de... de... agnóstico?

—Bueno, yo no diría eso.

—Pero, ¿meditación? —continuó Julieta—. ¿Qué tipo de

hombre medita? ¿Qué tiene de malo rezar el rosario? Eso me funciona. Nos funciona a todos los buenos católicos, ¿cierto? Un buen rosario y ya estoy lista para la cama y una buena noche de sueño.

En ese momento Conchita se dio cuenta de que sería un error contarle a su hermana que, además de meditar, Moisés también levitaba. Así que, nada de compartir.

Regla 5 ~ No busquen en Google la palabra levitación

LA MISMA MAÑANA en la que Conchita decidió, de una vez por todas, que sería mejor no compartir con Julieta su pequeño secreto, también resolvió investigar un poco sobre el talento especial de su novio. Tecleó "levitación" en Google y obtuvo dos millones de resultados. Demasiados para revisar. ¿Cómo podía limitar su búsqueda? ¡Ah! Uno de los libros que le encantaba leer a Moisés se titulaba *La puerta al misticismo oriental*. Conchita añadió las palabras "misticismo oriental" a "levitación" y obtuvo 15.263 resultados. Mucho más manejable. Tras visitar varias páginas web, encontró una que parecía prometedora. El primer párrafo explicaba este fenómeno:

Los ejemplos registrados de levitaciones han sido observados en conexión con apariciones, trances chamanísticos, éxtasis místicos, clarividencia, magia, hechizos y (por supuesto) posesiones de diversos tipos (por ejemplo, satánicas o demoniacas). Basadas en sucesos documentados, muchas —por no decir la mayoría de las levitaciones— duran poco tiempo, tal vez solo segundos o minutos. En el campo de la parapsicología, muchos consideran la levitación como un fenómeno de telequinesis, lo cual también se conoce como "mente sobre materia".

La primera parte causó una corriente eléctrica de pánico en todo el cuerpo de Conchita. ¿Apariciones? ¿Posesiones satánicas? ¡Dios mío! ¿En qué se había metido? Continuó leyendo:

Hay registros de un número nada pequeño de santos y místicos que levitaban como prueba del gran poder de Dios sobre la forma encarnada, en éxtasis sacro o por su naturaleza santa. Respetables informes documentaron en el siglo XVII las habilidades de san José de Cupertino, que podía levitar. De hecho, los reportes indicaban que podía volar durante periodos más largos que los documentados en otros ejemplos similares de levitación. En cambio, en el misticismo oriental, la levitación es un acto que resulta posible al dominar la concentración así como las técnicas de respiración que yacen en el núcleo de la energía vital universal.

¡Ah! ¡Santos! ¡Tal vez Moisés fuera un santo moderno! Conchita se secó el labio superior con el dorso de la mano y comenzó a calmarse. Quizás la levitación no fuera algo tan raro, después de todo. Entró a Wikipedia, tecleó "San José de Cupertino", y leyó:

San José de Cupertino, en italiano San Giuseppe da Copertino (17 de junio de 1603-18 de septiembre de 1663) fue un santo italiano. Se dice que era notablemente poco inteligente, pero era dado a las levitaciones milagrosas y a intensas visiones extáticas que lo dejaban boquiabierto. Más tarde fue reconocido como el patrón de los viajeros por aire, de los aviadores, astronautas, personas con discapacidad mental, personas que van a realizar exámenes y de los estudiantes flojos. Fue canonizado en el año 1767.

Conchita leyó sobre el padre de José, que era carpintero y un hombre caritativo. Pero murió antes de que el pobre José naciera, de modo que dejó a su esposa, Francesca Panara, "desamparada y embarazada de un futuro santo". Conchita finalmente llegó a este párrafo:

De niño, José era increíblemente lento de entendederas. Quería mucho a Dios y construyó un altar. Ahí era donde rezaba el rosario. Sufrió dolorosas úlceras durante su infancia. Después de que un ermitaño aplicara aceite de la lámpara que alumbraba una imagen de Nuestra Señora de Gracia, José se vio completamente curado de sus dolorosas úlceras. Le pusieron el peyorativo apodo de "El Embobado" debido a su costumbre de quedarse mirando boquiabierto a la nada. También se dice que tenía un temperamento violento.

"Qué vidas más miserables vivían estos santos", pensó Conchita. Estaba claro que era por eso por lo que se convertían en santos. ¿No? Pero, ¿qué pasaba con la levitación? Conchita quería conocer los detalles. Siguió examinando el artículo con su corazón latiendo bien rápido. Este José de Cupertino era un auténtico inadaptado a quien sus compañeros de clase torturaban sin cesar cuando tenía visiones santas a la edad de ocho años. ¡Ocho! Muy joven para andar viendo cosas. Por su mal genio y su limitada educación, fue rechazado a los diecisiete años por la Orden de los Frailes Menores Conventuales. Finalmente, José fue admitido en un monasterio capuchino, pero fue expulsado pronto cuando sus constantes ataques de éxtasis demostraron que no era conveniente. Con poco más de veinte años, fue aceptado por un monasterio franciscano cerca de Cupertino. El artículo continuaba:

> El 4 de octubre de 1630, la ciudad de Cupertino celebraba una procesión por la festividad de San Francisco de Asís. José estaba asistiendo a la procesión cuando de repente se alzó en el aire, donde permaneció suspendido sobre la multitud. Cuando descendió y se dio cuenta de lo que había sucedido, se sintió tan avergonzado que huyó a casa de su madre y se escondió allí. Ese fue el primero de muchos vuelos, los cuales pronto le valieron el apodo de "El Santo Volador".

Y finalmente leyó que cuando ese santo oía los nombres de Jesús o María, participaba en el canto de los himnos durante la festividad de San Francisco, o rezaba en misa, entraba en trance y surcaba los aires, "donde permanecía hasta que un superior le ordenaba, bajo obediencia, revivir". Sus superiores acabaron por ocultarlo porque sus levitaciones provocaban grandes disturbios públicos. Pero también emanaba un olor dulce porque era puro.

¡Pobre San José de Cupertino! Prisionero de su propia santidad. ¿Sería ese el destino de su nuevo hombre si alguien descubriera su secreto? ¿Querrían el gobierno o incluso la iglesia católica ocultar a Moisés para que no provocara disturbios públicos? No. A Conchita le quedó claro. Moisés debía mantener su levitación en secreto ante todos. Y punto. Fin de la historia.

Regla 6 ~ No olviden respirar

CONCHITA Y MOISÉS hicieron un pacto. Si ella le enseñaba el secreto de su delicioso café, él la enseñaría a meditar. Moisés dominó con rapidez las técnicas cafeteras de Conchita. Sin embargo, introducir a Conchita en el arte de la meditación fue un asunto completamente diferente. Oh, ella dominó con facilidad la habilidad para sentarse en la posición del loto, debido en gran parte a su gran flexibilidad, lo cual también la convertía en toda una delicia en la cama. Pero Conchita se peleaba a conciencia con la parte meditativa del asunto.

—Estoy distraída —se quejaba sentada en la alfombra de su salón—. No puedo evitar que mi mente dé saltos de una cosa a otra.

—Mi amor, el momento más importante de la meditación es cuando te das cuenta de que, en realidad, estás distraída —le aconsejó Moisés.

—¡No es cierto!

—Sí que lo es —arrulló él—. Repítetelo a ti misma: ahora estoy distraída.

—Pero no puedo vaciar mi mente —protestó.

—La meditación *no* es ausencia de pensamientos —dijo Moisés.

Conchita abrió los ojos y se volteó hacia su hombre, que estaba arrodillado junto a ella.

—Entonces, ¿qué demonios es? —preguntó.

Moisés giró con suavidad la cabeza de Conchita, cerró sus ojos con la punta de sus dedos, y presionó su palma derecha contra la parte baja de su espalda mientras la izquierda hacía lo mismo contra su abdomen.

—No te olvides de respirar —dijo él.

Conchita obedeció a su maestro e inhaló profundamente.

—Ahora exhala —le instruyó—. Deja que tus pensamientos vaguen sin aferrarte a ellos para que puedas concentrarte en la meditación.

Conchita volvió a inhalar profundamente. Y tras unos momentos exhaló con un suave *silbido*.

"Esto es realmente estúpido", pensó. "Soy una pendeja".

—Mañana —dijo Moisés—, descubriremos tu mantra.

—Perfecto —dijo Conchita—. Perfecto.

—¿Lo dices en serio?

—Sí —dijo Conchita—. Siempre me he preguntado qué tipo de mantra tendría cuando me hiciera vieja y estuviera senil.

Resumen. Repasemos

PRIMERO, nunca, bajo ninguna circunstancia, permitan que nadie sepa que su nuevo amante puede volar. Eso provocará gran consternación entre su familia y sus amigos, y podría llevar a que el gobierno o la iglesia católica lo encierren para evitar disturbios públicos.

Segundo, no le mientan a su madre muerta sobre ello. Está muerta, después de todo, así que no podrá trastornarse con la noticia. Además, nada se le escapa; así que más les vale admitirlo. El cuarto mandamiento (como está estipulado por la Iglesia Católica Romana) es, de hecho, el más importante de todos. Al menos para las madres muertas.

Tercero, no investiguen en internet las habilidades de levitación de su amante. Lo que encuentren solo les causará gran agitación y hará que suden en abundancia. A veces la ignorancia controlada es el único modo de seguir con la vida.

Cuarto, disfruten de su mexicano volador. La vida es corta y todos necesitamos encontrar deleite donde podamos. Como resultado, deberían aprender a aceptar los talentos especiales de su amante, incluso si son molestos.

Y por último, esperamos que recuerden la lección más importante de todas: No olviden respirar.

TRAS LA REVOLUCIÓN

TRAS LA REVOLUCIÓN, después de que el último "¡Basta ya!"
resonara por las plazas, calles y ranchos de México, después de
los asesinatos de Emiliano Zapata y Pancho Villa, y tras el borra-
dor de la nueva constitución mexicana, Lázaro Mayo Cisneros
trabajó con toda su alma, toda su esencia, todo su sudor para
reconstruir su riqueza y su poder.

Las reformas agrarias llevaron inexorablemente a la con-
fiscación, la división y la distribución del anteriormente amplio
y lujoso rancho de Lázaro. Por lástima, los revolucionarios le
dejaron con varias hectáreas de terreno rocoso a las afueras del
pueblo. Pero él era realista. Lázaro se preguntó: "¿Qué podría
hacer con toda esa maravillosa tierra de pastos cuando también
me han quitado mi hermoso ganado?". Y se respondió: "Después de la lluvia sale el sol. Las cosas deben mejorar después
de tal calamidad. ¿No?". Lázaro se miró en el espejo y vio a
un hombre sano de treinta y dos años. Los revolucionarios no
podían arrebatarle eso. Así que aceptó las inútiles hectáreas con
una sonrisa y una elegante reverencia, y juró por la memoria de
sus fallecidos padres comenzar de nuevo en esa inconmensura-
ble tierra de México.

Aparte de su vigor juvenil, Lázaro disfrutaba de otras ven-
tajas. Primero, se beneficiaba de tener una mente despierta, una
que no solo acumulaba y retenía ilimitadas cantidades de datos,
sino una que nunca dejaba de asimilar esos datos, tanto durante
las horas de trabajo como en las oscuras profundidades de su
bien ganado sueño, para poder usarlos del modo más eficiente
y lucrativo.

Segundo, Lázaro poseía una naturaleza diplomática y unos
modales tan elegantes que incluso los revolucionarios encontra-
ban gran placer en su compañía. De hecho, los revolucionarios

llegaron a confiar en las opiniones de Lázaro sobre política, ranchos y ciencias.

En definitiva, Lázaro disfrutaba de una suerte inmensa. Una fría mañana descubrió que su rocoso terreno era nada más y nada menos que una fuente inagotable de buen granito que podía extraerse para construir los muchos nuevos edificios que el pueblo necesitaba con desesperación para aprovecharse de la floreciente economía. Al darse cuenta de que podía ganar mucho dinero con su tierra, contrató a un arquitecto y a un ingeniero para no solo vender granito, sino para también ofrecer los servicios de su recién formada empresa para diseñar y construir los nuevos juzgados, la casa del alcalde y la plaza. No pasó mucho tiempo antes de que los pueblos circundantes aprendieran a apreciar sus estructuras. Un edificio Mayo era sólido, fiable y, al mismo tiempo, hermoso y elegante; como el mismo Lázaro.

La popularidad de Lázaro creció casi con tanta rapidez como su riqueza. Dio empleo a cuadrillas de hombres del pueblo, lo cual lo convirtió en un caballero mucho más apreciado. De hecho, al cabo de tres años, varios de los más ardientes revolucionarios lo persuadieron para que se presentara a alcalde, lo cual hizo a regañadientes. Lázaro ganó las elecciones; ningún candidato de la oposición se había presentado al concurso. Sí, tres años después de la Revolución, Lázaro se había alzado como su homónimo de la Biblia. Pero donde este había sido tan solo un rico terrateniente, ahora poseía, no solo dinero, sino el respeto y el apoyo de todo el pueblo.

Sin embargo, a la edad de treinta y cinco años, Lázaro seguía falto de esposa y heredero varón. Así que emprendió la tarea de llenar ese vacío en su, por otro lado, vida plena. Si sufría de alguna carencia personal, era esta: Lázaro no sabía nada del buen arte del romance. Cierto que era robusto y guapo, que llamaba la atención de muchas mujeres cuando se ponía sus mejores ropas los domingos. Pero él enfocaba la idea de comenzar una familia del mismo modo en que construía un edificio: trazaba planes con cuidado, pensaba en qué tipo de cimientos usar y consideraba cuánto tiempo duraría todo el proceso.

Una noche, Lázaro se encerró en su estudio con estrictas instrucciones a su anciana pero competente ama de llaves, Marta, de que no se lo molestara hasta que él abriera la puerta. Le pidió a Marta que hiciera una gran jarra de café fuerte, porque Lázaro apreciaba la importancia de la tarea que tenía frente a él y necesitaba estar alerta; pero no le hizo saber lo que estaba haciendo porque todo ello le daba un poco de vergüenza.

Una vez se instaló frente a su escritorio, y tras unos sorbos del maravilloso café de Marta, Lázaro sacó un gran trozo de pergamino, mojó su pluma en el tintero y, con gran deliberación, escribió tres nombres separados por líneas verticales que iban desde la parte de arriba de la página hasta la de abajo. Se reclinó hacia atrás y ponderó el primer nombre: Celia. ¡Oh, hermosa Celia! Su padre, Miguel, el dueño del mayor restaurante del pueblo, había dado a entender con anterioridad que no le importaría tal enlace. Pero Lázaro, en ese momento, no estaba interesado porque tenía demasiado que conseguir para poder reconstruir su fortuna. Ahora su ojo mental repasaba las miradas furtivas que había lanzado en dirección a Celia cuando ella caminaba por el pueblo. A Lázaro le recordaba un loro de brillante plumaje: exquisito y orgulloso. Pero entonces la mente de Lázaro se topó con el recuerdo de su única conversación con Celia. Con voz particularmente meliflua, ella no expresó ninguna opinión sobre ningún tema, ni siquiera sobre el clima; de hecho, no había dicho nada de importancia, aunque lo había dicho de un modo muy bello. De seguro que se aburriría si compartía su vida con esa mujer.

Lázaro tomó un sorbo de café y se centró en el segundo nombre: Hortensia. Aunque no era tan guapa como Celia, Hortensia, la hija de uno de los revolucionarios más afables, era una robusta joven que usaba gafas y a la que le encantaba leer los novelistas rusos y los poetas alemanes. Tal vez pudiera mantener a Lázaro contento y producir un hijo inteligente que llegara a hacerse cargo del negocio familiar. ¿Las desventajas de Hortensia? A Lázaro no se le ocurría ninguna aparte del hecho de que a Hortensia le gustaba la polémica, los debates intensos, la controversia. Pero, ¿era ese un rasgo indeseado? ¿No beneficiaría a Lázaro vivir su vida con una mujer que tuviera inteligencia para señalarle los inconvenientes de este o aquel negocio? Una cuestión interesante. Subrayó dos veces el nombre de Hortensia.

Por último, Lázaro miró el nombre Socorro sobre el pergamino. No sabía por qué lo había escrito. Socorro era la última mujer del pueblo que había enviudado por la Revolución. Había estado casada con Manuel Osorio Martín, un amigo de Lázaro. Oh, pobre Manuel; era un buen hombre pero terco como una mula. Cuando los revolucionarios le quitaron las tierras, les escupió a la cara y les dijo que arderían en el infierno. Y una bala acabó con la vida de ese gran hombre, que dejó atrás a la guapa Socorro, con sus diecisiete años y sin hijos. Antes de la muerte de su esposo, ella había sido alegre pero no frívola; práctica pero no aburrida. Sin embargo, mientras sostenía el cuerpo sin vida de Manuel ese horrible día de octubre, su alma se derrumbó, se hundió, se convirtió en un abismo sombrío. Y durante un año completo, Socorro no vistió más que de negro y ocultó su etéreo rostro con un velo. Cuando finalmente se deshizo de su atuendo de luto, continuó con su vida evitando establecer contacto visual y tratando de no interferir en la actividad del pueblo. Pero una vez, y solo una vez, en una de las raras visitas de Socorro al mercado, Lázaro la miró a los ojos. Y ella le dedicó una sonrisa, no una completa sino más bien la mera sombra de un labio que se alzaba, pero fue suficiente para que Lázaro se quedara sin aliento, atrapado por un momento en la belleza y la pena de la viuda de su fallecido amigo. ¿Había alguna desventaja al elegir a Socorro? Puede que solo su pobreza pudiera ser considerada una desventaja, pero el dinero no era problema. Encontrar a una auténtica compañera, una madre para su futuro heredero… eso era lo único importante.

La tarea de Lázaro lo había mantenido tan absorto que no notó el paso de las horas. Un agudo golpe en la puerta del estudio lo sacó de sus ensoñaciones. La pesada barrera de madera crujió al abrirse y allí estaba Marta, con una gran bandeja plateada de desayuno, moviendo su gran cabeza de un lado a otro, chasqueando la lengua, como si se hubiera encontrado a un niño desobediente torturando al gato de la casa.

—Sin sueño —dijo ella, más para afirmar un hecho que como pregunta.

—Nada —ofreció Lázaro, que se sentía igual que ese niño desobediente.

Marta arrastró los pies hacia el escritorio de su señor, posó la bandeja y se cruzó de brazos.

—Coma antes de que se enfríe —le dijo, con más preocupación

por la rica comida que había preparado que por la salud de Lázaro. Y le tendió una servilleta.

Él la tomó, se la colocó sobre el regazo, y miró su desayuno de huevos, frijoles, tortillas, y café. A pesar de sus defectos personales, que incluían una extrema falta de calor humano, Marta era una excelente cocinera que dirigía un hogar eficientemente. De repente, cuando ella iba a marcharse, segura de que Lázaro se comería su comida, Lázaro tuvo una idea.

—Marta —comenzó a decir—. Mire esto. Vea lo que he estado escribiendo.

Marta soltó un suspiro sin siquiera tratar de ocultar su fastidio.

—Tengo mucho que limpiar —dijo mientras se volvía de nuevo al escritorio.

—Esto no llevará mucho tiempo —dijo Lázaro. Luego se corrigió—: Esto no le llevará mucho tiempo.

Ella examinó el pergamino y emitió un pequeño silbido a través de sus estrechas fosas nasales.

—Y, ¿qué estoy mirando? —dijo.

—Estoy decidiendo quién debería ser mi esposa —dijo Lázaro, que dejó de lado su vergüenza porque se encontraba en un terrible punto muerto.

Marta se dejó caer sobre sus talones cuando muchos pensamientos invadieron su mente. "¿Esposa?", pensó. "¿Qué pasará conmigo? ¿Me sustituirá?".

Lázaro presintió su pánico y añadió:

—Es importante que ustedes se lleven bien porque estarán conmigo tanto tiempo como así lo quiera Dios.

Marta recuperó la compostura, ya que su señor era —ante todo— un hombre sincero. Ella miró el pergamino con los ojos entrecerrados. Durante cinco minutos completos, no manifestó nada más que una tos mientras absorbía las elegantes anotaciones de Lázaro. El corazón de Lázaro latía con más fuerza a cada minuto que Marta permanecía en silencio. Él respetaba la opinión de esa fuerte anciana.

Celia, Hortensia y Socorro. Marta reconoció cada nombre. Y esto fue lo que pensó: "¡Ay! ¿Por qué debe Lázaro hacer tal cambio en mi vida? ¡Las cosas van tan bien, bajo control y predecibles para mí! ¡Oh, qué vida tan dura me ha concedido Dios!

Ahora bien, ¿quién me causaría el menor daño? ¿Quién? ¿Celia? Es bonita. ¡Demasiado bonita! Me haría lavar mucho más la ropa solo para verse hermosa con sus vestidos. ¡Acabaría conmigo! ¡Seguro que me moriría de agotamiento! Y, ¿Hortensia? No es una tonta y tampoco le preocupa mucho cómo se viste. Podría no traer mucha miseria a mi vida. Pero le encanta discutir, ¿cierto? De hecho, parece que le encanta debatir por debatir. ¡La oí entablar una discusión con el maravilloso y paciente carnicero Alonso sobre el nombre de cierto corte de ternera! ¡Pobre Alonso! Los clientes seguían apilándose detrás de Hortensia, pero ¿le importaba acaso? ¡No, ella tenía que discutir! ¡Me arruinará la vida! ¡Convertirá todo lo que hago en alimento para una pelea! Veamos. Socorro. Pobre mujer. Tan joven para perder un marido. Y, de modo muy apropiado, vistió de negro durante un año. Ella conoce su lugar. Socorro. ¡Sí! ¡Será Socorro quien me cause menos problemas!".

Marta se irguió y se aclaró la garganta mientras Lázaro esperaba con ansias su opinión.

—Bueno —comenzó ella—, ha enumerado a tres de las mejores mujeres del pueblo.

Lázaro sonrió y asintió.

—Y sus anotaciones no solo están escritas de un modo muy bello, sino que también son acertadas.

—¿Sí? —dijo Lázaro—. Continúe.

—De modo que la cuestión es cuál de estas buenas mujeres será una esposa firme y una buena madre para sus futuros hijos —añadió—. Lo más importante es qué mujer es la más adecuada para usted y solo para usted.

—Y, ¿qué piensa usted?

Marta hizo una pausa para mostrar más énfasis.

—Esto es lo que pienso: hay una mujer en la lista que hará mi vida más difícil, pero que será la mejor pareja para usted.

—Pero no es mi intención hacer que su vida sea más difícil —dijo Lázaro.

Marta agitó su encallecida y venosa mano.

—Yo no importo. Usted sí. Así que déjeme hablar.

—Sí, lo siento. ¿Quién sería la mejor para mí?

Marta volvió a hacer una pausa. Finalmente dijo en voz baja:

—Socorro.

Lázaro bajó la vista hacia el pergamino.

—Socorro —susurró—. Socorro —volvió a decir.

—Socorro —repitió Marta.

Lázaro metió la pluma en el tintero y tachó los nombres de las otras dos mujeres.

—¡Entonces será Socorro! —dijo en tono triunfal.

Marta sonrió y le sirvió café a Lázaro en su gran taza.

—Por favor, ahora debe desayunar. Tiene mucho que hacer hoy. —Y así, Marta salió triunfante del estudio.

Lázaro sonrió emocionado y se comió el desayuno con gran vigor, mientras la imagen de Socorro caracoleaba en su mente. Vio los rostros de sus futuros hijos: un hijo primogénito que se llamaría como él y, tal vez, una o dos hijas para que Socorro estuviera contenta. Y vio una maravillosa jubilación con nietos corriendo por toda la casa. Y lo más importante: habría un hijo competente y exitoso para hacerse con las riendas de todos sus negocios algún día. ¡Sí! Pero primero debía cortejar a su elegida. ¡Oh! Y si fracasaba, ¿qué haría? Aunque Lázaro creía que podía dominar la voluntad de cualquier hombre de negocios, el corazón de una mujer estaba hecho de una naturaleza bastante diferente, y todo se volvía más complicado por el gran sufrimiento que había soportado Socorro con la pérdida de su amado marido. Tenía frente a él una tarea crucial.

Tras un gozoso desayuno lleno de ensoñaciones interrumpidas por momentáneos lapsos de inquietud, Lázaro se bañó con vigor y luego afeitó su sonriente rostro mientras Marta le preparaba su traje más elegante. Mientras se vestía, se preguntaba cómo debería abordar el tema del matrimonio con Socorro. Lázaro no había intercambiado muchas palabras con ella desde la muerte de Manuel, pero sentía una conexión con ella. De modo que, ¿importaba mucho eso? Haría que le entregaran un mensaje a Socorro con una invitación para cenar con él en el mejor restaurante del pueblo. Razonó que era muy fácil discutir los negocios con una deliciosa comida y un exquisito vino.

Mientras Lázaro instruía a dos chicos en el lavado de su Modelo T, Marta contrató a otro chico, Tito, para que le entregara la invitación a Socorro. Media hora más tarde, Lázaro miraba con orgullo su reluciente automóvil. Al retirar un poco de jabón que se les había pasado, vio en el reflejo a Tito, que venía por la carretera. "¡Ah!", pensó. "¡Debe tener la respuesta de la hermosa Socorro!". La puerta principal se abrió y Marta fue a recibir al chico.

Mientras Lázaro retocaba felizmente el Modelo T, oyó que la voz de Marta se volvía aguda y regañona. Alarmado, se volteó a tiempo de ver a Marta darle una cachetada a la cara huesuda de Tito. Lázaro corrió hacia su ama de llaves y el chico.

—¿Qué pasa? —gritó.

Marta echó la mano hacia atrás y volvió a abofetear al chico.

—Este chico —escupió ella—. ¡No entregó la invitación como se le dijo!

Lázaro le hizo un gesto a Marta para que se marchara. Tras un momento de vacilación, ella se marchó furiosa de vuelta a la casa.

—Y bien —le dijo al asustado niño—. ¿Es eso cierto?

Tito mantuvo los ojos hacia el piso y asintió despacio. Lágrimas rodaban silenciosas por sus prominentes mejillas y golpeaban los polvorientos adoquines con sorprendente fuerza. Lázaro se inclinó más hacia Tito.

—¿Qué pasó? —le preguntó con suavidad al niño.

Tras varios sollozos y luego de limpiarse la nariz con su manchada manga de algodón, Tito dijo:

—Se la di a ella, pero me la devolvió después de leerla.

—¿En serio?

—Sí. Esa es la verdad.

—¿Te dijo algo?

Tito pensó por un momento. Ahora estaba calmado, confiado en la creencia de que Lázaro no era el tipo de adulto que golpeaba a un niño indiscriminadamente.

—No mucho —dijo despacio.

—¿No mucho?

—Bueno, se rio —dijo el niño.

Lázaro se retiró de Tito.

—¿Se rio? —dijo mientras una sonrisa se extendía poco a poco por su rostro—. ¡Se rio!—. Y entonces, Lázaro soltó una fuerte carcajada. Tito se unió a las risas.

Al cabo de un rato, Lázaro le dio al chico una moneda y le dijo que se fuera. Llamó a Marta, que había estado observando el diálogo desde la ventana de la cocina.

—Marta, tenemos un cambio de planes. Prepare la cena, empáquela y póngala en mi automóvil, por favor.

Marta lo miró incrédula.

—Creo que tendré que acercarme a la viuda de un modo algo diferente —le dijo Lázaro a modo de explicación.

Marta se encogió de hombros.

—Es su elección.

—Sí —dijo Lázaro—. Es mi elección.

Una vez Marta hubo preparado la comida como le había ordenado y cargó el Modelo T con las exquisiteces, Lázaro se marchó conduciendo en una gran nube de humo y saludando triunfalmente a su enojada ama de llaves. "Se está volviendo un tonto", pensó Marta. "¡Los hombres son criaturas estúpidas!". Observó cómo el negro vehículo se hacía más pequeño en la distancia. Finalmente, Marta volvió a la tarea de limpiar la cocina, su auténtico dominio.

Mientras Lázaro conducía por las recién pavimentadas carreteras del pueblo — asfaltadas por su compañía a un precio justo pero lucrativo —, pensaba en lo que le diría a Socorro. Ella era una mujer orgullosa, sin duda. Y él la había casi ignorado después de que los revolucionarios asesinaran a su marido y le arrebataran sus propiedades. Lázaro no sabía por qué lo había hecho. Tal vez quería olvidar el horror de todo ello para concentrarse en reconstruir su vida. Quizás se sentía responsable de algún modo. No importaba. Era hora de empezar de nuevo, desde cero, y escribir el siguiente capítulo de su vida.

Lázaro pasó por el frente de la antigua casa de Socorro, una gran estructura construida en estilo colonial francés, con columnas lisas y un elegante balcón ornamentado. Recordaba muchas cenas maravillosas allí con sus amigos, en las que hablaban de negocios, de política e incluso de películas. Ahora la casa estaba ocupada por tres familias, todas de revolucionarios, que habían permitido que la magnífica residencia cayera en el abandono. Muy triste. E innecesario.

Para cuando llegó a la sencilla casa de Socorro a las afueras del pueblo, la mente de Lázaro estaba plagada de pensamientos lastimeros. Apagó el motor y sacó la cesta de comida. ¿Era una mala idea? Bueno, era demasiado tarde para echarse atrás, ya que vio que Socorro estaba frente a su puerta, con los brazos cruzados y el ceño fruncido. Lázaro le ofreció una débil sonrisa y se tocó el ala del sombrero a modo de saludo cuando se alejó de su automóvil y caminó hacia la viuda de su mejor amigo.

—¿Qué es eso? —preguntó ella.

Lázaro se ruborizó intensamente. Pero aun en su vergüenza, observó la gran belleza de la mujer.

—La cena —contestó—. ¿Puedo pasar?

Despacio y sin decir palabra, Socorro se hizo a un lado para dejar que Lázaro pasara. Dentro, él observó el entorno humilde pero ordenado. A pesar de verse obligada a instalarse en esa casucha, Socorro había sacado el mejor partido que pudo a su situación. Lázaro señaló con la cabeza la mesa del comedor.

—Sí —dijo Socorro. Hablaba sin emoción, como si le estuviera encargando a un chico que recogiera ramitas por ella—. Puede dejar la comida ahí. Yo traeré lo demás.

Lázaro obedeció. El maravilloso y rico aroma de la cocina de Marta comenzó a llenar el humilde aposento, mezclándose con los olores a tierra arcillosa que emanaban del suelo rojizo. Lázaro permitió que sus ojos se pasearan con libertad por el físico recio y voluptuoso de Socorro mientras esta ponía la mesa. Una o dos veces, cuando ella se inclinó más cerca de él, Lázaro se llenó las fosas nasales con su cálido, sudoroso y delicioso aroma. Pero Socorro no pareció darse cuenta. Ella tenía una tarea que completar y se dispuso a ello como si estuviera sola.

—Hecho —dijo al fin.

Lázaro se apresuró a separar la silla para Socorro. Creyó ver una pequeña sonrisa aparecer en sus labios, pero no estaba seguro. Ella se sentó despacio, con elegancia, pero bien podía ser la fatiga lo que hacía que Socorro se moviera de tal modo. Lázaro, que actuaba tan altivo como un camarero francés, se inclinó ante ella y procedió a servir la cena. Esta vez, una auténtica y casi amplia sonrisa apareció en el hermoso rostro de la mujer. Cuando ambos platos estuvieron llenos con la fina cocina de Marta, Lázaro volvió a inclinarse en reverencia y tomó asiento.

Conforme cenaban, Socorro se sintió más cómoda, y la conversación se estableció en esa melancólica nostalgia en la que solo dos viejos amigos pueden deleitarse. Su enfado hacia Lázaro disminuía con cada risa, con cada anécdota compartida. Y Lázaro vivía el momento con tal facilidad y alegría que se olvidó de sus grandes planes de proponerle matrimonio. Solo disfrutaba de la compañía de esa mujer sin ningún pensamiento consciente. Cuando la comida hubo desaparecido y la botella de vino llevaba ya largo tiempo vacía, los dos viejos amigos se quedaron en silencio. Simplemente se miraban, perdidos en sus separados, pero similares, pensamientos. *¿Por qué estar sola? La vida es muy corta. ¿Por qué no este?* Aunque tales pensamientos eran nuevos para Socorro, también le parecían nuevos a Lázaro, porque su abstracto plan de acción se había encontrado con el poder de la presencia de esta mujer.

Al final Socorro rompió el silencio.

—Pues, Lázaro, mi querido amigo, es hora de que usted forme una familia, ¿no?

Aunque Lázaro normalmente se habría sentido asombrado por el descaro y la premonición de tal pregunta, no lo estaba. Más bien se inclinó hacia delante e intentó capturar el aroma de la mujer. Y solo contestó con una inclinación de cabeza y una suave sonrisa. Socorro tocó la mano de Lázaro y él sintió lo que podría haber sido una pequeña chispa abandonar los dedos femeninos, subir por su brazo, rodear sus hombros y llegarle a la nuca con un pequeño baile eléctrico. Ciertamente había tomado la elección correcta.

Y así fue: la boda tuvo lugar un mes más tarde en la aún majestuosa Iglesia de Santa Cristina, con una extravagante fiesta en la plaza que duró dos días completos con sus noches. La gente se preguntaba por qué Socorro se había recluido durante tanto tiempo, ya que cuando la vieron resplandeciente y sonriente la mañana de su boda, ella era —con toda certeza— la mujer más alegre y hermosa en muchos kilómetros a la redonda.

Pero quizás la persona más feliz del pueblo fuera Marta, que sabía que, de todas las mujeres con las que podría haberse casado su señor, Socorro era la menos probable de ser una carga.

Aunque eso no iba a ser así. Cuando la nueva señora de la casa se mudó con su marido, procedió a disminuir las obligaciones de Marta. Socorro nunca se sentaba ociosa mientras Marta cocinaba, limpiaba y hacía la colada, que es lo mismo que lavar la ropa. No. Socorro era constitucionalmente incapaz de ser indolente. Así que comenzó a preparar las comidas mientras Marta observaba indefensa desde la esquina de lo que antaño había sido su dominio. Eso molestaba a Marta hasta lo indecible, pero ¿qué podía decir? La señora era ahora su jefa. Marta decidió pasar más tiempo con la limpieza de la casa y la colada, pero seguía teniendo demasiado tiempo libre. Socorro le dijo que eso no era problema. Que ella trabajaba muy duro. Que se tomara un día libre. Que sobrevivirían sin ella. ¿Un día libre? ¿Qué haría ella con un día libre? No tenía amigos, ni familia, ni nada en lo que ocuparse. Y si se marchara aunque solo fuera un día, Marta estaba segura de que Socorro empezaría a hacer la limpieza e incluso la colada. ¡Oh, vaya, aprieto más horrible!

Una vez, obligada a salir de la casa y disfrutar de un día libre ante la insistencia de Socorro, Marta se paseó por el pueblo como un fantasma sufriente. Murmuraba para sí misma y maldecía el día en el que había convencido astutamente a Lázaro para que eligiera a esa mujer. "¡Esa horrible, malvada mujer! ¿Qué voy a hacer?".

A la mañana siguiente, los peores temores de Marta se hicieron realidad. Entró por la cocina a la parte de atrás de la casa y la encontró vacía, a excepción de los ricos aromas del picadillo de ternera y los frijoles que se cocinaban en la estufa. Pero los olores le dieron náuseas. Marta sospechaba que algo iba mal. Salió de la cocina, ostensiblemente para ver si su señora necesitaba algo...y para su horror, ¡casi tropezó con Socorro, que estaba fregando el piso de baldosas del pasillo principal!

—Señora —farfulló Marta—. ¿Qué está haciendo? ¿Se encuentra bien?

Socorro se echó a reír.

—Estoy muy bien, gracias.

—Deje que yo haga eso —dijo Marta, que lucía más como la jefa que como la ama de llaves.

Socorro volvió a fregar.

—No, no me importa hacerlo. De hecho, disfruto con el trabajo duro. Hace que me sienta viva.

—¡Pero eso es mi trabajo!

Socorro volvió a reírse.

—¿Sentirse viva es su trabajo?

Marta no recibió bien ese chiste a expensas de su persona. Pero no podía figurarse qué hacer a continuación. Esta *era* su señora, después de todo, y Marta estaba a merced de esta extraña mujer. Así que gesticuló una débil inclinación de cabeza y se encaminó hacia el patio trasero para hacer la colada. Con suerte habría mucho que hacer ese día. Ciertamente su señora no le quitaría esa tarea. A menos que, por supuesto, ¡estuviera loca! Porque, ¿qué tipo de mujer haría voluntariamente un trabajo tan duro? Si Marta fuera rica, se relajaría, tal vez viajaría o quizás cuidaría de un bonito jardín. ¡Eso es lo que hace una mujer con dinero! ¡No cocinar y fregar el piso!

En el porche trasero, Marta se quedó mirando la brillante lavadora eléctrica de cobre que se posaba sobre tres patas. Marta odiaba usarla. "¡Esa maldita máquina nunca podría dejar la ropa tan limpia como lo hacen mis dos manos!". Llenó con agua una palangana, le echó una buena cantidad de jabón en polvo y colocó la tabla de lavar en un buen ángulo. Marta sentía que le iba a explotar la mente. Agarró uno de los vestidos de Socorro de la cesta y lo dejó caer en el agua jabonosa con una salpicadura que le mojó la cara. Pero no le importó. Marta tenía que calcular un modo de acabar con esta locura. Empapó el tejido y luego comenzó a presionarlo firmemente contra las ondas metálicas de la tabla. Tras unos momentos, Marta se detuvo de repente con sus manos aferradas al vestido de Socorro. Se quedó inmóvil y miró fijamente la prenda de algodón blanco. Y cuanto más tiempo estaba allí, más vueltas le daba la cabeza. Finalmente soltó una risita. Sí, había algo que Marta podía hacer antes de que fuera demasiado tarde, antes de que perdiera su trabajo por el deseo de una demente de esclavizarse con las tareas domésticas, cuando debería estar disfrutando de su nueva posición en la vida. Marta no tenía elección. Tenía que hacer algo. Y punto. Pero la solución tenía que ser sutil. Nada demasiado dramático y ciertamente nada de lo que pudieran culpar a Marta.

Esa tarde fingió que necesitaba más jabón. Marta le ofreció a Socorro una sonrisa contenida y se dirigió a un campamento justo a las afueras del pueblo en busca de Katrina, la curandera. La gente del pueblo sabía que Katrina era rusa y que mucho tiempo atrás vendía su cuerpo a cualquier hombre que sintiera la inclinación de darle unos cuantos pesos. Ahora que su rostro y su cuerpo ya no complacían, se había volcado a las artes oscuras para ganarse la vida. No había duda de que Katrina poseía el tipo de poderes que nadie había visto jamás; al menos no en este pueblo en particular.

Mientras Marta se acercaba al campamento, pudo discernir varias cabañas dilapidadas y construidas de un modo rudimentario que abarcaban la orilla de un arroyo. Cuanto más se acercaba, más fuerte le llegaba el hedor de esa comunidad desordenada. Hombres, mujeres y niños desharrapados se paseaban por el campamento casi a cámara lenta, sin alegría, sin sonido. Incluso una manada de chuchos que vagaba por el montón de basura en el extremo norte más alejado de las estructuras carecía de vida. Marta entró en el campamento pero a nadie pareció importarle: nadie levantó la cabeza, nadie miró hacia ella. Le preguntó a una jovencita dónde podría encontrar a Katrina. La chica no dijo nada, solo mostró unos grandes ojos inexpresivos Entonces, justo cuando Marta estaba a punto de rendirse, la niña señaló aletargada hacia una cabaña cubierta de musgo a unos metros de distancia. Marta caminó trabajosamente por el fango hasta la cabaña y tocó el pedazo de madera podrida que hacía las veces de puerta.

—Pase —dijo una voz que sonaba más a gruñido animal que a respuesta humana.

Aunque normalmente no era una mujer a la que le acobardara nada ni nadie, Marta se estremeció de miedo, ya que sabía que había cosas que no podían explicarse, cosas que podían provocar un gran daño si te negabas a admitir tu indefensión. Y los rumores decían que Katrina era, nada más y nada menos, que una devota de la Santísima Muerte, una santa prohibida cuyo culto estaba enraizado en una diosa azteca que a menudo era descrita como un esqueleto. Ah, la idea de tal misterioso poder estremecía a Marta en lo más profundo. Entró en la ensombrecida cabaña con cautela y con gran inquietud. Una vez dentro, Marta entrecerró los ojos en un intento por ajustar sus ojos lo más rápido posible.

—Pase —dijo la voz de nuevo—. Estoy aquí.

Marta se volteó hacia el rincón más alejado del pequeño cuarto y contempló a la mujer a la que más temían los pueblerinos. El corazón de Marta se serenó cuando sus ojos absorbieron la visión de esa gran curandera. Katrina estaba sentada a una mesa, una mujer de aspecto frágil y cuerpo pequeño que no tendría más de cuarenta años. El largo cabello de la curandera, que aún brillaba con un rico color canela, caía por su espalda, bien peinado y retirado de su cara. Sus agudos ojos verdes brillaban a la luz de una solitaria vela.

—Por favor —dijo Katrina—. Pase y siéntese aquí —e hizo un movimiento con una mano pequeña hacia un taburete que estaba en el lado opuesto de la mesa.

"Así que esta es la gran curandera", pensó Marta—. "¡De seguro que he desperdiciado mi tiempo!".

Katrina soltó una risa por lo bajo.

—No —dijo—. Le aseguro que no ha desperdiciado su tiempo.

Los ojos de Marta se abrieron mucho y le empezó a picar el cuero cabelludo.

Katrina volvió a reírse.

—Por favor —dijo—. Siéntese. Es hora de hablar de lo que necesita.

Marta no tenía opción. Debía sentarse y contarle a esa poderosa mujer lo que albergaba su corazón, aunque estaba claro que ya lo sabía. Marta se abrió paso despacio hacia el taburete y se sentó como le había indicado.

Katrina sonrió, se inclinó hacia delante y dijo con suavidad, casi con gentileza:

—Ha venido a mí para recuperar la libertad que otra mujer le está arrebatando.

Cuando esas palabras entraron en la conciencia de Marta, supo que Katrina la ayudaría. Marta asintió y articuló la palabra "sí". La curandera se puso en pie de repente y se acercó a un pequeño reborde que estaba abarrotado de botellas de diverso tamaño, forma y color. Mientras Katrina examinaba con cuidado sus pociones, en busca de la correcta, Marta advirtió que la mujer no era más alta que una niña pero que se movía con la gracia de una bailarina. Finalmente, Katrina emitió un suave "¡Ah!" y regresó a su silla.

—Tome —dijo mientras colocaba una esbelta botella azul delante de Marta—. Esto le proporcionará libertad de esa mujer.

Marta alargó la mano hacia la botella, pero Katrina se la arrebató con tal celeridad que el ama de llaves saltó hacia atrás del susto. Tras un momento, Marta comprendió. Metió la mano en su monedero de tela, sacó tres monedas y las colocó sobre la mesa. Katrina sonrió y situó la botella cerca del dinero. Marta recogió la botella y se la llevó al pecho.

—Y entonces —le dijo a la curandera—, ¿le doy esto a Socorro?

—No —dijo Katrina—. Encuentre un modo de dárselo a tomar a su señor.

Los ojos de Marta se entornaron.

—¿Qué?

Katrina ignoró la pregunta.

—Pero debe asegurarse de que Socorro no esté en la casa.

—¿Cómo?

Katrina volvió a ignorar la pregunta.

—Sea paciente —dijo—. Espere el momento adecuado.

Marta abrió la boca para hacer otra pregunta, pero sabía que era inútil. Deslizó la botella dentro de su bolso, se puso en pie y salió de la cabaña sin mirar atrás. Mientras se alejaba deprisa, oyó una baja pero distintiva risa que la seguía.

Y así fue: Marta esperó la oportunidad de usar la magia tal y como le había instruido Katrina. Observó con paciencia cómo Socorro limpiaba la casa y cocinaba todas las comidas. Dejaba solo la colada para la antaño ocupada ama de llaves. Con asco, Marta también observó cómo Lázaro se enamoraba cada día más de esa intrusa. Pero su paciencia le fue recompensada. Una mañana, después de que Socorro hubiera cocinado, pero no servido, el desayuno de su marido, llamó a Marta a la cocina.

—Mañana es el cumpleaños de Lázaro —le susurró al ama de llaves, aunque había pocas posibilidades de que nadie pudiera oírlas.

—¿Sí? —dijo Marta con una sonrisa forzada.

—Deseo cocinar una magnífica cena para él —dijo Socorro mientras recogía la cocina—. Pero debo ir al pueblo hoy para comprar lo que necesito.

—Oh, yo puedo hacerlo por usted —se ofreció Marta, que sabía muy bien que su señora rechazaría la oferta.

—No, no —dijo Socorro, casi como si le hubiera dado pie—. Esto debe venir de mí.

—¿Hay algo que pueda hacer para ayudar?

—Sí —Socorro sonrió con excitación—. Le he preparado el desayuno a Lázaro. Por favor, sírvaselo justo cuando me vaya.

—Por supuesto —respondió Marta—. ¿Hay algo más que pueda hacer para ayudarla?

Mientras Socorro se quitaba el delantal y alargaba la mano hacia su bolso, dijo:

—Asegúrese de que nuestros manteles más elegantes estén tan limpios como sea posible. Y si Lázaro pregunta, solo confírmele que he ido a visitar a la señora Miramontes.

Marta sonrió con tal intensidad que Socorro se quedó paralizada.

—¿Está usted bien?

—Sí, sí —dijo Marta mientras intentaba controlar su alegría—. Por favor, vaya. Todo irá bien.

Tan pronto como Socorro salió de la casa, Marta rebuscó con rapidez en su propio bolso, que siempre colgaba a su costado. Cuando encontró la botella, vertió su espeso contenido rojizo en la hirviente olla de frijoles y removió hasta que no quedó ningún rastro visible. Marta llenó un gran bol con una buena porción de los frijoles, lo colocó en una bandeja de plata, y completó la comida con pan dulce, tortillas, una jarra de café y un vaso grande de agua.

—¡Ah! —dijo Lázaro cuando Marta entró con la comida en el comedor—. ¡Se ve maravilloso! Pero, ¿dónde está mi encantadora esposa?

El ama de llaves dejó la bandeja sobre la mesa y comenzó a descargarla. Al colocar el bol de frijoles frente a su señor, su mano derecha tembló un poco, así que usó con rapidez la izquierda para sujetarlo.

—Socorro tenía un par de recados que atender —dijo Marta, que no recordaba lo que su señora le había indicado que dijera—. Pero ha dejado este magnífico desayuno para usted.

Los ojos de Lázaro brillaban de hambre. Después de que Marta hubiera preparado todo, Lázaro tomó un gran sorbo de café, cogió una tortilla, la rompió por la mitad y procedió a devorar su desayuno. Su ama de llaves se echó hacia atrás, se cruzó de brazos sobre su estrecho pecho, plantó una sonrisa torcida en su rostro y observó a Lázaro en silencio. Poco tiempo después, se había terminado hasta el último bocado de comida.

Mientras Lázaro bebía el último sorbo del café, Marta se acercó.

—¿Desea algo más? —preguntó mientras recogía el bol vacío.

Lázaro asintió y colocó la palma de su mano de lleno en la parte baja de la espalda de Marta.

—Te deseo a ti —dijo suavemente. La íntima petición de Lázaro paralizó al ama de llaves. Tras un momento de silencio, Marta se dio cuenta de lo que estaba sucediendo. ¡La poción! Pero, ¿qué hacer? Ella no había anticipado tal resultado.

—Y bien, mi amor —arrulló Lázaro—. Socorro está fuera de la casa. Tú y yo estamos solos.

Antes de que pudiera responder, Lázaro se puso en pie y envolvió a Marta entre sus brazos. Ella pensó que debía gritar, pero sabía que lo había provocado con sus propias acciones. Y tal vez fuera el único modo de deshacerse de Socorro sin derramar sangre.

—Pero soy demasiado vieja para usted —dijo Marta, que sabía bien que sus palabras no importarían.

—Y la idea me deleita —respondió Lázaro. Levantó suavemente la barbilla de Marta con un fuerte dedo. Ella no vio nada más que adoración en sus ojos.

"¡Bueno! ¿Por qué no?", pensó. "No soy tan vieja como para no poder disfrutar. Y si este es el único modo de recuperar mi libertad de manos de esa mujer, ¡que así sea!". Y así, Marta cerró los ojos y le dio la bienvenida a los labios de su señor sobre los suyos. Y su recuerdo retrocedió muchos años a cuando su propio padre la había besado y abrazado de tal modo. Pero entonces ella solo tenía doce años. ¿Qué sabía ella sobre lo que un padre no debería hacerle a su propia hija? Pero eso fue mucho tiempo atrás. Llevaba sola demasiado tiempo. Ahora, como mujer madura, podía ciertamente disfrutar del amor de un hombre adecuado sin sentir culpa.

Un grito sacó a Marta de sus ensoñaciones. Retiró su cuerpo del de Lázaro. Socorro estaba en la puerta, con una expresión de aborrecimiento tan dolorosa que Marta tuvo que voltearse. Lázaro miró a Socorro y luego a Marta, para volver a ver a Socorro. Sacudió la cabeza, parpadeó varias veces, e intentó decir algo, pero sus labios no podían formar palabras. Las manos de Socorro temblaban frente a ella. Los tres se quedaron inmóviles, sin saber qué hacer o decir. Finalmente Socorro se volteó y salió corriendo de la casa mientras profería un lastimero gemido.

Lázaro se dirigió a Marta. Ya no la deseaba. Ahora su corazón estaba lleno de asco y del conocimiento de que Marta había jugado con el destino, aunque no sabía cómo. Y Marta entendió que no podía escapar. De modo que, cuando Lázaro se acercó a ella y despacio, pero con gran pasión, colocó sus manos alrededor del frágil cuello del ama de llaves, Marta no gritó ni luchó. Simplemente cerró los ojos y se rindió al odio de Lázaro. Porque no tenía otra opción. Él era su señor. Y la curandera, de hecho, le había prometido la libertad. Nada más. Nada menos.

ELIZONDO VUELVE A CASA

CUANDO CONOCÍ A ELIZONDO por primera vez, él vivía en la pequeña casa al fondo de la parte trasera de la propiedad de mi abuela. Ana Ortiz Camacho, mi abuela y la única de mis abuelos a la que tuve la oportunidad de conocer, había muerto la semana anterior; una vida de cigarrillos, comida mexicana, trabajo duro y no poca cerveza le había dado alcance al fin. Mi madre, la única hija de mi abuela, había muerto hacía siete años, cuando yo estaba en mi último año en Reed College, así que recayeron en mí los preparativos para el funeral, y luego comenzó la ardua tarea de vaciar la casa de la abuela para venderla.

Es en momentos así cuando me doy cuenta de lo solitarias que habían sido nuestras vidas. El marido de abuela desapareció hace tanto tiempo que nadie lo menciona por su nombre ya. Y mi padre biológico era un hombre desconocido que vendió su esperma a un banco de semen; sabemos que era (o es) "hispano" (la terminología usada en el formulario que rellenó), con título universitario y sin casos conocidos de cáncer u otras enfermedades temidas en su registro genético. Oh, y tenía (o tiene) un coeficiente intelectual de 136. En cuanto a mí, estoy perpetuamente soltera a pesar de ser lo que algunos podrían llamar una mujer guapa y joven, con un trabajo de ensueño como profesora auxiliar en el departamento de estudios Chicanos y Chicanas en la universidad Cal State-Northridge (CSUN), donde enseño poesía latina homosexual. No consigo mantener a una mujer en mi cama por más de seis meses. Solitarias, todas nosotras. Y ahora que abuela ha muerto, estoy más sola que nunca.

Pero bueno, yo había creído que la casa de atrás estaba vacía, que se usaba más como trastero que como otra cosa. No había estado en esa parte de la propiedad en años, ya que no tenía motivos para hacerlo, y abuela siempre me mantenía en la casa principal cada vez que la visitaba, lo cual sucedía cada mes o así. Pero cuando iba bajando por la entrada de los autos el día después del funeral, al pasar por el lateral de la casa principal, pude ver señales de vida en esa pequeña casa del fondo: un gastado pero aún útil sofá marrón en el porche; tres macetas pequeñas, llenas con lo que parecían ser peonías, situadas en una perfecta línea en la barandilla de madera del porche; una clásica bicicleta Schwinn Men's Cruiser, en perfecto estado, pintada de un brillante rojo, con sus dos grandes neumáticos inflados y listos para rodar. Y la pequeña casa en sí tenía mejor aspecto del que nunca había visto. Esa vieja estructura de madera había estado siempre necesitada de una buena capa de pintura, y ahí estaba, blanco brillante con rebordes en verde oscuro.

Mientras me acercaba, el crujido de la gravilla bajo mis viejas zapatillas Converse pareció sonar más fuerte conforme se elevaba mi nivel de aprensión. Era casi mediodía y el calor del valle solo estaba empezando. Sujeté mi mochila —pesada por las dos antologías Norton y un archivador lleno de trabajos de los alumnos que necesitaban ser evaluados— con más fuerza y preparada para usarla contra este hombre misterioso que vivía en la propiedad de abuela. Pero entonces apareció. Abrió despacio la puerta mosquitera, se secó las manos en un paño de cocina, sonrió y asintió con la cabeza hacia mí como si me reconociera. Yo pesaba al menos once kilos más que él, así que me relajé. No podía medir más de metro y medio, era muy delgado, y su cabeza estaba cubierta de pelo blanco cortado muy cerca de su cráneo. Solo se quedó allí mientras me veía acercarme al porche. Me detuve a unos tres metros de él y esperé.

—Ah —dijo con voz suave, casi cantarina—. ¡La profesora!

—¿Me conoce? —pregunté con el estómago encogido.

—Su abuela presumía de usted sin parar —dijo sin perder la sonrisa—. Me enseñó sus fotos muchas veces, especialmente esa en la que usted está con ella cuando terminó su doctorado.

Conocía esa fotografía. Era una de mis favoritas. Normalmente, abuela nunca sonreía, especialmente en las fotos, pero esta vez mostraba una enorme sonrisa y me abrazaba con fuerza ante la cámara, tanto que pensé que me iba a romper una costilla. Estábamos rodeadas de otros graduados con sus togas y birretes, con mucha emoción. Ella se sintió más orgullosa en ese momento que cuando me gradué de Reed con una doble licenciatura en estudios de género e inglés. Abuela no podía imaginarse cómo podría ganar un sueldo decente con eso. Pero cuando terminé el posgrado en UCLA y le dije que había conseguido un puesto que aspiraba a ser numerario en CSUN la semana antes de que me concedieran el doctorado, se dio cuenta de que me iba a ir bien. Un trabajo estable en una universidad importante no demasiado lejos de su casa. No importaba que el enfoque de su nieta fuera la literatura latina homosexual. . . ella me quería y simplemente no hablábamos de eso. Lo que importaba era que yo había recibido una educación y que tenía un gran trabajo, y ella mostraba esa euforia en esa fotografía.

—Me conoce —dije—. Pero, ¿quién es usted?

—Elizondo —dijo, pero su sonrisa desapareció despacio—. ¿Su abuela nunca me mencionó?

—No y no lo vi a usted en el funeral. ¿Dónde estaba? ¿Me pasó inadvertido? —pregunté, más como un desafío que por un deseo de oír las respuestas.

Se sentó en el sofá, el cual soltó un gruñido de muelles antiguos que se vencían bajo su peso. Elizondo meneó la cabeza y desvió la mirada.

—¿Por qué no estaba usted allí? —presioné.

Él suspiró.

—Porque solo soy un inquilino y . . .

—¿Y?

Se volteó de nuevo hacia mí.

—Y no podía pensar en ver a Ana en un ataúd.

Me estremecí, aunque no estaba segura de por qué. Rara vez oía mencionarse el nombre de abuela. . . Ella era simplemente abuela para mí. Pero cuando este extraño hombre dijo su nombre, acarreó un significado más allá de nada que hubiera sabido sobre ella.

—¿Ha almorzado? —preguntó él.

Me pregunté si podía oír mi estómago rugir. Moví la cabeza, pero no con mucha convicción.

—¡Ah! —dijo. Se puso de pie y volvió a sonreír—. Estoy calentando lengua en una sopa deliciosa, no demasiado picante, con pequeñas rodajas de patatas. Hay bastante.

Su descripción de la sopa de lengua de ternera consiguió

que se me hiciera la boca agua y pude sentir que mi estómago daba un vuelco. No me había dado cuenta hasta entonces del maravilloso aroma a sopa que salía de la pequeña casa. Asentí y caminé hacia él. Me figuré que era inofensivo y yo necesitaba buena comida mexicana, justo en ese momento, para honrar a mi abuela y saciar mi hambre.

Me hizo sentar ante una pequeña mesa en la cocina. Mantenía la casa muy ordenada, con pocos adornos. Pura eficiencia. Se movía de un lado para el otro, preparando un lugar en la mesa para mí, llenando un vaso grande de limonada, sirviendo sopa en mi plato. Tras servirse a sí mismo, se sentó, sonrió y comenzó a comer. Yo hice lo mismo.

—Está muy buena —dije, y lo decía en serio.

—Es la favorita de Ana.

No se corrigió para cambiar el "es" por "era". Y eso estuvo bien. Le devolví la sonrisa y continuamos comiendo en silencio satisfechos, aunque yo estaba formulando preguntas en mi mente.

Cuando terminamos, rellenamos nuestros vasos con limonada y nos dirigimos de vuelta al porche. Nos sentamos en el sofá con medio metro de distancia entre los dos y tomamos nuestras bebidas frías.

—¿Cuánto tiempo lleva viviendo aquí? —pregunté finalmente.

Lo pensó por un instante.

—Mañana hará diez meses.

—¿Paga alquiler?

—Por supuesto —dijo, y sonó un poco herido—. Pago trescientos dólares al mes, siempre a tiempo. Y le pagaré mañana porque es cuando toca.

Lo pensé por un momento. Mañana era sábado, el día en el que imaginé que haría la auténtica organización y almacenamiento de las cosas de abuela. Así que podía venir, tomar el dinero y pensar entonces qué hacer con Elizondo. A ver, yo no quería convertirme en arrendadora. Había planeado vender la propiedad de abuela y usarla como pago inicial para un condominio, de modo que no tuviera que vivir de alquiler nunca más. Pero hoy el objetivo era examinar las pertenencias de abuela, tratar de determinar lo que necesitaba ser almacenado y lo que pudiera venderse. Asentí, dije que mañana me parecía bien, y por alguna razón establecí mis planes para los siguientes dos días.

Me preguntó si necesitaba ayuda, pero lo rechacé. Esto era algo que quería hacer en privado. Terminé mi limonada de un solo trago, le tendí el vaso y le di las gracias por el maravilloso almuerzo. Volví a la casa de abuela para comenzar la tarea. Había hecho lo mismo con el apartamento de mi madre cuando murió, así que tenía algo así como una estrategia para hacer que fuera menos pesado. Hice un gráfico de cada habitación, con listas de esto y aquello, y luego priorizaba. Siempre se me dio bien planificar y convertir grandes proyectos en trabajos manejables y pequeños. Antes de darme cuenta ya era casi medianoche. Me pregunté si Elizondo seguiría despierto, pero sería bastante maleducado molestarlo solo por la esperanza de gorronear otra buena comida. Así que subí a mi automóvil, encontré un McDonald's con opción de comprar por la ventanilla, y pedí un batido de chocolate y una hamburguesa Angus Deluxe para comer de camino a casa.

A la mañana siguiente, aparqué frente a la casa de abuela. Mi maletero y el asiento de atrás estaban llenos con docenas de cajas de embalaje sin abrir. Pero primero quería visitar a Elizondo, dejarle pagar su alquiler y tal vez aceptar su oferta de ayuda. Me vendría bien la compañía en ese día, asimilando —al fin— la definitiva muerte de Abuela. Mientras me encaminaba hacia la pequeña casa de atrás, mis Converse de nuevo ofrecieron un crujiente fondo musical a mi corto viaje. Tenía que admitir que Elizondo ciertamente había hecho que el lugar se viera bonito. Aun cuando esa zona de Van Nuys no había sentido toda la fuerza de la gentrificación en años recientes, estaba llegando, y era probable que esta propiedad valiera una suma considerable. Subí los tres peldaños del porche y llamé a la puerta mosquitera. No oí nada. Intenté mirar por la malla, pero no podía ver más que sombras.

—¿Hola? —llamé—. ¿Elizondo?

No hubo respuesta. Abrí la mosquitera despacio y entré en el diminuto salón. Todo estaba en su sitio. Volví a llamar por su nombre y revisé la cocina. Nada. Solo quedaba un lugar donde mirar: el pequeño dormitorio, así que me abrí camino hacia allí en pocos pasos. La puerta estaba entornada. Volví a pronunciar su nombre. De nuevo, no hubo respuesta. Abrí la puerta despacio.

Elizondo yacía sobre la cama, completamente vestido sobre

una colcha verde, la cabeza apoyada en una esponjosa almohada, con los brazos cruzados. Sus ojos, entreabiertos, no tenían vida y miraban fijamente al techo. Un diminuto envase marrón y vacío estaba sobre la mesita de noche. Al acercarme al cuerpo, choqué contra una mesita a mi izquierda. Bajé la mirada y vi tres billetes nuevos de cien dólares, bien alineados, que me esperaban. Había un pequeño trozo de papel amarillo cerca de los billetes con algo escrito. Lo cogí y lo leí: "Lo Siento. Elizondo".

Entonces vi tres anillos de mujer y un pequeño reloj de pulsera de oro puestos junto al dinero. Suspiré y miré hacia Elizondo. Decir que se veía en paz no habría sido cierto. De hecho, su expresión era de leve sorpresa, el tipo de asombro que se experimenta cuando uno descubre a sus padres vistiéndose, o cuando se ve a dos extraños besándose en público. El tipo de sorpresa que es pequeña, común y corriente, pero que al final es significativa más allá de su tamaño. El tipo de sorpresa que yo sentí justo entonces.

COSAS BUENAS QUE SUCEDEN
EN EL TINA'S CAFÉ

DURANTE LAS HORAS DEL DÍA, Félix José Costa nunca se permitía preguntarse cuán diferente sería su vida si fuera como cualquier otra persona. Mediocre. Común. *Normal*. En ese sentido era bastante sabio, a pesar de su relativa juventud. Incluso a sus veintiséis años de edad, Félix sabía que era una tontería malgastar energía imaginando algo que nunca sería.

Sin embargo, en sus sueños —¡oh, esos sueños!— era como cualquier otro. En sus visiones nocturnas, Félix caminaba sin prisa por la entrada de Spring Street al edificio Ronald Reagan State y saludaba con la mano al guardia de seguridad, un hombre robusto de mediana edad, quien no sonreía a nadie más que a Félix. "¡Buenos días! ¡Qué le parecen esos Lakers!". Y luego chocarían los puños como machotes, otro saludo, una alegre inclinación de cabeza por parte de ambos hombres. Entonces se dirigiría a los ascensores mientras saludaba a amigos y colegas, con su mano derecha (y a veces la izquierda) alegre y públicamente alzada para que todos la vieran: otro hermoso día en Los Ángeles, esta gran Ciudad de Ángeles, Lotusland, una mágica metrópolis donde los sueños se hacen realidad.

Comparemos la realidad: cinco mañanas a la semana, tras disfrutar de una taza o dos de café en una cafetería cercana, Félix entra en su edificio con un maletín de polipiel colgado de su hombro derecho, ambas manos metidas en los bolsillos de sus pantalones, un ligero giro hacia el guardia para que pueda ver la tarjeta de identificación laminada emitida por California que está sujeta al bolsillo de su chaqueta, un baile silencioso sin emociones, y luego hacia los ascensores, desviando la mirada del resto de la gente. Finalmente llega a la undécima planta, encuentra su desolado cubículo, y comienza su día como secretario legal de tres representantes del fiscal general y un asistente legal, empleados en la División de Derechos Públicos del Departamento de Justicia de California.

Félix había aprendido la palabra para su "circunstancia" cuando era relativamente joven. Su madre, Josefina, al estar bien educada y no temerle a la realidad, creía en la verdad sin tener en cuenta a dónde podría llevarlo a uno, incluso a su único hijo.

Un día después del sexto cumpleaños de Félix —tras una corta vida llena de burlas y chistes crueles por parte de los niños del vecindario y de sus compañeros de clase—, Josefina escribió la palabra en un trozo de papel e hizo que Félix la buscara en el desgastado *American Heritage Dictionary* de la familia. A Félix se le daban muy bien las palabras y le encantaba el olor a moho de su diccionario. Pasó las páginas hasta que encontró la palabra que su madre había escrito: "polidáctilo (adjetivo) Que posee más del número normal de dedos en pies o manos".

Félix apoyó su mano derecha sobre la página, la palma sobre el frío y suave papel, seis dedos bien separados. Ahí estaba *esa* palabra: "normal". Y suspiró. Pero Josefina se llenaba de orgullo porque Félix pronunciaba "polidáctilo" correctamente. ¡Qué niño más talentoso! ¡Qué niño más guapo, listo y prometedor!

El padre de Félix, Reymundo, no era tan culto como Josefina. No, era un hombre de costumbres antiguas. Creía que su hijo estaba maldito. Y punto. Y el único modo de luchar contra una maldición era con magia. Una semana después de que Félix aprendiera la palabra para su condición, y sin que su esposa lo supiera, Reymundo llevó a su hijo a visitar a un primo viudo y sin hijos llamado Tony, que vivía a las afueras de Koreatown, en la avenida Ardmore cerca de Fifteenth Street, en una casa de dos pisos y estructura de madera llena de recovecos, construida alrededor de 1910, y que era excesivamente grande para Tony. Pero demasiados recuerdos lo mantenían en esa casa. Tony tenía lo que la gente llamaba un carácter alegre; era un hombre que nunca se quejaba, sino que pasaba los días apreciando las pequeñas cosas de la vida. Se quedaba ahí, agradeciendo al cielo por su hogar, por los muchos años que había pasado con su encantadora esposa Trini, y vivía solo con sus recuerdos.

De todos modos, Tony sabía que otros sufrían por las pérdidas y él poseía un don que podía ayudarlos. Básicamente, podía hacer cosas asombrosas con barro y algunos encantamientos primordiales. Por ejemplo, si su marido de cincuenta años sucumbía finalmente a esa anómala arteria coronaria que nadie había detectado, Tony podía hacer un nuevo esposo para usted, completo con su barriguita prominente y una anatomía masculina que funcionaba más o menos, a partir del barro marrón oscuro de su patio trasero. ¿Han atropellado a su querido perro Beagle? ¡Abracadabra! Un nuevo perro con la misma disposición tierna y los recuerdos... modelados de manera experta en barro por los elegantes y largos dedos de Tony. Y, además, Tony ofrecía su talento por un precio que era una ganga. Si andan mal de dinero, pueden pagarle limpiando la casa, podando sus árboles o con tamales caseros.

La gente decía que Tony era un santo y cualquiera se vería en apuros para discutir contra tal afirmación. Pero algunos le preguntaban a Tony por qué no hacía un doble de barro de su fallecida esposa. Tony solo desestimaba la pregunta, sacudía la cabeza y decía: "No es posible". Esta respuesta podía tener varios significados. Algunos pensaban que perdería su don si lo usaba egoístamente para él. Otros creían que Tony idolatraba tanto a Trini que no sabía si podría hacerle justicia con el simple barro. De todos modos, los amigos, familiares y vecinos de Tony apreciaban lo que hacía por ellos y sanseacabó.

Así que un radiante sábado por la mañana, Reymundo le dijo a Josefina que iba a llevar a Félix a hacer senderismo por Griffith Park; bien sabía que a su hermosa e inteligente esposa no le gustaba sudar en público. Ella les deseó lo mejor. Aunque el oeste del Valle de San Fernando tenía más que suficientes senderos que caracoleaban subiendo hacia las montañas de Santa Mónica, Griffith Park estaba en el extremo oriental de la misma cordillera montañosa y albergaba otras atracciones, como un observatorio y un planetario, por no mencionar el cercano zoológico, el Centro Nacional Autry y el teatro griego. Reymundo y Félix se despidieron de Josefina con un beso, subieron al Honda Civic de la familia y salieron de Canoga Park en busca de la naturaleza. Pero dieron un rodeo para visitar a Tony, que vivía a solo unos kilómetros de distancia de su destino. Aunque Félix se sorprendió cuando su padre se quedó en la 101 en vez de pasar a la

134, se mantuvo en silencio y simplemente disfrutó del paseo. Cuando salieron a la avenida Normandie, Félix ya sabía a dónde lo llevaba su padre. Imaginó que quería charlar con su primo por unos instantes para ver cómo le iba en esa enorme casa vacía. Pero no. Estaba claro que el padre de Félix tenía otros planes. Tony salió a recibirlos con las manos y los brazos cubiertos de barro oscuro. A pesar de sus igualmente embarrados Levi's y camiseta roja, Tony no podía ocultar su elegancia innata. Tenía una buena cabellera blanca y rizada, y un semblante de agudos rasgos como de la realeza. Todo el mundo decía que Tony podía haber sido actor, pero le gustaba su magia demasiado como para pensar en tales tonterías.

—Vamos —dijo con una amplia sonrisa—. Síganme hasta el patio de atrás. No quiero abrazarlos porque, como pueden ver, estoy lleno de barro.

El patio de Tony era inmenso, eran dos parcelas, con un enorme y ancestral árbol de aguacates en el centro. Un césped frondoso cubría la mayor parte del patio. Había varios limoneros dispersos y un par de rosales. Los ojos de Félix se vieron atraídos hacia el cobertizo de Tony al fondo del patio, justo a la izquierda de una espesa cubierta formada por una enredadera de campanillas que se entrelazaban en la valla metálica que separaba la propiedad de Tony de un bien cuidado edificio de apartamentos multifamiliares. Cientos de flores acababan de abrirse plenamente para mostrar trompetas de vibrantes azules y morados, moteadas con el rocío de la mañana. A la derecha de las enredaderas había un amplio y húmedo pozo de barro, era claramente la fuente del material elegido por Tony.

Tony se encaminó hacia el cobertizo y sus invitados lo siguieron. Cuando entraron, Tony encendió las luces fluorescentes sobre sus cabezas. El olor a tierra se adueñó de Félix por un momento, haciéndole parpadear para luego estornudar. Nunca antes había sido invitado al lugar de trabajo de su primo.

—Bienvenidos —dijo Tony. Señaló un antiguo sofá de terciopelo azul y asintió con la cabeza hacia Reymundo, que obedeció su orden silenciosa para que se sentara.

—Un momento. . .Tengo que ocuparme de otro pequeño preparativo —dijo Tony mientras se acercaba a su banco de trabajo, donde lo esperaba un húmedo montón de barro—. Pónganse cómodos. —Metió sus manos en el barro mientras tarareaba una melodía insulsa. Félix se quedó quieto y examinó la habitación que apenas tenía muebles. Aparte del sofá, una solitaria silla plegable de metal se erguía en un rincón. Una enfangada toalla blanca colgaba de un clavo grande en la pared detrás del banco de trabajo. Por encima de la cabeza de su padre había una sola estantería de madera adherida precariamente a la pared. Félix pudo distinguir varios de los títulos. *La escultura de África*, de Eliot Elisofon. *Pedagogía del oprimido*, de Paulo Freire. *Pensamiento y cultura aztecas*, de Miguel León-Portillo. Entrecerró los ojos un poco para distinguir qué otros libros estaban en la estantería, pero solo pudo ver dos que tenían la palabra *lucha* en sus títulos. La madre de Félix siempre había dicho que, a pesar de la creencia de Tony en la magia, era todo un intelectual que leía dos o tres libros a la semana sobre cualquier tema, desde arte hasta filosofía o historia. Su material de lectura parecía apoyar esa teoría. Tony también parecía disfrutar del arte de la lucha y, a juzgar por los tensos músculos que ondulaban en sus hombros y brazos mientras trabajaba el barro, era probable que hubiera luchado en sus años de juventud. Félix había intentado ver una competición de lucha durante las últimas Olimpiadas de verano, pero le resultó aburrido y para nada como se imaginaba que debería ser la lucha. Le pareció que los dos hombres apenas se tocaban alguna vez, como dos gatos dando saltos sobre sus patas traseras. Aun así el cubano ganó la medalla de oro al derrotar al americano. ¿Cómo? ¿Por qué?

—Estoy listo —dijo Tony.

Félix se sobresaltó un poco y se volteó hacia la mesa de trabajo. Tony estaba a un lado del barro, el cual había esculpido en forma de una pequeña tarta rectangular. Félix caminó despacio hacia Tony, que sonrió para animarlo. Al fin, el niño estaba delante del banco de trabajo y bajó la mirada para ver lo que Tony había estado haciendo: en el barro se veían dos huellas perfectamente formadas de manos con cinco dedos. A Félix se le revolvió el estómago.

—No tengas miedo —susurró Tony—. No te va a doler. Solo encaja tus manos en el barro con las palmas hacia abajo.

—Pero . . .

Tony comprendió.

—Mete tus dos dedos exteriores en los meñiques... el barro cederá un poco porque aún está húmedo.

Félix giró la cabeza hacia su padre, que ahora estaba sentado en el borde del sofá, con los codos apoyados en las rodillas y las manos juntas a modo de oración. Asintió con la cabeza hacia Félix.

El niño volvió a girarse hacia la mesa de trabajo y colocó despacio sus manos en el barro. Lo sentía frío, húmedo, casi reconfortante.

—¡Excelente! —exclamó Tony mientras recogía barro nuevo y cubría las manos de Félix. Cuando hubo terminado, dio un paso atrás y admiró su trabajo. Entonces cerró los ojos y musitó algo en un idioma que Félix no reconoció.

—Y ahora, ¿qué? —preguntó Reymundo.

Los ojos de Tony se abrieron de golpe.

—Ahora —dijo mientras alargaba la mano hacia la toalla—, tú y yo vamos a tomarnos una cerveza en la casa mientras el niño se queda aquí una hora.

—¿Qué? —exclamó Félix, que no podía ocultar su alarma.

Tony sonrió.

—¿Te crees que la gran magia puede suceder en un minuto? Por supuesto. Eso tenía sentido. Félix suspiró, asintió y cerró los ojos.

—Buen chico —dijo Tony—. Reymundo, tengo unas Buds frías en la nevera. Vamos.

Reymundo se puso en pie y se acercó a su hijo. Le dio un beso a Félix en la cabeza e inhaló profundamente el sudor que permeaba el espeso pelo de su hijo. Reymundo quería a su hijo y sinceramente quería hacerle la vida un poco más fácil. Tras unos instantes, Reymundo levantó la cabeza y bajó la mirada hacia la fangosa magia.

—Habrá acabado pronto —le dijo cuando Tony comenzó a guiarlo hacia la puerta—. Eres un jovencito muy valiente.

Félix mantuvo los ojos cerrados y cayó en lo que su madre llamaba un trance autoinducido, algo que el niño había dominado cuando necesitaba escapar de este mundo.

Una hora más tarde, el sonido de la alegre voz de Tony lo devolvió a este mundo.

—Veamos esas manos tuyas.

El padre de Félix se quedó a un lado, observando atentamente cómo Tony abría una desvencijada caja de herramientas que estaba sobre el banco de trabajo y sacaba un palo de madera manchado de barro, el cual se parecía a una gran cuchara de madera rota. Con el extremo afilado, cinceló despacio el barro que ya se había secado.

Tony y su padre mantenían sus ojos pegados al palo, y seguían sus movimientos mientras Tony descubría las manos de Félix: primero los pulgares y luego moviéndose hacia fuera, hacia los ofensivos dedos de más. Cuando terminó al fin, Félix levantó sus manos y sacudió sus dedos.

Seis dedos en cada mano. Félix suspiró.

Tony se volteó hacia Reymundo.

—¿Te has planteado la cirugía?

—El seguro no cubre el procedimiento, es muy caro.

—¿Cómo es que no lo cubre? —preguntó Tony.

—Mira —dijo Reymundo—. Todos sus dedos funcionan perfectamente. Así que lo consideran como una mera cirugía estética. Selectiva.

—Pendejos —musitó Tony.

VEINTE AÑOS MÁS TARDE, Tony llevaba tres años muerto y su primo favorito, Félix, ahora vivía en su gran casa. Y un jueves por la mañana, media hora antes de que comenzara la jornada de trabajo, tras tomar el autobús a Pico y Ardmore, Félix estaba sentado en el Tina's Café, disfrutando de una deliciosa taza de Yuban, sus doce dedos rodeaban la taza de café, y leía el periódico *Los Angeles Times*. Se sentía en casa allí. Los demás clientes no eran profesionales, sino hombres y mujeres que tenían poco dinero y aún menos esperanzas de mejorar sus vidas. Ninguno de ellos se quedaba mirando sus manos. Todos le ofrecían una sonrisa y una inclinación de cabeza, nada más. Pero eso era todo un regalo en lo que concernía a Félix.

Había descubierto el Tina's Café mientras buscaba, en Yelp, lugares cerca de su oficina. Se quedó intrigado por la solitaria reseña de tres estrellas que había escrito un hombre desaliñado y de aspecto confuso llamado Barney:

Situado en 357 ½ South Spring Street. Fundado en 2008,

el Tina's Café ha promovido unos leales seguidores con su dedicación por marcas tradicionales de café como Folgers y Yuban. Emplazamiento conveniente con algunos de los precios más bajos en café de la ciudad. La decoración da la sensación de mercadillo de segunda mano y la iluminación podría mejorarse, pero los asientos son cómodos y anima a entablar conversaciones casuales. Por desgracia, el servicio es deficiente: la dueña es a menudo distante y parece preocupada por algún otro negocio, pero bien podría ser una fachada. También, los clientes deben limpiar lo que ensucian; si no, la dueña se enfada mucho y señala con un dedo la suciedad ofensiva. Aun así, es mucho mejor que la charcutería en Third Street.

Félix había intentado hablar con Tina la primera vez que fue allí hacía un año pero, tal y como decía la reseña de Yelp, no fue receptiva. Se contentaba con servir café y recolectar el dinero, pero no mucho más. ¿Era guapa? Es posible. ¿Joven? No estaba claro. Félix sospechaba que Tina era unos cinco años mayor que él, pero claro, también podría ser dos o tres años más joven. ¿Era mexicana? Probablemente no. Tal vez fuera filipina o quizás nativa americana. No entablaba conversación con ningún cliente. Tina era Tina y punto.

Pero ese jueves por la mañana, después de que Tina le sirviera a Félix una segunda taza de café, no se giró para atender a otros clientes, sino que se quedó delante de Félix como si estuviera esperando algo.

Félix levantó la mirada e intentó sonreír, pero su confusión frustró su intento de parecer indiferente. El rostro de Tina permaneció impasible mientras lo miraba a los ojos.

—¿Sí? —dijo Félix al fin.

—¿Sabes que tienes seis dedos en cada mano?

—Sí, lo sé.

—Bien —dijo Tina antes de marcharse—. Me alegra que lo sepas.

A la mañana siguientes, después de que Tina le sirviera a Félix su primera taza de café, le dijo:

—Yo tengo tres pechos.

Félix casi se cayó de la silla.

Tina se rio.

—En realidad no —dijo—. Me lo acabo de inventar.

Félix bajó la mirada hacia la mesa y apoyó sus manos en el regazo, fuera de la vista.

—Pero —continuó diciendo Tina, ahora que se había roto el dique—, estoy segura de que hay mujeres, en algún lugar, que tienen tres pechos, ¿no te parece?

Félix asintió.

Tina movió una silla, se sentó con un pequeño gruñido, y dejó la cafetera sobre la mesa.

—A las mujeres les encantan esas manos, ¿cierto?

Félix miró el reloj de la pared, sacó tres dólares, dejó el dinero sobre la mesa y se levantó.

—Voy a llegar tarde a trabajar —dijo, pero no se movió.

—No —dijo Tina—. Siempre te marchas de aquí a las ocho y cuarto. Son solo las ocho menos diez. Siéntate. Tienes tiempo. No voy a molestarte más.

Cuando Félix tomó asiento de nuevo, Tina se puso en pie y se acercó a otro cliente, pero volvió un minuto más tarde.

—Lo siento —dijo ella—. He sido maleducada. No tengo derecho a hacer tales preguntas, ¿verdad?

—No pasa nada —dijo Félix. Por razones que no podía entender, esperaba que ella se volviera a sentar.

—El sábado por la mañana —comenzó a decir—, creo que deberíamos reunirnos en la base de Angels Flight. Y entonces podemos decidir qué hacer para pasar el día.

Antes de poder evitarlo, Félix dijo:

—Eso me gustaría.

—Estupendo —dijo Tina. Finalmente sonrió—. Digamos que a las diez de la mañana, como diría mi papá.

—A las diez de la mañana —dijo él—. Es una cita.

—Puedes apostar a que lo es —dijo Tina—. Aunque lo intentaras, no podrías llamarlo de otra forma.

FÉLIX ESTABA en la base de Angels Flight en Hill Street. Llegó siete minutos antes de la hora, se paseaba de un lado al otro, y en ocasiones levantaba la mirada hacia los dos funiculares naranja y negro mientras traqueteaban subiendo y bajando por los raíles paralelos. Félix comprobó la hora en su iPhone. Cinco minutos más. Entonces observó una pequeña placa y dio tres pasos, se inclinó más, y la leyó:

Construido en 1901 por el Coronel J. W. Eddy, abogado, ingeniero y amigo del presidente Abraham Lincoln, se dice que Angels Flight es el ferrocarril incorporado más corto del mundo. Los vagones con contrapeso, controlados por cables, viajan con una inclinación del treinta y tres por ciento durante noventa y cinco metros. Se estima que Angels Flight ha transportado a más pasajeros por kilómetro que cualquier otro ferrocarril del mundo: más de un millón en sus primeros cincuenta años. Este ferrocarril inclinado es un servicio público operado bajo una franquicia concedida por la ciudad de Los Ángeles.

—¿Sabes que tienen nombres?

Félix intentó no mostrar sorpresa, pero fracasó. El sol matutino hizo que mirara el rostro ensombrecido de Tina con ojos entrecerrados.

—¿Qué?

—Sinaí y Olivet —dijo Tina—. Son sus nombres.

—¿De quién?

—De los vagones, tonto.

—Oh —dijo Félix—. ¿Por qué?

—Son bíblicos, por supuesto.

—Por supuesto.

Tina extendió su mano derecha con la palma hacia arriba. Al principio, Félix pensó que quería darle la mano, pero luego notó que le estaba enseñando cuatro brillantes monedas de veinticinco centavos.

—Nuestra tarifa para el funicular —dijo Tina—. Le pagamos al amable caballero de la cima. Son cincuenta centavos por persona cada viaje.

—Lo sé.

—Oh, eres un hombre sabio y experimentado.

Félix se ruborizó y se dio la vuelta.

—Vamos —dijo ella—. El tiempo *no* está de nuestra parte.

Cuando llegaron a la cima y pagaron su viaje, Tina dijo:

—Debo. Beber. Café.

—Hay un Starbucks justo ahí.

—Starbucks es lo peor —dijo ella—. Starbucks fue creado para destruir a los pequeños empresarios como yo.

—Oh, lo siento —dijo Félix—. Por supuesto que crees eso.

—Sí, deberías avergonzarte.

—Me avergüenzo.

—Bien —dijo Tina mientras se encaminaba hacia Starbucks—. Vamos a Starbucks.

Félix no se movió.

—¿Qué?

—Starbucks es malvado, pero tengo el antojo de tomarme un Frappuccino Café Vainilla.

Félix dio un paso y luego otro tras Tina.

—Suena bien.

—Sí, es delicioso —dijo con un chasquido de sus labios—. Y luego nos sentaremos y hablaremos un rato sobre cosas muy importantes e iremos al MOCA, que abre a las once para ver un par de exposiciones o tres; luego volveremos aquí y comeremos en Panda Express, puesto que ya estoy deseando un pollo a la naranja para almorzar; y podemos hablar sobre cosas menos importantes, luego bajaremos en el Angels Flight y encontraremos un bar o dos o tres, y tomaremos una cerveza artesanal o alguna bebida femenina elegante, y luego encontraremos otros lugares para pasar el rato porque somos jóvenes y el día se extiende ante nosotros como una cornucopia llena de experiencias inolvidables que pueden cambiarnos la vida.

Félix sonrió.

—Parece que te gusta mi plan —dijo Tina.

—Creo que sí.

Tina dejó de caminar para permitir que Félix la alcanzase.

—Repito que eres un hombre sabio y experimentado —dijo cuando él finalmente se situó a su lado.

—Supongo que lo soy —dijo él—. Supongo que lo soy.

Y PASARON EL DÍA MÁS o menos como Tina había planeado, aunque fue idea de Félix caminar hacia Olvera Street para cenar en el café mexicano La Golondrina. Hablaron de muchas cosas, de todo lo que se les pasaba por la cabeza, mientras las horas pasaban.

Por ejemplo, a las 10:31 de la mañana, sobre sus bebidas de café de Starbucks, Tina dijo:

—¿Sabes? George Bernard Shaw escribió una reseña feroz de Brahms, lo llamó "bebé grande" y dijo que era "adicto a disfrazarse de Handel o Beethoven y a hacer ruidos prolongados e intolerables". ¿Te lo imaginas? ¿Brahms? ¿Un "bebé grande"? ¡Qué locura!

Y a las 12:57 de la tarde, mientras aguardaban en la cola del Panda Express, Félix dijo: —¿Sabías que se considera al chef ejecutivo de Panda Express, Andy Kao, como el creador del pollo a la naranja? Y vendieron más de veintisiete millones de kilos de pollo el año pasado. Increíble.

Y fue precisamente a las 2:13 de la tarde, mientras bajaban en Sinaí por Hill Street, cuando Tina le dijo lo siguiente:

—El nombre de Wilshire Boulevard se debe a Henry Gaylord Wilshire, que era originario de Cincinnati y famoso por ser un seductor y un absoluto agitador de masas. Al menos eso fue lo que leí en un libro escrito por un tipo llamado Kevin Roderick.

Eran las 6:39 de la tarde, mientras paseaban por Olvera Street hacia La Golondrina para cenar, cuando no dijeron nada, ni una palabra, lo cual les pareció bien a ambos.

Su día terminó a las 10:03 de la noche en la base de Angels Flight, justo como había empezado. Se quedaron mirándose, balanceándose en la fría noche, con la barriga llena, y con las cabezas un poco mareadas por las cervezas artesanales y las bebidas femeninas.

—¿Un beso? —preguntó Félix.

—Pues un beso —dijo Tina.

Y se besaron con los cuerpos separados, los rostros volteados, los labios tentativos, un toque de lengua. Tras unos instantes, ambos se separaron al unísono.

—Supongo que vendrás al muy famoso Tina's Café el lunes por la mañana —dijo Tina.

—Allí estaré —dijo Félix.

—Sé que estarás —dijo Tina.

Y se fueron por caminos separados.

ERA UNA NEBLINOSA MAÑANA de lunes cuando Félix se bajó del autobús y caminó hacia Spring Street. Había tenido todo el domingo para pensar sobre su día con Tina. El aire frío le permitía ver su aliento. Félix intentó no sonreír pero no pudo evitarlo. Pronto estaría en el Tina's Café, saboreando una taza caliente de Yuban servida por la propia Tina.

Félix pasó por delante de un escaparate con el nombre de la tienda, Muebles Usados Mike, en antiguas letras doradas grabadas sobre el cristal. Debajo del nombre estaba la frase: desde 1962. Había dado unos pasos más allá de la tienda cuando se dio cuenta de algo, así que se detuvo y volvió sobre sus pasos. Comprobó la dirección. Sí, era el 357½ South Spring Street. Pero no era el Tina's Café. Las luces estaban apagadas y la tienda aún no estaba abierta al público. Félix sacó sus manos de los bolsillos de la chaqueta y se las puso alrededor de los ojos, se inclinó ante el escaparate para mirar con ojos entrecerrados el interior oscurecido. En vez del Tina's Café, vio escritorios, sillas, mesas y sofás dispuestos en orden, listos para su venta.

Félix se echó hacia atrás y apoyó sus palmas contra el cristal, incapaz de recuperar el aliento. Cerró los ojos e intentó conjurar el rostro de Tina en su mente, pero no pudo. Las piernas le empezaron a fallar y necesitó cada pizca de concentración para evitar caerse en la fría acera. Tras todo un minuto, Félix abrió los ojos y se concentró en sus manos extendidas. Parpadeó una vez y luego otra y luego otra más. Cinco. ¡Cinco! Cinco dedos en cada mano. Retiró las manos del cristal del escaparate, se volteó hacia la calle con la boca abierta como una billetera vacía. Y en ese momento, todo recuerdo de Tina se evaporó de su mente.

Cerró la boca para formar una apretada sonrisa. Y con una risita, Félix José Costa levantó sus perfectamente normales manos para acariciar la fría mañana de Los Ángeles.

DON DE LA CRUZ Y LA DIABLA DE MALIBÚ

DON JESÚS REYMUNDO DE LA CRUZ durmió con el diablo. No, esto es demasiado gentil e impreciso. Don de la Cruz se cogió al diablo, jodió al diablo, pero nunca durmió con el diablo. La Diabla. Como muchos de nosotros sabemos, el diablo que vivía en el sur de California era femenino, así que era la Diabla, no el Diablo. Porque el diablo es legión, el diablo reside en la mayoría de los pueblos y ciudades, y puede ser hombre o mujer. Todo depende de lo que se necesite. Así que en el sur de California el diablo es una mujer. En Nueva York es un hombre. Pero bueno, Don de la Cruz fue el compañero sexual de la Diabla y, como pago por ello, ganó gran poder y riqueza.

La Diabla vivía en Malibú. Pero no es el Malibú que se están imaginando ahora mismo. No. Ella no vivía en el Malibú de Johnny Carson, Olivia Newton-John, Gladstone's, y la autopista de la costa del Pacífico que se usaba en los créditos iniciales de la serie televisiva de los años 60 con Sally Fields: *Gidget*, antes de que Sally Fields fuera la Novicia Voladora y Norma Rae, y antes de que todo el mundo la quisiera *de verdad*. No, este era el Malibú de 1822, mucho antes de todas esas pendejadas. Pero me estoy adelantando. Primero, un poco de historia. Porque sin historia, los relatos no pueden ubicarse en un lugar que elucide y añada sombras y significado. Y, como bien sabe el diablo, sin sentido de la historia, los holocaustos se repiten y el diablo gana otra batalla.

Por si acaso sus padres y madres no se los han enseñado ya, aquí tienen una lección. Cuarenta y cuatro pobres colonos españoles fundaron El Pueblo de Nuestra Señora la Reina de los Ángeles de la Porciúncula el 4 de septiembre de 1791. Al cabo del tiempo, el pueblo se conoció simplemente como Los Ángeles. Los colonos españoles convirtieron a los indios nativos, conocidos como los

Tongva, que llevaban ocupando la región miles de años, al catolicismo. Cuando México cortó sus lazos con España en 1822, Los Ángeles se convirtió en una importante colonia mexicana y así permanecería hasta veinticuatro años más tarde, cuando Estados Unidos declaró la guerra a México después de que se descubriera oro en California. El presidente James Polk lo llamó: "Doctrina del destino manifiesto". Pero esa es otra historia.

En 1822, Don de la Cruz era un acaudalado hombre de treinta y dos años. Llevaba jodiendo con la Diabla desde hacía doce años y, como ya he dicho antes, ella le pagó bien por sus servicios. Don de la Cruz era el dueño del banco más grande del Pueblo de Nuestra Señora la Reina de los Ángeles de la Porciúncula. Con muy poco esfuerzo, él obtenía una, dos y, a veces, tres hipotecas sobre la mayoría de las mejores, y no tan buenas, propiedades del pueblo. Vivía en una mansión de treinta habitaciones construida al estilo francés y diez sirvientes servían todas sus necesidades. Don de la Cruz se vestía de un modo impecable y era guapo, con una figura esbelta, piel blanca y cabello negro. Afirmaba que era español, no mestizo, ya que decía que ni una pisca de pinche sangre india corría por sus venas. Cuando caminaba por las calles, la gente se inclinaba ante él, bajaban la mirada, y Don de la Cruz se sentía importante, como un rey.

Pero a la edad de treinta y dos años, Don de la Cruz empezó a sentirse aburrido y cansado de su éxito. No era que no se lo hubiera ganado. ¡Oh, no! ¡Cogerse a la Diabla era una tarea fea y dolorosa! Ella tenía un apetito voraz por Don de la Cruz. Aunque la Diabla era tan hermosa como cualquier criatura que caminara por la tierra, sus diversos orificios emitían el rancio hedor de la violación, el caos, la tortura, y todo lo que era horrible y aterrador. Y cuando Don de la Cruz se insertaba dentro de la Diabla, un dolor abrasador y devastador viajaba hasta sus intestinos, subía hasta su estómago y su corazón, donde lo envolvía como el puño apretado de un hombre que se ahoga. Y la Diabla exprimía a Don de la Cruz con sus hermosos muslos y gritaba de un modo tan horrendo que Don de la Cruz tenía que cerrar los oídos y los ojos para enviar su mente a algún lugar bien lejos de la atrocidad que se estaba cogiendo.

Todo eso sucedía en el hogar de la Diabla bajo las rocas de Malibú, en una caverna forrada con las almas que había conquistado, justo fuera de la vista de los nómadas indios Chumash, ya que estos eran las gentes de Malibú, diferente de sus parientes del pueblo, los Tongva. Y fue un día de abril de 1822, después de follar, cuando Don de la Cruz yacía con la Diabla y le expuso el tema de su aburrimiento.

—Necesito un reto —comenzó a decir Don de la Cruz despacio, ya que sabía que la Diabla tenía un temperamento horrible y reaccionaba con la velocidad de la luz a cualquier cosa que se pareciera a una amenaza hacia su poder.

La Diabla se giró hacia el hombre que yacía cerca de ella en su cama de algas.

—¿Yo no soy reto suficiente? —siseó.

—Quiero decir —continuó Don de la Cruz—, que mi riqueza y mi poder dentro del pueblo ya no significan gran cosa para mí. Es demasiado fácil. ¿Sabes a lo que me refiero?

La Diabla sonrió. Por supuesto que sabía a qué se refería. Ella había esperado que este día llegara, así que había preparado una respuesta a su petición.

—Dentro de un mes tendrás un reto.

Don de la Cruz dio un salto ansioso.

—¿Qué será?

La Diabla sonrió y agarró el pene de su hombre. Lo apretó hasta que Don de la Cruz casi gritó.

—Lo sabrás cuando se te presente. —Y con esas palabras, la Diabla montó a Don de la Cruz y volvió a follárselo—. Y para prepararte para ese día, no compartirás mi cama durante ese tiempo. De modo que, mi amor, ¡cógeme para poder recordar lo que es sentirte!

Y después de que hubieran terminado, Don de la Cruz se vistió y se marchó a su mansión de treinta habitaciones en estilo francés con diez sirvientes que satisfacían todas sus necesidades, y esperó su reto.

A lo largo del mes de abril, Don de la Cruz se preguntaba quién o qué sería su reto. ¿Un guerrero, quizás? ¿Un desastre natural? Se preguntaba qué tendría la Diabla en mente.

Mientras pensaba y los días pasaban, Don de la Cruz notó sutiles cambios en el pueblo. Despacio, uno a uno, los terratenientes pagaron sus hipotecas y retiraron su dinero de su banco. Y, cuando Don de la Cruz caminaba por el pueblo, la gente ya no se inclinaba ni bajaba la mirada como hacían antes; más bien susurraban, señalaban, se burlaban y no mostraban ningún respeto por el gran Don de la Cruz. Finalmente sucedió el mayor de los insultos: todos y cada uno de sus sirvientes abandonaron su mansión. No quedó nadie. Nadie para cocinarle, para vestirlo, para mantener a los caballos acicalados y alimentados, nadie a quien le importaran sus necesidades.

Y Don de la Cruz se puso cada vez más furioso. Pero no se atrevía a acudir a la Diabla. Sabía que no debía. Así que esperó. Llegó el día veintidós, el veintitrés y, finalmente, el día treinta, una soleada mañana de primavera. Y Don de la Cruz se levantó de la cama, se bañó, se vistió y se cocinó un gran bol de menudo; había tenido que aprender a cocinar porque ¡ya no tenía sirvientes! Bebió mucho brandy y esperó.

A las diez de la mañana, aún seguía sentado a la mesa del comedor tras terminarse tres boles de callos y sopa de sémola de maíz, y una botella completa de brandy. Y siguió sentado esperando.

—¡Basta! —gritó al fin. Empujó su bol, la copa, la botella, y el candelabro al piso de madera y se fue enfurecido hacia la puerta principal de su mansión. Respiró honda y largamente a través de sus estrechas fosas nasales españolas para prepararse, sujetó el gran picaporte de acero con su poderosa mano —como la de una pistola— y abrió la puerta. Don de la Cruz salió de su mansión con toda la resolución de su valiente garañón, pero de repente se quedó paralizado a mitad de zancada, en el mismo centro de su gran porche.

De pie, frente a Don de la Cruz, se encontraba toda la población del lugar. Mirándolo fijamente. Todo lo que podía oír era su respiración, al unísono, y ni un pájaro ni ninguna otra criatura se atrevían a proferir sonido. Se quedó en su porche, paralizado a plena marcha, durante un minuto mientras su cerebro empapado de brandy intentaba con todas sus fuerzas asimilar a lo que se enfrentaba en ese momento.

Y entonces la vio. Una niña pequeña, de unos trece años o algo así, de pie en mitad de la multitud. Se parecía a . . . No, no puedo describirla; eso sería imposible. Pero dejen que les diga que, para Don de la Cruz, ella era todo lo que la Diabla no era. Y llevaba un sencillo vestido marrón y su piel era morena también, como la de un indio, y no llevaba zapatos. La niña portaba una gran caja de madera y Don de la Cruz pudo ver que, grabado en la caja, aparecía un águila con una serpiente en el pico, y el águila estaba posado sobre un cactus.

"¡Ah!", pensó Don de la Cruz. "¡Pistolas! La Diabla la ha enviado para que me desafíe".

—Pequeña —dijo—. ¿Eres tú mi desafío con tu caja de pistolas?

La pequeña no dijo nada, sino que hizo un gesto hacia un hombre junto a ella, y el hombre trajo con rapidez una mesa y dos sillas, y colocó todo entre la niña y Don de la Cruz. Ella dejó la caja sobre la mesa de madera y la abrió. Y dijo:

—No son pistolas. Es un dominó.

Don de la Cruz se quedó en el wporche. Empezó a temblar y la multitud murmuraba por la confusión. Y entonces se echó a reír. Y se rio con toda la fuerza de su cuerpo.

—¡Dominó! —gritó—. ¡Ese es mi reto! —y siguió riéndose.

La multitud permanecía en silencio sepulcral. Y la niña lanzó su desafío:

—Si gano yo, abandonará este pueblo para siempre.

—Y si gano yo, mija, ¿qué consigo?

La niña sonrió.

—Lo que quiera.

Don de la Cruz pensó por un momento antes de exclamar:

—¡A ti! ¡Te tendré a ti y sabes precisamente lo que eso significa, mija!

La muchedumbre soltó una exclamación, un sonido de asco y temor.

—Sí —dijo la niña—. Sí, es un trato.

Se sentó y vertió las piezas de dominó sobre la mesa, donde produjeron un sonido de traqueteo como el de un anciano cuando muere y exhala su último aliento.

Don de la Cruz bajó despacio los escalones del porche. Sus hermosas botas negras producían un fuerte y majestuoso golpe con cada paso. Se sentó y dijo algo que provocó otra exclamación en la multitud:

—Estoy impaciente por llevarte a mi cama, mija.

La niña ni se ruborizó ni reveló su miedo. Simplemente dijo:

—Elija sus piezas de dominó.

Así que el hombre y la niña eligieron sus dominós, los alinearon y examinaron sus opciones.

—Usted puede mover primero —dijo la pequeña. Y la gente se rio.

—¡No! —gritó Don de la Cruz—. ¡No voy a dejar que me avergüence una pinche niña india! Tú moverás primero.

La pequeña se encogió de hombros y obedeció. Puso un doble seis. El rostro de Don de la Cruz se volvió tan morado como un higo maduro. Ya que, como cualquier niño sabe, la persona que elige un doble seis siempre sale primero. "¡De modo que estaba intentando humillarme!", pensó.

—¡Puta! —dijo Don de la Cruz entre sus perfectamente alineados dientes blancos—. ¡Perderás y serás mía!

El juego duró dos días completos. Pieza a pieza, el patrón de dominó crecía hasta formar una serpiente angulosa con muchos ojos. La niña permanecía en calma, pero el desasosiego se colaba despacio dentro del corazón de su oponente.

En un momento, cuando llevaban horas jugando, Don de la Cruz apuntó:

—Mija, me resultas familiar. ¿Quién eres? ¿Vives cerca de nuestro pueblo?

—No nos hemos visto nunca —dijo ella, y colocó un dominó con un uno y un cinco—. Nunca.

Don de la Cruz se encogió de hombros y continuó con el juego.

Fue el primer día de mayo cuando finalmente la pequeña colocó su último dominó y ya no quedaban más donde escoger de la pila que había estado antes a un lado de la mesa. Los ojos de Don de la Cruz se abrieron como platos. Se sentía enfermo. Tenía hambre, tenía que mear y cagar, pero no había abandonado su silla durante dos días. ¡Y ahora había perdido contra una putita niña india! Agarró la mesa, casi golpeando a la pequeña en el rostro con el borde, y la lanzó al piso. La multitud contuvo el aliento.

Ella se puso de pie y dijo:

—Yo gano. Usted pierde. ¡Ya sabe qué hacer!

La muchedumbre se acercó tanto que Don de la Cruz decidió no sacar su pistola.

—De acuerdo, mija. Puede que sea muchas cosas, pero nunca hago trampas cuando apuesto. He perdido. Y honraré mi parte del acuerdo.

Se metió en su mansión y cerró la puerta.

La gente se quedó mirando la puerta con la esperanza de que Don de la Cruz saliera con provisiones y luego se marchara en su semental, abandonando el pueblo para siempre. En vez de hacer eso, se metió la pistola en la boca y se voló la tapa de los sesos.

Cuando la gente se dio cuenta de lo que había sucedido, fuertes vítores llenaron el aire y los pueblerinos portaron a la niña sobre sus hombros hasta la plaza para dar comienzo a una maravillosa fiesta que duró dos semanas.

Y, ¿qué pasó con esa niña? Bueno, al final se le concedió el honor de dirigir el banco de Don de la Cruz, por lo que se hizo rica y poderosa, y finalmente se hizo con una, dos o tres hipotecas sobre las propiedades más prominentes, y las que no lo eran tanto, del pueblo. Vivía en la mansión de Don de la Cruz, con sus treinta habitaciones construidas al estilo francés, y con diez sirvientes que servían todas sus necesidades. También se vestía de un modo impecable y se veía hermosa, con una figura esbelta, piel morena y cabello negro. Cuando caminaba por las calles, la gente se inclinaba y bajaba la mirada, y ella se sentía importante, como una reina.

Y reía para sí cuando se acordaba de cómo Don de la Cruz había creído que ella le resultaba familiar. Ella no había mentido. Nunca se habían conocido. Pero ella le resultaba familiar a Don de la Cruz porque era su hija, el resultado de los muchos años de fornicio de Don de la Cruz con la Diabla. Ella nació totalmente formada ese mes en el que la Diabla y su amante estuvieron separados.

Y la Diabla continúa dirigiendo El Pueblo de Nuestra Señora la Reina de los Ángeles de la Porciúncula, que todavía se sigue conociendo tan solo como Los Ángeles. Y sigue viviendo en Malibú. Pero no en las rocas junto al océano con todas esas algas. No. La Diabla solicitó un formulario de permiso de obras en la Comisión Costera de California en 1986 para poder construir una lujosa casa no muy lejos del hermoso hogar de Johnny Carson. La Comisión Costera estipuló varias condiciones, pero su solicitud fue concedida. Y la Diabla disfruta mucho de la vida en Malibú, en la playa.

SEÑOR SÁNCHEZ

EL SEÑOR SÁNCHEZ DISFRUTABA de una vida bastante agradable en nuestro pequeño pueblo de Dos Cuentos. Se sentaba la mayoría de los días en la plaza, junto a la estatua del fundador de nuestro pueblo, Don Antonio Segoviano, y esperaba con los ojos cerrados, los labios fruncidos en un tarareo continuo, con su perro Chucho jadeando a su lado. Verán, la gente acudía a él para oírlo hablar. Le pagaban unos pesos, que dejaban caer ruidosamente en una lata vacía de café Maxwell House situada entre el señor Sánchez y Chucho. Con cada golpe de las pesadas monedas, las raídas orejas de Chucho se alzaban, juguetonas y alerta, y el señor Sánchez sonreía mientras se recostaba en su destartalada silla plegable. Mantenía sus elegantes e inusualmente pequeñas manos cruzadas sobre la empuñadura de latón de su bastón, y siempre hacía la misma pregunta mientras se reía:

—¿Qué quieres oír?

Y los clientes se lo decían.

—Una historia triste —dijo la señora Cruz, viuda desde hacía diez años.

—Un chiste muy gracioso —pidió nuestro sacerdote, el padre Olivares. Y sonreía mientras inclinaba su desgreñada cabeza hacia el señor Sánchez—. Uno que pueda contar en mi sermón del próximo domingo.

—¿Encontraré esposa alguna vez? —preguntaba el pobre y solitario Simón, el carpintero.

Un día, el alcalde visitó al señor Sánchez. Yo estaba sentado no muy lejos, en el Bar Americano, donde bebía mi habitual almuerzo de dos (o quizás tres) botellas de cerveza Tecate, y me sentía ansioso por saber qué quería el gran hombre. Ningún sonido salió de la lata de Maxwell House: el alcalde dejó caer un buen grueso fajo de billetes en ella. El sol golpeaba mi rostro, con fuerza y verdad, dejé mi fría botella con un ligero golpe, y esperé a que el señor Sánchez hiciera su habitual pregunta. Pero no lo hizo. ¿Qué hizo? Sonrió. Eso es todo. Y Chucho siguió durmiendo.

El alcalde se puso en pie, paralizado por un momento o dos. Y luego habló.

—Hábleme como lo haría mi hijo —dijo—, si aún siguiera vivo.

Mi corazón latía con fuerza en mi garganta. Todo el pueblo conocía la horrible tragedia de la muerte de Mario en abril, hacía tres meses. Había llovido con tanta fuerza durante seis días que nadie se atrevía a salir. Finalmente, un domingo, en la tarde del sexto día, el sol asomó por detrás de las oscuras nubes. Algunos salimos a inspeccionar las carreteras y allí fue donde lo encontramos, con la cabeza bien hundida en la fangosa agua, al lado de la Calle Verdad. El cuerpo de Mario estaba tan hinchado que supusimos que llevaba muerto varios días. Y, por supuesto, fue claramente un accidente. El alcalde se sumió en una oscura tristeza ante la pérdida de su único hijo.

De modo que ese día el alcalde fue al señor Sánchez y yo intenté escuchar. Lo vi sonreírle al alcalde y luego vi que sus labios se movían despacio, pero aunque me esforcé y me esforcé, no pude distinguir ni una palabra. Los delgados y casi azules labios del señor Sánchez dejaron de moverse. El alcalde dio un salto hacia atrás, como si le hubieran golpeado con fuerza en el pecho. Y por un momento los pájaros no cantaron, el viento no sopló. Miré mi reloj y noté que el alcalde no se había movido ¡durante tres minutos completos! Al fin se enderezó, se sacudió un polvo no existente de su elegante traje azul, se inclinó despacio y con elegancia, y se dio media vuelta. Al cabo de unos segundos estaba fuera de la vista.

Lo extraño fue lo que sucedió después. Cuando el alcalde abandonó la plaza, el señor Sánchez suspiró y sacudió la cabeza. Se levantó despacio, cerró su silla, le dio unas palmaditas a Chucho en la cabeza y se marchó. Chucho, por alguna extraña razón, se quedó en el sitio. Mientras se alejaba, el señor Sánchez se giró muy despacio y me miró a los ojos. Sentí tanta vergüenza que lo saludé con la mano y luego volví a centrarme en mi periódico. Desapareció en cuestión de segundos.

El señor Sánchez nunca volvió a la plaza después de ese día. Un mes más tarde supimos que había muerto en su cama. El padre Olivares dijo que había vivido hasta la edad de ciento veinticinco años, según los registros bautismales de la iglesia. Y según algunos de los ciudadanos más ancianos, el señor Sánchez llevaba hablando en la plaza desde que tenía veinte años. Eso es mucho tiempo para pasárselo hablando, ¿no?

CAMINO A VENTURA

No es dramático, de verdad que no. En absoluto. No como en las películas o en la televisión. Es más bien pequeño y retorcido pero rápido como un gorrión, con un lastimero y amortiguado sonido de *¡pam! ¡pam! ¡pam!* Y luego está este silencio a excepción de un pitido que suena lejano, como si procediera de otra habitación, pero sé que no puede ser cierto porque tenemos un apartamento de una sola, sin contar el cuarto de baño, así que el pitido debe proceder del vecino de arriba. O tal vez de la gente que vive debajo de nosotros. Así que apoyo mi oreja con fuerza contra la alfombra de pelo naranja porque ahora estoy en el piso. Y escucho, escucho con todas mis fuerzas. Oigo su respiración por encima de mí y quiero hacerle callar, pero no lo hago. Me esfuerzo aún más por escuchar de dónde procede ese pitido. Pero no viene de la agradable pareja de abajo. Está justo aquí. Justo en mi cabeza.

Debería haberlo sabido la primera vez que salimos. Hace tres años este mayo. Ambos estábamos arruinados, así que fuimos a Tommy's en el bulevar Topanga Canyon, cerca de Beef Bowl, y nos pedimos unas grandes y grasientas hamburguesas con chili, cada una con una rodaja de tomate del tamaño de una baraja de cartas, patatas fritas con queso y chili, y vasos de Coca-Cola tamaño gigante. La verdad es que nos reímos mucho cuando el chili empezó a gotear desde nuestros dedos y barbillas para caer sobre la mesa y nuestra ropa. El viento de Santa Ana soplaba con fuerza puesto que era una noche cálida. Las estrellas parpadeaban, solo un poco; las luces de la ciudad absorbían su energía. Durante una pausa en nuestras risas, Mike se inclinó hacia mí, con su bigote rubio manchado con trozos de chili, y dijo:

"¿Quieres ser mi zorrita mexicana?". Yo parpadeé con fuerza al intentar entender lo que había dicho. Él se inclinó aún más. "Bueno, ¿quieres serlo?".

ME ENCANTA LA AUTOPISTA DE VENTURA. Especialmente cuando voy conduciendo hacia el norte. Lejos del Valle. Hay un punto en el que pasas Canoga Park, West Hills y luego Calabasas, y ya sabes que vas de camino. No importa a dónde. Pero vas de camino porque puedes sentirlo.

MOMEE SE PARECÍA MUCHO A MÍ. O, ¿era al revés? No importa. Ella se enamoraba hasta las trancas de los guapos sin importarle nada más. Miren a mi padre, Pops, por ejemplo. Guapo en extremo. Casi se parecía a un joven y bronceado John Wayne, pero mucho más guapo. No tenía la sonrisa torcida como Wayne. En realidad, no tenía ninguna sonrisa. Él y Momee solían gritarse pero Pops nunca le pegó. Ella decía que él se veía con otras mujeres. Normalmente, ella lo insultaba y él la insultaba a ella, y luego ella se marchaba con un portazo para quedarse en casa de la abuela. Pasaba mucho cuando yo tenía cinco o seis años. Pops solía sentarse a beber en la oscuridad cuando ella se marchaba, y yo me quedaba tendida allí y lo oía murmurar. Y entonces, una vez, entró en mi habitación y se acostó junto a mí. Yo fingí estar dormida. Y él lloraba, temblando como un pequeño martillo percutor, y olía mi pelo. Y yo fingía aún con más fuerza estar dormida.

ME GUSTA CONDUCIR HACIA VENTURA. Es un viaje bueno y limpio. Esta vez no es solo un paseo. Mi equipaje está hecho y lo tengo justo detrás de mí en el asiento trasero. Esta vez es diferente en todos los sentidos. Después del *¡pam! ¡pam! ¡pam!*, oí un crujido. La mejilla, la izquierda, se había hundido. Nunca me había roto un hueso. Pero eso fue todo. Cuando me llevó a urgencias en West Hills, el médico me preguntó cómo había sucedido. Mike me lanzó una mirada que quería decir: "No pasa nada, todo irá bien, solo miente por mí una vez más". Pero él sabía que la mirada que le devolví decía: "No, esta vez no. No mentiré". Y no lo hice. Eso fue hace dos semanas. Él acabará pasando tiempo en prisión porque voy a denunciarlo. Me gusta mi abogada. Es una mujer simpática. Me dice: "Elena, es hora de comenzar una nueva vida. ¿Qué quieres hacer?". Y lo pienso. No tardo mucho. De modo que aquí estoy, sentada en mi viejo Toyota, escuchando a B. B. King, y conduciendo hacia Ventura. Voy de camino.

FRANZ KAFKA EN FRESNO

FRANZ KAFKA ODIABA A SU PADRE. Y tenía buenas razones para hacerlo. Específicamente, Franz no podía perdonarle a su padre que insistiera en que su único hijo se llamara Franz. Franz entendía que su padre se sintiera muy orgulloso de probablemente estar emparentado con el gran escritor cuyo apellido compartía. Sin embargo, con un nombre como Franz, Carl Kafka virtualmente garantizaba que su hijo recibiera palizas cada día de su vida desde la guardería hasta la secundaria. Fresno no era un lugar hospitalario para un esbelto y sobradamente inteligente niño mexicanoalemán llamado Franz. Franz se preguntaba por qué no podía haber recibido un nombre perteneciente a algún pariente por vía materna. La familia Gamboa poseía muchos nombres bonitos de entre los que elegir, como Alfredo, Eloy, César o incluso Kiko, aunque ese último era en realidad un apodo. A veces, mientras se curaba un ojo morado cortesía de algún abusón, Franz fantaseaba sobre quién podría haber sido. Las posibilidades hacían que su joven mente diera vueltas vertiginosas. ¿Se lo imaginan? ¡Kiko Kafka! ¿Quién con dos dedos de frente, incluso en Fresno, se metería con un niño llamado Kiko Kafka? Pero no, él se llamaba Franz. Y ahí estaba: Franz odiaba a su padre.

El día en que el padre de Franz murió, Franz juró que nunca volvería a hablar con su padre. Razonó que ya era suficiente. Si odias a alguien, ¿por qué perder el tiempo hablándole? Por desgracia, Franz hizo el juramento antes de recibir la llamada de que su padre había muerto y sintió una gran punzada de culpabilidad. ¿Cómo podía un hijo odiar a su padre muerto? Eso no estaba bien.

Así que Franz condujo hacia Fresno desde Los Ángeles y se aseguró de que Carl tuviera un entierro decente. Como su madre había muerto hacía mucho tiempo, Franz era ahora oficialmente huérfano a la edad de treinta y un años.

—Adiós, papá —dijo Franz cuando el ataúd bajó despacio y crujiendo a la tumba recién abierta—. No era mi intención odiarte. —Las pocas personas que habían acudido desviaron la mirada y el sacerdote no expresó más que un gruñido.

Cuando Franz se dirigía hacia su coche tras el servicio, un anciano lo detuvo colocando una grande y pesada mano, con cuidado pero con insistencia, sobre el hombro de Franz.

—Conocía bien a tu padre —dijo el hombre.

—¿Quién es usted? —preguntó Franz.

El anciano sonrió.

—Solo un hombre —dijo—. Nada más y nada menos.

Se quedaron allí en silencio. Con cada segundo que pasaba, la incomodidad de Franz iba en aumento. ¿Quién era ese hombre? Franz sentía que su cabeza podría explotar.

—Bueno —dijo Franz finalmente—. Gracias por venir. Estoy seguro de que mi padre se habría sentido feliz de que haya hecho el esfuerzo.

El hombre soltó el hombro de Franz.

—Lo dudo —dijo con una risita.

Y así, el hombre se giró y se marchó. Franz observó que el hombre era casi un gigante; de seguro medía dos metros, si no más. Franz soltó un suspiro y continuó su camino hacia el auto. ¿Por qué un gigante sardónico acudiría al funeral de su padre? Y, ¿por qué se había molestado Franz en aparecer? ¿Qué posible beneficio podría derivarse de su presencia en el funeral del único hombre al que odiaba? Nada bueno podría salir de eso.

Solo había una solución. Franz necesitaba encontrar un Starbucks. Desde que se mudó a Los Ángeles, hacía diez años, se había vuelto adicto al brillante brebaje conocido como Macchiato helado de caramelo. Era su única adicción y la alimentaba con generosidad. Franz se preguntaba si Starbucks habría hecho alguna incursión en Fresno. Luego se rio porque hacer tal pregunta sería como admitir poseer una gran ignorancia sobre cómo funcionaba el mundo. Franz condujo hasta la gasolinera más cercana y, tras llenar el tanque de su Ford Taurus, le pidió al dependiente indicaciones para llegar al Starbucks más cercano.

—En Cedar —dijo el hombre con brusquedad—. Justo al sur de la avenida Shepherd. —Señaló con su pulgar derecho por encima de su hombro izquierdo.

—Gracias —dijo Franz.

—De acuerdo —dijo el hombre.

Cuando Franz estaba a punto de subirse a su coche, de repente se quedó paralizado. Por fuera de la ventanilla del lado del conductor reptaba una rolliza y gigantesca cucaracha. Por razones obvias, Franz había desarrollado una aversión a todos los insectos y, en especial, hacia las cucarachas. Su estremecimiento fue tan profundo que le llegó hasta el corazón. Franz tomó aire de forma temblorosa, desvió la mirada, y se metió en el auto. Una vez estuvo a salvo dentro, buscó la cucaracha, pero había desaparecido. Y por razones que no podía comprender, en ese momento, Franz echó de menos a esa cucaracha más que a su padre. Suspiró. Necesitaba un Macchiato helado de caramelo más que nunca. Franz se imaginó el pulgar del dependiente de la gasolinera apuntando hacia Cedar y llevó el vehículo en esa dirección.

En el momento en que Franz entró en Starbucks, los latidos de su corazón y su respiración se ralentizaron, su ceño dejó de fruncirse, sus manos se relajaron. ¡Ah! Starbucks. Se quedó inmóvil para asimilar la calma, el familiar olor a café y los sonidos. Franz miró en torno a su segundo hogar. Varias personas jóvenes y hermosas charlaban en una esquina; dos ancianos jugaban al ajedrez junto a una pared; una madre y sus dos hijos reían y bromeaban con sus bebidas espumosas. Qué lugar más perfecto. Franz se acercó al mostrador. . .y allí se encontraba el ejemplo más magnífico de mujer joven que había visto nunca. Su etiqueta decía María y realmente se parecía a la Madonna, la Virgen, la Virgen de Guadalupe, con un largo cabello negro que se derramaba por debajo de una perfecta gorra de Starbucks.

—¿En qué puedo ayudarle? —le sonrió.

Franz nunca había visto una sonrisa tan hermosa. Le temblaban las manos y su lengua tenía problemas para encontrar la posición correcta para formar las palabras.

—¿Señor? —preguntó ella, que seguía dedicándole la más exquisita sonrisa que Franz había presenciado jamás. Los ojos de la joven brillaron entonces con una idea. Expresó en español:

—¿Puedo ayudarlo, señor?

"Oh, que Dios la bendiga", pensó Franz. "Cree que solo hablo español. ¡Qué criatura más considerada, empática y maravillosa!". Se dio cuenta de que ella no llevaba anillo de casada y se preguntó cómo podía estar soltera una mujer tan perfecta, incluso teniendo en cuenta su obvia juventud. Se figuró que los hombres de Fresno no lo entendían. Simplemente no sabían la suerte que tenían de tener a una mujer tan perfecta entre los suyos.

—Lo siento —dijo Franz, que hizo todo lo posible por ofrecer una sonrisa que expresara la alegría que llenaba su corazón en ese momento. Pero más bien se limitó a confundir a la joven.

—¿Por qué lo siente? —preguntó ella.

Franz tosió y sintió que su labio superior comenzaba a sudar, de un modo que habría hecho que Richard Nixon se sintiera orgulloso.

—Macchiato helado de caramelo, por favor —fue todo lo que pudo pronunciar.

La joven asintió.

—¿Tamaño?

—Oh, sí —dijo—. Lo siento.

Ella se quedó allí ofreciéndole nada más que una gentil mirada de comprensión. Ciertamente había visto de todo.

—Grande —dijo Franz, pensando que debería tomárselo con calma y no pedir una taza de un tamaño mayor.

La joven tecleó en la caja registradora con varios pitidos y tomó una taza del mostrador.

—¿Nombre?

Esa era la única parte de la experiencia Starbucks que Franz odiaba. Como había pedido una bebida para llevar, la joven tendría que escribir su nombre en la taza y tendérsela al barista, que entonces haría la bebida y, cuando hubiera terminado, llamaría el nombre impreso en la taza. Inevitablemente, Franz sería mal escrito como Frank y sería demasiado trabajo tener que ofrecer una corrección.

—Frank —dijo Franz.

La joven asintió, sonrió y escribió "Frank" en la taza antes de tendérsela al joven alto y con pendientes que trabajaba en el bar. El barista fastidiaba a Franz, aunque no estaba muy seguro de por qué. Tras pagar, esperó junto a la barra para observar cómo hacían su bebida. Eso pareció molestar al joven, o al menos eso era lo que suponía Franz. Se preguntaba si esta pobre excusa de masculinidad se acostaba con la joven.

Tales pensamientos pusieron a Franz un poco enfermo, así

que sacudió la cabeza e intentó pensar en cosas felices. Pero no podía pensar en cosas felices. Su mente seguía volviendo al sueño que había tenido la noche anterior mientras dormía en su antiguo dormitorio, su hogar familiar en silencio a excepción de la respiración de Franz. En el sueño, Franz admiraba un hermoso pez negro que nadaba en una pequeña pecera redonda situada sobre la encimera de la cocina de casa de sus padres. ¡Oh, era un pez tan elegante! Nadaba despacio, con majestuosidad, y presumía de aletas que flotaban casi translúcidas. Pero entonces Franz se dio cuenta de que el agua se estaba ensuciando. Y pronto el pez estaba nadando en fango, jadeando en busca de oxígeno. Rápidamente derramó parte del agua de la pecera y la rellenó. Pero el agua volvió a ensuciarse y, aunque Franz la cambió muchas veces, cada vez el agua se convertía en un brebaje nocivo. De repente, el gato negro de Franz, que había fallecido hacía mucho y que se llamaba Blue, saltó desde la nada y agarró al pez con una garra rápida como el rayo. Antes de que Franz pudiera hacer nada, Blue se tragó el pez entero. Franz amenazó a Blue con un dedo y dijo: "Blue, devuélveme el pez". Blue hizo lo que se le da tan bien hacer a los gatos: sonrió pero no obedeció. Tras varias regañinas por parte de Franz, Blue se recostó sobre su lomo y profirió un fuerte maullido. Franz miró con atención las patas traseras de Blue, que estaban bien abiertas. Con otro maullido, Blue dio rápidamente a luz al pez. Franz debería haberse sorprendido un poco porque Blue era macho. Pero no importaba. Franz dijo: "Gracias, Blue", y devolvió el pez a la pecera. El pez nadaba feliz y el agua se veía más limpia que nunca. Entonces Franz se despertó.

Franz deseaba saber qué significaba el sueño. Su madre había sido una experta intérprete de sueños. Había heredado la habilidad, decía siempre, de su abuela, que era una famosa curandera de Las Vegas. Pero su madre estaba muerta. Así que todo lo que Franz podía hacer era verse atormentado por las inquietantes imágenes de su sueño.

De repente, el joven tras la barra gritó: "¡Macchiato helado de caramelo para Frank!", aunque Franz era la única persona que esperaba allí, de modo que no había motivos para gritar. Franz tomó su bebida y le dio las gracias con una inclinación de cabeza. El rostro del joven mostró una sonrisa que no podía ser menos que angelical. Con unos movimientos de un músculo facial aquí y otro allí, este adolescente deprimente y muerto de aburrimiento se convirtió en un serafín, un exquisito espíritu celestial. Franz le devolvió la sonrisa. ¿Cómo no iba a hacerlo? Franz dio un sorbo mientras mantenía la mirada fija en el barista. ¡Perfecto! Nunca había probado un Macchiato helado de caramelo mejor que ese.

—Gracias —dijo Franz.

—De nada, Frank —dijo el joven, aún con aspecto de ángel.

Franz asintió y comenzó a alejarse.

—Tiene gracia —dijo el joven.

Franz se detuvo y miró hacia atrás.

—¿El qué?

—Su nombre.

Franz ahora se echó a reír.

—¿Qué tiene de gracioso "Frank"?

—Oh no, eso no es lo que quiero decir. —El joven se limpió la frente con el dorso de la mano antes de continuar—. No es el nombre. Es algo gracioso porque es casi mi nombre.

—¿Casi?

El joven señaló su etiqueta. Franz entrecerró los ojos para leer las letras. Cuando registró exactamente lo que ponía, su boca se abrió ligeramente hasta proferir un pequeño chasquido. La etiqueta decía "Franz". Franz Kafka parpadeó una vez y luego otra. Podía sentir su corazón latir con fuerza dentro de su pecho. Franz movió un pie y luego el otro. Se giró con rapidez desde la barra y aceleró aún más cuando pasó frente a la joven de la caja registradora. La joven dijo: "¡Adiós!", pero Franz no le hizo caso. Abrió la puerta de cristal y el sol del mediodía de Fresno rápidamente equilibró el aire acondicionado de Starbucks. Franz encontró su coche, entró en él, dejó su Macchiato helado de caramelo en el hueco para las bebidas y arrancó el motor con un rugido.

Mientras sacaba su auto del aparcamiento, Franz pensó en su padre, que ahora yacía en una caja bajo la tierra fresca y húmeda. Y supo entonces que no podría odiar a Carl Kafka aunque lo intentara. Respiró hondo e intentó obligarse a recuperar la calma. Tras unos minutos, Franz dio un sorbo a su bebida y saboreó la frialdad en su boca. No cabía duda de que era el mejor Macchiato helado de caramelo que había probado nunca.

EL FABRICADOR

RIGOBERTO SE SENTÓ en el peñasco grande y frío. Sus ojos se posaban en la tranquila superficie del lago, sin discernir más que una onda en la base del parcialmente sumergido árbol a unos veinte metros de donde estaba sentado. "Probablemente una familia feliz de chinches de agua que disfrutaba de la seguridad de la raíz", pensó. Notó otra onda en el centro del lago y se imaginó que un monstruo parecido al del Lago Ness surgiría lánguidamente de la pequeña perturbación acuática una vez Rigoberto se hubiera alejado y estuviera fuera de su vista. Pero esto no eran las Tierras Altas de Escocia. No. Se trataba de una comunidad privada cuidadosamente planificada en los suburbios, con un lago construido por el hombre en medio de ella, para recreo y disfrute estético de sus residentes.

Rigoberto se frotó las manos y luego las ahuecó antes de soplar cálido aliento en sus palmas, lo cual provocó un sonido casi como un silbido. El lago le hacía recordar a la señora Lewis, su profesora de inglés favorita de la secundaria, quien una vez dio una clase sobre Virginia Woolf. Recordaba haberse reído cuando ella describió el modo en que Woolf se suicidó, llenándose los bolsillos con piedras pesadas para luego entrar despacio en un lago. ¿Qué lago? En algún lugar de Inglaterra. ¿Cierto? No conseguía acordarse. El tiempo debilita la memoria. Y la señora Lewis le había dado esa clase hacía más de veinte años. Pero Rigoberto recordaba la extraña mirada que la señora Lewis lanzó en su dirección cuando lo oyó reírse. No fue una mirada de enfado, pero le cortó la risa de lleno; su rostro se había enrojecido y acalorado, y se había sentido estúpido. En ese momento no había sabido cómo describir esa mirada. Pero ahora, mientras estaba sentado en esa piedra, la frialdad de esta colándose a través de sus gruesos pantalones de lana, finalmente podía describirla. Era una mirada de decepción. Nada más. Pero fue suficiente. Solo suficiente. Demasiado.

—Mi cielo —fueron las palabras que lo sacaron de sus ensoñaciones—. Mi cielo —le dijo ella a Rigoberto—. ¿Qué estás haciendo aquí?

Rigoberto no se giró. Volvió a soplar dentro de sus manos. Ella caminó hacia él, provocando un sonido crujiente en la gravilla bien rastrillada.

—Sonia —dijo Rigoberto, aún sin girarse en su dirección—. Hola, mi amor.

Sonia se dejó caer sobre el peñasco, casi apoyándose en Rigoberto. Pero no del todo. Podía sentir su calor recorrer el medio centímetro de espacio vacío hasta su hombro y su brazo. Rigoberto aspiró el aroma de Sonia, una mezcla confusa de cigarrillos, café y champú de limón. Pensó en la señora Lewis. En su rostro. Complexión blanca y perfecta. Embarazada de seis meses al término del curso escolar. Rostro hermoso y en paz. A excepción de esa mirada de decepción.

Un aliblanco playero apareció de entre los arbustos y caminó con ligereza hacia el borde del lago. Las alas castaño-grisáceas del ave le recordaron a Rigoberto su chaqueta de lana áspera favorita, la que llevaba puesta en su primera cita con Sonia. No podía creerse que esa increíble mujer, esa poeta publicada y galardonada accediera a salir con él. Aunque solo fuera para tomar café. Pero lo hizo. Después de haber hecho una lectura de su segundo libro de poesía en Barnes & Noble. Él había estado entre el público porque su novia le pidió que fuera. Arlene. ¡Pobre Arlene! Ella había arrastrado a su novio a una lectura de poesía y él terminó invitando a la poetisa a tomar café con él después. Y la poetisa dijo que sí. Y Arlene no sabía qué hacer, así que se escabulló hacia la sección de novedades. De eso hacía seis años en septiembre. Y no pudo creérselo cuando Sonia dijo que sí a su proposición de matrimonio tan solo cinco meses después de su primera cita. Esa hermosa y brillante mujer. Y él se preguntaba si la señora Lewis seguiría viva. Y si el bebé que llevaba en sus entrañas sería ahora un joven o una jovencita, en la universidad quizás, enamorándose, viviendo una vida aparte a la de la encantadora y decepcionada señora Lewis. Y se preguntaba si Sonia y él decidirían alguna vez tener hijos.

—Ha llamado Catherine —dijo Sonia.

—¿Mi hermana?

—No —dijo ella—. Kabayashi.

—Oh.

—Necesita que vayas temprano esta mañana.

El aliblanco playero daba picotazos a algo escondido bajo la superficie del agua. Rigoberto finalmente se giró hacia su esposa. Se quedó sin aliento; se le olvidaba lo exquisita que esta mujer, esta poetisa, era.

—¿Por qué? —susurró.

Sonia se inclinó hacia él.

—Varios cuerpos de última hora.

—Oh —suspiró—. Oh.

—Dijo que te haría feliz. Lo del artista en ti y todo eso.

—Tú eres la única artista en esta familia —le ofreció él.

Otro aliblanco apareció desde un arbusto y se acercó al primero. El sol de la mañana empezó a calentar a Rigoberto.

—Deberías ir —dijo Sonia—. Catherine sonaba un poco dominada por el pánico.

—Sí, por supuesto —dijo él.

Rigoberto se puso en pie y su movimiento asustó a los pájaros. Levantaron la cabeza de repente y al unísono, pero no echaron a volar. Entonces Sonia se levantó. Esa vez las aves levantaron el vuelo.

—Me sorprende que no haya más pájaros aquí —dijo ella.

Rigoberto tomó una mano de Sonia y la besó. Sin decir palabra, se giró y se dirigió hacia su casa.

—Deberías poder terminarlos —dijo Catherine mientras se rascaba la oreja izquierda con sus largas uñas de brillante esmalte rojo—. Así que no empieces a entrar en pánico.

—Nunca entro en pánico —dijo Rigoberto.

—Lo sé, lo sé.

Roberto caminó hacia la primera mesa y levantó la sábana. *Perfecto*, pensó. Maravilloso trabajo.

—¿Los hermanos Castro?

—Por supuesto —dijo Catherine con voz tranquila—. Hacen un trabajo maravilloso.

—Hace que mi trabajo sea más fácil.

Rigoberto dejó caer la sábana y examinó las otras tres mesas cubiertas.

—Cuatro en un día —dijo—. ¿Todos de los hermanos Castro?

—No.

—No me lo digas.

Catherine suspiró.

—Lo siento. Uno es de la Morgue Gretsch. —Señaló la mesa en el extremo más alejado de la sala.

Rigoberto se acercó a inspeccionar. Levantó la sábana.

—¡Maldición!

—Lo sé —dijo Catherine.

—Nada de vida.

—Lo sé. Lo siento.

—Me obliga a usar demasiado mi imaginación. —Rigoberto soltó la sábana—. Sam Gretsch embalsama igual que yo cocino.

—Sí. Lo siento.

—¿Sabes qué desearía? —dijo Rigoberto.

—¿Qué desearías?

—Desearía poder hacer un molde. Solo en los casos más difíciles, ya sabes. Solo una vez.

Catherine se acercó a él con los tacones que repiqueteaban sobre el piso de baldosas.

—Ni se te ocurra —dijo ella.

—Lo sé. Es solo que . . .

—Nos denunciarían si alguien lo averiguara. Está en el estatuto. Esto tiene que ser un proceso discreto. Sin tocar. Artístico.

—No tienes que sermonearme —dijo él—. Yo ayudé a escribir la maldita ley. Testifiqué ante el Congreso, ya sabes.

—Lo sé, pero me pones nerviosa cuando hablas de hacer moldes.

Rigoberto se frotó las manos.

—Bueno, supongo que debería empezar. —Miró en torno a la sala—. Estoy en modo abuela. ¿Hay alguna dulce abuelita aquí?

Catherine miró alrededor. Señaló una mesa.

—Tengo una agradable y anciana tía para ti. Pero no hay abuelas.

—Me sirve. Deja que vea el expediente.

Catherine taconeó hacia un gran escritorio de metal al otro lado de la sala y rebuscó en una pila de archivos. Dijo: "¡Ah!", y sacó una carpeta de papel manila. Se la llevó a Rigoberto, que ya había examinado a la tía. Sin mirar a Catherine, tomó el expediente, lo abrió, y examinó las varias páginas de información.

—Pinta bien —murmuró.

—Sí. Es una posición fácil.

—Sí —dijo él mirando a Catherine—. Sentada.

—En un sofá del salón.

Rigoberto sonrió.

—La querida tía Raquel nunca nos abandonará —dijo.

—No. Nunca.

—¿Cuánto tiempo tengo? ¿Antes de que se lleven los cuerpos?

Catherine desvió la mirada.

—¿Cuánto tiempo? —preguntó Rigoberto, esta vez en voz un poco más alta y un poco más tensa.

—Bueno, tienen que recogerlos todos esta noche.

—¿Qué?

—Por eso te llamé a tu casa —dijo Catherine. Intentaba que su voz no temblara—. Nunca nos ha pasado esto antes. Debe de haber sido esa entrevista que concediste.

Rigoberto sacudió la cabeza.

—Te dije que no debíamos haberlos dejado entrar aquí para hacerme preguntas. Te lo dije.

—Pero es mucho dinero, lo de conseguirnos cuatro en un día, ¿no lo sabes? Mucho dinero.

Rigoberto se acercó a su mesa de trabajo y cogió una cámara.

—Entonces deberías contratar a otro fabricador.

—No hay suficientes a los que acudir —dijo ella con una sonrisa forzada—. El estado solo concede diez licencias al año, ¿sabes?

—Lo sé —dijo mientras tomaba varias fotografías de la tía. Retiró la sábana por completo y continuó tomando fotos. Catherine giró la cabeza—. Recuerda que ayudé a escribir la ley. —Bajó la cámara y admiró a la tía—. Tiene muy buen cuerpo para tener sesenta y siete años, ¿eh?

Catherine no respondió pero volteó para mirar a la tía. Él tenía razón. Se veía bastante bien. Rigoberto tomó varias fotos más.

—Eso debería bastar —dijo—. Ahora a hacer los bocetos.

Fue hacia su estación de trabajo, soltó la cámara, y buscó un lápiz afilado y una libreta nueva. Los encontró, acercó una silla a la tía Raquel, se sentó y comenzó a dibujar.

—Todos sus efectos personales están aquí —dijo Catherine. Señalaba a un montón de cajas de plástico etiquetadas junto a su escritorio—. Ropa, joyas, todo.

—Gracias.

—Puedes comenzar la fabricación mañana —dijo ella—. Solo concéntrate en las fotos, los bocetos y las medidas hoy. Recogerán los cuerpos a eso de las seis.

—¿Quién va a fabricarme cuando muera? —dijo Rigoberto mientras dibujaba con más detalle.

Catherine admiraba los fáciles trazos de Rigoberto. El rostro de la tía ya estaba tomando forma.

—Puede que Sonia no quiera tal recordatorio de tu persona cuando abandones este mundo —dijo mientras le daba una palmada a Rigoberto en el hombro. Catherine pudo sentir sus músculos tensarse bajo su mano pero no la retiró—. La fabricación en memoria de alguien no es para todo el mundo.

Rigoberto dejó de bocetar y levantó la mirada hacia Catherine. Se preguntaba por qué se había metido en ese negocio. Tenía poco estómago para los cadáveres, y poseía una irrisoria compasión y aun menos sensibilidad artística. Pero Catherine, suponía, había visto la oportunidad y apreciaba su potencial. Una forma de ganarse un buen dinero una vez aprobaran la ley para la fabricación de memoriales. Pero, ¿solo le interesaba el dinero? ¿No quería enamorarse? ¿Tal vez casarse? ¿Estaba siquiera interesada en algo romántico? Rigoberto nunca se sintió lo bastante cómodo con Catherine como para preguntarle. Así que probablemente nunca lo sabría.

—Necesito trabajar a solas —fue todo lo que dijo.

—Sí, lo siento. Sí.

Catherine levantó la mano de su hombro y se quedó ahí por un momento. Rigoberto dio la vuelta hacia la tía y Catherine salió taconcando de la sala. Cuando cerró la puerta tras ella, Rigoberto se levantó con un crujido en sus rodillas. Se acercó a su mesa de trabajo y encendió el antiguo reproductor de discos compactos, el que su padre le había comprado cuando Rigoberto terminó la escuela elemental. Ya no puedes comprar reproductores de esos. Pero se negaba a renunciar a su vieja colección de discos, de la que le gustaba decir que sonaban mucho mejor que las nuevas tecnologías: nada puede compararse al calor y la profundidad de un disco compacto. Río para sí porque eso era lo que los audiófilos solían decir sobre los discos de vinilo, una tecnología que solo había visto en películas antiguas. Empezó a sonar "Boom Boom" de John Lee Hooker. Rigoberto sonrió, siguió el ritmo, y volvió a su asiento.

LAS HORAS PASABAN. Uno, dos, y luego tres cuerpos fueron completados: fotografiados y bocetados, con las medidas introducidas en la computadora para que Sylvia comenzara a diseñar las estructuras básicas de los cuerpos, que serían refinadas más tarde por Rigoberto. Se estiró y se frotó los ojos. Se dio cuenta de que el reproductor de discos estaba en silencio; no sabía cuándo se había detenido la música. Rigoberto quería seguir adelante y terminar mucho antes de la hora límite de las seis de la tarde.

Caminó hasta el último cuerpo y retiró la sábana. Un niño. De no más de ocho años, tal vez nueve. *Qué lástima*, pensó. Rigoberto comprobó el expediente. Fernando Torres. Nueve años. En la sección de información personal, todo lo que había escrito, con letra prieta y controlada, era el título del libro favorito del niño: *Mi amigo Fernando*. Rigoberto abrió la caja de efectos personales. Una camiseta roja, pantalones cortos azules, un par de zapatillas Nike y unos calcetines blancos. Y el libro. Rigoberto sacó el libro, acercó una silla y se sentó junto al niño. En la portada había un sonriente y juguetón cachorro marrón y blanco con orejas largas. Las páginas estaban rizadas en los bordes como el despeinado cabello del niño; era obvio que había leído y releído el libro durante su corta vida. Rigoberto pasó la primera página y vio el año del copyright: 2003. Mucho tiempo atrás. Antes de que el niño hubiera nacido. Antes de que *Rigoberto* hubiera nacido. Las páginas eran casi quebradizas. Pasó otra página y leyó en voz alta.

—*Mi amigo Fernando*, por María Elena Menes.

Rigoberto tocó el pelo del niño. No parecía real: demasiado suave, como si no fuera de esta tierra. Suspiró, miró el reloj y volvió a suspirar. Rigoberto se aclaró la garganta, pasó la página, y comenzó a leer el libro en la suave voz empleada para los cuentos antes de irse a dormir.

—Esta es la historia de mi amigo Fernando, que es el mejor amigo que nadie pueda tener.

El libro no era largo. Tenía coloridas ilustraciones en cada página. Cuando llegó al final, Rigoberto lo cerró y dijo:

—Fin.

Miró al niño. Por supuesto que ese era su libro favorito. Un libro con su nombre en el título. Una historia boba sobre un cachorro parlante que se hace amigo de una mariposa. Pero era su favorito. Rigoberto se levantó y se acercó a su mesa de trabajo. Sacó un lápiz nuevo de una manchada taza de cerámica y cogió un bloc de dibujo. Volvió hacia el pequeño cuerpo.

—Pues bien —dijo Rigoberto—. Empecemos, mi niño. Empecemos.

RIGOBERTO REMOVÍA su café con leche despacio, con movimientos calculados, mientras Sonia leía el periódico. El día anterior le había absorbido la energía; le dolía el cuello, la espalda y los brazos, por lo que cada movimiento requería un gran esfuerzo. De repente levantó la vista hacia Sonia, e incluso ese pequeño movimiento le provocó dolor.

—¿Por qué? —preguntó.

—¿Cómo?

—¿Por qué aquí?

Sonia dejó el periódico.

—¿Qué?

—¿Por qué vivimos aquí? ¿En este estado? No es mi hogar. No es Los Ángeles. —Mientras Rigoberto decía eso, su cuchara seguía en movimiento dentro de su café, el único movimiento que podía tolerar. El sol de la mañana entraba feliz y con fuerza en su cocina.

—Bueno —se aventuró a decir ella despacio—, fuiste a la universidad aquí.

—¿Y?

—Y luego te quedaste.

—¿Y?

—Y entonces me conociste.

—Ah.

—Y yo soy de aquí.

—Ah.

Sonia acercó su silla más a la mesa. Rechinó cuando la movió.

—¿Por qué?

—A ver, ya sabes, este estado. Este estado. Es caluroso. Caluroso. Hace demasiado calor.

Sonia se rascó la nariz.

—¿Tiene que ver esto con el clima?

Rigoberto puso la cuchara sobre la servilleta. Vio cómo el algodón absorbía el café, creando una pequeña pero continua mancha color bronce.

—No importa.

Sonia lo miró por un instante. Sus pestañas se agitaron y respiró hondo.

—De acuerdo.

—Quiero decir —dijo Rigoberto—, que no tengo por qué estar aquí. *Nosotros*, me refiero. ¿Sabes?

—Pero California no ha aprobado la ley de fabricadores.

—Lo sé. Ayudé a escribir la ley federal que permitía que los estados optaran a ella.

—Sí, por supuesto. Pues eso, que mi estado la aprobó. Y Massachusetts. Texas también.

—Sí —dijo él—. Lo sé. Y New Hampshire. Pero yo no soy de ninguno de esos estados.

—Sí —dijo Sonia.

—California casi aprobó esa propuesta.

—Casi.

—La propuesta 40859.

Sonia frunció el ceño.

—¿Recuerdas el número?

—Sí, era fácil.

—Número raro —dijo ella—. Extraño, digo. Difícil de recordar.

—No —dijo Rigoberto—. Es el cumpleaños de mi abuelo. Así que lo recuerdo.

Sonia abrió más los ojos. Tosió, una tos forzada.

—¿Qué? —preguntó él.

—Tú —dijo ella.

—Yo, ¿qué?

—Nunca me lo has mencionado antes. Lo de tu abuelo.

—8 de abril de 1959. Su cumpleaños. Te lo dije.

Sonia se puso en pie.

—No, no lo hiciste.

Rigoberto se enjugó la frente.

—Sí.

—No —ella caminó hacia el fregadero y miró dentro.

—Sé que lo hice.

—¿Por qué?

—Porque es importante para mí, por eso.

Sonia abrió el grifo y lavó la taza.

—Lo sé.

—Para mí.

—Lo sé —dijo ella—. Olvídalo.

—¿Que lo olvide?

—Sí —dijo Sonia. Cerró el grifo y miró por la ventana. Vio un pájaro, no un playero, junto al lago. Picoteaba algo sobre la hierba—. Olvídalo —susurró.

—¿Qué?

—Nada.

Rigoberto miraba la espalda de Sonia, sus ojos pasando despacio de su corta melena negra hasta sus angulosos hombros y luego hasta su pequeña cintura, deslizándose por sus agradables y anchas caderas, bajando por sus piernas, y finalmente descansando sobre sus pequeños pies. No quería hablar sobre ayer. Pero no tenía elección.

—Uno de los cuerpos era un niño —dijo—. Pequeño.

Sonia se giró, no con rapidez, sino que se movió con una deliberación que sobresaltó a Rigoberto.

—¿Un niño?

—Sí.

Ella volvió a la mesa y se sentó.

—¿Quién querría que le fabricaran un niño?

—En realidad, uno pensaría que los niños serían los más comunes —dijo él con suavidad.

—No lo *creo*.

—Pero no lo son —dijo él. Se volvió más animado, como si estuviera dando una conferencia—. Normalmente son personas más mayores. Personas a las que nos hemos acostumbrado de modo que sería duro no tener a Fulanito de Tal sentado en el sofá con todos los demás mientras la televisión está encendida.

—Sí —dijo Sonia—. Eso lo entiendo.

—Sí, yo también.

Se quedaron sentados sin hablar por un momento. El zumbido del aire acondicionado ofrecía un constante ruido blanco.

—¿En qué postura?

La miró pero no respondió.

—¿Postura? —volvió a preguntar.

Él se aclaró la garganta.

—De pie.

—¿Dónde?

Volvió a aclararse la garganta.

—En el patio trasero. Con una pelota.

Sonia alargó la mano para tocar el brazo de Rigoberto.

—¿Fuera?

—Sí —dijo él—. Sí.

—¿Fuera? —volvió a decir mientras retiraba su mano del brazo de Rigoberto y la dejaba sobre su regazo—. ¿Más café? —dijo finalmente mientras tomaba su taza.

—No —dijo él—. Mañana.

—¿Mañana?

—Mañana comienza la fabricación.

—Oh.

El aire acondicionado se apagó con un chasquido. Se quedaron sentados mirando fijamente sus tazas vacías.

AUNQUE ECHABA DE MENOS LOS ÁNGELES, Rigoberto apreciaba el cielo nocturno allí. El calor del día había dado paso a una cómoda y ligera brisa vespertina, y las estrellas —¡Dios, esas estrellas!— casi lo asustaban con su fulgor. Estaba allí, paralizado, al comienzo del camino de ladrillo rojo, con la cabeza inclinada hacia atrás, admirando los cuerpos celestiales e ignorando el ajetreo de los invitados a la fiesta que entraban y salían de la casa de dos plantas.

Sonia deslizó su brazo alrededor de su cintura.

—¿Preparado, mi cielo? —le preguntó.

Sin desviar su mirada del cielo, dijo:

—Tiene gracia que me llames así.

—¿Por qué?

—¿De verdad soy tu cielo?

Sonia se acurrucó más y apoyó su mejilla sobre su hombro.

—Cómo no.

—¿De verdad? —dijo Rigoberto, girándose ahora hacia ella.

—Por supuesto. Es hora de entrar. De conocer a algunos de mis amigos.

—Pero es todo tan hermoso aquí fuera.

Sonia levantó la cabeza y comenzó a guiar a Rigoberto hacia la casa.

—Sí, pero acordamos que esto sería bueno para mí. Para nosotros. Salir.

Rigoberto dejó que Sonia le llevara hacia la casa.

—Pero ya he conocido a estos amigos tuyos antes.

—No se conoce a la gente una sola vez para poder deshacerte de ellos. Esto se llama socializar. Y cuando tengas amigos propios, podremos socializar con ellos.

Rigoberto se detuvo.

—Pero tú eres mi amiga.

Sonia le dio unas palmaditas en el pecho.

—Sí, por supuesto que soy tu amiga. Y tu esposa. Pero es agradable salir.

—Si estos amigos estuvieran muertos, bueno, sería más divertido.

Sonia se echó a reír.

—No hables de gente muerta toda la noche.

—¿De qué otra cosa puedo hablar?

—De películas.

—¿Películas?

—Sí —dijo Sonia—. Cuando yo tenía unos doce años o algo así, discutía con mi padre. Yo quería ver todo tipo de películas de terror. Como *Los pájaros*. Yo quería ver *Los pájaros*. —Sonia metió la mano en el bolsillo de su chaqueta y sacó una cajetilla de tabaco. Encendió un cigarrillo y soltó el humo lejos de Rigoberto.

—¿Y?

—Pues que la reprodujo para mí. Después de que pataleara y me quejara una semana entera. Y entonces la vimos. Y me asustó de lo lindo.

—¿*Los pájaros*? Tiene casi un siglo de antigüedad. No da tanto miedo. Comparada con ahora.

—No, en realidad no. La veo a veces.

—De acuerdo.

—No, en serio —dijo ella—. Ni siquiera podía meterme en

la cama sin que mi padre estuviera cerca en el estudio. De verdad que me asustaba.

—De modo que él tenía razón.

—Sí.

Se quedaron en silencio mientras algunas personas felices pasaban por su lado. Sonia asintió hacia la casa.

—Hora de entrar —dijo.

—Una pregunta primero.

Sonia soltó un pequeño gruñido.

—Sí, mi cielo, ¿de qué se trata?

—¿Cuánto me quieres?

Sonia se rio y se recostó contra él.

—No te quiero. Te odio.

—Oh —dijo Rigoberto—. Eso pensaba.

—De hecho, te odio más de lo que jamás he odiado a nadie.

—Vaya. Soy muy importante.

Sonia cerró los ojos y frunció los labios despacio. Rigoberto respondió, despacio, y dejó que sus labios se posaran sobre los de ella. Tras un momento se separaron.

—Te odio con todo mi corazón —dijo Sonia.

Rigoberto sonrió.

—Sí —dijo él—. Eso pensaba.

Una vez dentro de la casa, Rigoberto examinó la escena en busca del bar.

—Mi cielo, consígueme un vino blanco —dijo Sonia—. Voy a buscar a Bárbara.

—De acuerdo —dijo Rigoberto mientras se dirigía hacia la cocina—. Huelo alcohol que sale de ahí.

Sonia soltó un pequeño gruñido cuando sus ojos aterrizaron sobre la anfitriona, la profesora Bárbara Klein, en el otro extremo del salón, hablando sin parar con el resto de los miembros del departamento de inglés. Durante los últimos quince años como jefa del departamento, la profesora Klein había reclutado a la mayoría de los profesores y auxiliares de profesor que ahora la rodeaban y se reían de cada chiste que contaba. Con una fuerza que no encajaba con su cuerpo pequeño, había convertido un departamento mediocre en uno de los más prestigiosos y mejor valorados del estado. Aunque estaba cerca de cumplir sesenta años, sonreía y se movía con la exuberancia de una chica de instituto. Vestía un poncho guatemalteco, lo que hacía que se pareciera a un pájaro exótico multicolor que batía sus alas. Sus ojos se cruzaron con los de Sonia y abrió los brazos.

—¡Mi poetisa favorita! —exclamó—. ¡Dame un abrazo! Sonia casi se dirigió a saltitos hacia la profesora, que inmediatamente la envolvió con sus alas. Los demás profesores se retiraron un poco, casi al unísono.

—Barb —dijo Sonia. Nadie en el departamento llamaba a la profesora Klein "Barb"—. ¡Te ves jodidamente fantástica!

La profesora Klein se echó hacia atrás y le dio un pellizco en la mejilla a Sonia con su mano izquierda.

—Tú puedes permitirte ganar algo de peso, jovencita.

—Mi propia y privada madre judía.

La profesora Klein soltó una risotada tan fuerte que incluso se sorprendió a sí misma.

—¿Dónde está ese guapo marido tuyo? —pudo decir al fin.

—Buscando alcohol —dijo Sonia, asintiendo en dirección a la cocina—. Eso se le da muy bien.

La cocina bullía con tanta gente que Rigoberto tuvo problemas para llegar al improvisado bar junto al fregadero. La profesora Klein creía en el buen alcohol y había un buen montón. Había contratado a una vivaracha estudiante morena para que hiciera de barman, pero parecía estar abrumada. La transpiración cubría su limpio y casi reluciente rostro, y sus ojos verdes se llenaban de pánico con cada nueva persona que entraba en la sudorosa y ruidosa cocina. Rigoberto llegó al mostrador y le dio una palmadita en la mano.

—No pasa nada, no pasa nada —arrulló como si intentara calmar a un bebé—. Todos están ya demasiado borrachos como para darse cuenta de si cometes un error.

Ella sonrió y sus ojos brillaron para Rigoberto.

—Gracias —gesticuló—. Gracias.

—Así que —dijo, sintiéndose bien consigo mismo—, yo tengo un pedido sencillo: una copa de Chardonnay y una botella de San Miguel.

Ella volvió a sonreír y se giró para preparar las bebidas.

De repente, Rigoberto sintió que una mano pequeña y pegajosa se deslizaba en la suya. Se volteó porque pensó que encontraría a un niño que se aventuró a entrar a la cocina, pero no, sus ojos se encontraron con una mujer diminuta que podría tener cualquier edad desde los veinticinco hasta los cuarenta. Ella mantenía la mirada desviada, mirando al piso.

—Soy Kimberly —dijo la mujer mientras apretaba la mano de Rigoberto.

—Hola —respondió él. Esperaba que sus bebidas llegasen y pudiera excusarse. Retiró su mano. Kimberly se inclinó hacia él. Apestaba a humo y alcohol.

—Normalmente no me visto así.

Ese comentario hizo que Rigoberto se fijara en el atuendo de Kimberly: un minivestido ceñido, medias negras, botas.

—¿Oh? —fue todo lo que pudo expresar.

—Alguien hizo una apuesta conmigo —explicó. Y con esas palabras levantó la mirada. Rigoberto casi da un salto del susto. Los ojos de Kimberly eran como dos agujeros negros vacíos.

La aprendiz de barman puso las bebidas de Rigoberto frente a él con un tintineo.

—Que Dios te bendiga —sonrió Rigoberto. Metió la mano en el bolsillo, sacó un billete de veinte dólares, y lo metió en el vaso de las propinas—. Toma. —La estudiante sonrió y asintió. Rigoberto recogió sus bebidas y comenzó a alejarse de Kimberly—. Tengo que irme —dijo.

—Espera —dijo Kimberly. Se situó cerca, demasiado cerca.

—¿Qué?

—Puedes pegarme si quieres —susurró—. Si eso es lo que *te* gusta.

A Rigoberto lo recorrió un escalofrío. ¿Quién era ella? ¿*Qué* era ella?

—Mi esposa me está esperando —dijo mientras se deslizaba junto a Kimberly—. Adiós.

Por insana curiosidad más que otra cosa, Rigoberto miró hacia atrás, hacia Kimberly, mientras salía de la cocina, medio esperando que ella lo estuviera mirando. Pero ya había encontrado otra mano que sujetar y otro oído en el que susurrar; esta vez la nueva amistad era una sorprendida anciana que le recordó a Rigoberto a su tía Anita. Soltó un triste suspiro y devolvió su atención a su misión. Tras evitar varias colisiones con la extraña mezcla de jóvenes universitarios y profesores de más edad —todos los cuales habían estado disfrutando del bien provisto bar— Rigoberto volvió al fin con Sonia.

La profesora Klein aplaudió cuando vio a Rigoberto.

—¡Ah, tu guapo marido está aquí!

Rigoberto trató de sonreír y casi tuvo éxito en su empresa.

—Jugo de la felicidad —dijo mientras le tendía a Sonia la bebida—. Bebe.

La profesora Klein apoyó su mano derecha sobre el hombro de Rigoberto.

—Me siento feliz de ver tu rostro.

Rigoberto ahora no tuvo problemas para sonreír. Se le había olvidado lo fácil que era estar en presencia de la profesora Klein.

—Y yo estoy *encantado* de ver tu cara.

La profesora Klein soltó una carcajada. Se giró hacia Sonia.

—No pierdas a este hermoso hombre, ¿me oyes?

—Lo prometo —dijo Sonia.

La profesora Klein retiró su mano.

—Y bueno, Rigoberto, ¿cómo va el negocio?

Rigoberto no respondió por un momento. Miró a los agudos ojos grises de la profesora. Se imaginó bocetando ese bien habitado rostro.

—Me mantengo ocupado —afirmó al fin—. Muchos cuerpos y muy poco tiempo. Y a ti, ¿cómo te va el negocio?

La profesora soltó otra fuerte carcajada.

—¿El negocio de la educación? Bueno, las leyes de la oferta y la demanda no me afectan en realidad. Tengo titularidad, ya sabes.

—Estuve pensando el otro día en una de mis maestras favoritas —dijo Rigoberto.

—¡Ah! —dijo la profesora—. ¿Alguien que te influyó? ¿Alguien que cambió tu vida?

Sonia se giró con rapidez hacia Rigoberto, preguntándose a qué iba todo eso.

—Bueno, algo así —vaciló—. Era algo sobre una de sus clases. Sobre Virginia Woolf.

La profesora Klein aplaudió dos veces y sonrió como loca.

—¿Virginia Woolf? ¡Qué maravilla!

—Sí —respondió él—. Dime: ¿dónde lo hizo?

—¿Lo hizo?

Rigoberto tosió.

—Ya sabes. Suicidarse. Con las piedras en los bolsillos.

La profesora se puso seria.

—Bueno, alrededor del mediodía del 28 de marzo de 1941, ella entró en el río cercano a su casa solariega en Sussex.

—Sí —dijo Rigoberto.

—En el río Ouse, para ser precisos. Metió piedras en su suéter. No encontraron el cuerpo hasta un mes después o algo así.

Rigoberto suspiró.

—Sí. Eso es. Ahora lo recuerdo. Ouse. Extraño nombre.

Rigoberto cerró los ojos y respiró hondo. Podía detectar a Sonia, sus olores, los olores que conocía tan bien. Y advirtió el resto de los aromas a su alrededor, de la profesora Klein y los ahora silenciosos y tímidos empleados junior que los rodeaban en un círculo inseguro. Demasiados perfumes diferentes. Alcohol. Cigarrillos. Demasiado. Y se acordó del aroma de la señora Lewis. Limpio. Jabón. Cítrico, creía. Y alguna especie de perfume suave.

Rigoberto abrió los ojos.

—El río Ouse —susurró.

—Sí —dijo la profesora Klein—. Pero no debería confundirse con el río Ouse del norte. Es un error fácil de cometer si no estás familiarizado con el país. Ese río Ouse es la principal vía de agua hacia York desde el Humber y el Mar del Norte. Proporcionó el principal acceso a la ciudad para los vikingos y los romanos.

—Vikingos —meditó Rigoberto. Dejó que la palabra diera vueltas por su mente. La profesora Klein podía estar mintiendo o simplemente estar equivocada sobre la geografía, pero eso no le importaba a Rigoberto. Sonia observaba a su marido con atención, no muy segura de lo que podría estar pensando.

La profesora Klein se fue animando.

—Muchos creen que el nombre "Ouse" procede de la palabra celta que significa agua.

—¿Qué más? —preguntó Rigoberto, que podía escuchar a la profesora Klein durante días.

—Bueno, si vamos a asumir que esta derivación del celta es correcta, entonces su nombre no es más que tautología, porque en realidad lo estaríamos llamando "río agua". Y eso sería, bueno, un poquito tonto. Pero las cosas son lo que son, como dijo la poetisa: una rosa es una rosa es una rosa, ¿no? —La profesora sonrió al recordar algo—. Me encanta esa parte del mundo, ¿sabes? Samuel y yo estuvimos de luna de miel por allí cerca.

—Era un buen hombre —dijo Sonia.

—Sí —dijo la profesora Klein sin dudarlo—. No era perfecto. Pero era en verdad un buen hombre. Y yo lo quería.

—El amor quita el hambre —susurró Rigoberto. Los ojos de Sonia se entrecerraron.

—¿Qué? —preguntó la profesora.

—El amor quita el hambre —dijo Sonia antes de que Rigoberto pudiera responder.

—Sí —dijo Rigoberto—. Es un viejo dicho mexicano. Un dicho.

—Ah —dijo la profesora Klein—. Cierto. Muy cierto.

—Creo que es hora de irnos, mi amor —dijo Sonia.

—¿Qué? —dijo la profesora—. ¡Si acaban de llegar!

Rigoberto estudió el rostro de Sonia pero no pudo averiguar lo que estaba pensando. No tenía energía para discutir.

—Sí —dijo él—. Tengo mucho trabajo por hacer. Debo levantarme temprano.

—Qué lástima —dijo la profesora Klein.

—Sí —dijo Sonia—. Es una lástima.

Se despidieron y abandonaron la fiesta en silencio. Sonia abrió el coche y se puso tras el volante. Rigoberto miró hacia la casa antes de subirse al vehículo. Sin decir palabra, comenzaron su viaje de vuelta a casa. Rigoberto no conseguía leer el rostro de Sonia. Justo cuando se sentía preparado para preguntarle qué había sucedido, su teléfono sonó. Sonia lo miró por un momento, sin fruncir el ceño ni sonreír, y luego devolvió sus ojos a la carretera.

—¿Hola? —dijo Rigoberto. Escuchó unos segundos—. ¿Tengo que hacerlo? —Sonia volvió a mirarlo—. De acuerdo, Catherine, bien. No te preocupes. Estaré allí en una hora. ¿De acuerdo? —Rigoberto volvió a meter el teléfono en el bolsillo de su abrigo.

—¿Esta noche? —preguntó Sonia.

—Ha llegado un cuerpo y Catherine tiene que tomar un vuelo esta noche —dijo—. Necesitan devolver el cuerpo por la mañana para los servicios fúnebres. Al parecer, es una decisión de última hora, hay que fabricar. Además, no estamos haciendo nada ahora, ¿cierto?

—Lo siento —dijo Sonia—. De repente se me quitaron las ganas de festejar.

—No pasa nada, mi amor. No pasa nada.

—¿Quieres que te lleve? Puedo recogerte cuando termines.

Rigoberto miró por la ventanilla al brillante cielo nocturno. *Tantas estrellas*, pensó.

—Eso sería genial —contestó al fin—. Gracias.

AUNQUE HABÍA ESTADO RODEADO de cuerpos durante años, Rigoberto prefería no trabajar de noche, cuando no había nadie más allí. De noche su imaginación podía jugarle malas pasadas. Nada terrible. Normalmente alguna especie de movimiento que pillara con su visión periférica le sobresaltaba y le hacía mover la cabeza de un lado al otro para ver qué había sido. Y nunca era nada. Solo una polilla o tal vez una mosca. Entró en la sala de trabajo e inmediatamente encendió todas las luces que pudo encontrar.

El cuerpo yacía sobre la mesa en el extremo más alejado de la sala.

"Café y música —se dijo Rigoberto—. Café y música".

Trotó hacia la cafetera y echó montones de café francés en el filtro, vertió con rapidez agua destilada en la parte trasera de la máquina y la encendió. Cuando el sonido de su gorgoteo comenzó a llenar la silenciosa sala, rebuscó entre su precario montón de discos y encontró lo que necesitaba. En unos segundos, Coltrane se unió a la sinfonía de la cafetera.

"Perfecto", susurró. Rigoberto sacó dos guantes de goma de un dispensador y se los colocó con un chasquido final. Caminó hacia el cuerpo tapado. Los fluidos del embalsamamiento ofrecían un intenso olor, más de lo normal. "De acuerdo —dijo—. Veamos de qué se trata". Rigoberto retiró la sábana. Sus ojos se abrieron de perplejidad cuando vio los familiares contornos del rostro. "¿Qué? —gesticuló—. No puede ser".

Pero conocía esa cara. La conocía bien. Rigoberto había tocado ese rostro cada día de su vida. Lo había afeitado con cuidado desde que tenía catorce años. Pero no, no era exactamente su propio rostro. Era más viejo, tenía más arrugas. Rigoberto sabía que se estaba mirando a sí mismo. No cabía duda.

Buscó el contenedor de los efectos personales pero no encontró nada. Rigoberto volvió a su mesa de trabajo. Tocó la cámara pero retiró la mano con rapidez. Nada de fotos. Rigoberto cogió un lápiz nuevo y lo afiló despacio. Luego buscó un bloc de dibujo nuevo. El café olía bien, así que llenó una taza grande casi hasta el borde. Finalmente, Rigoberto se instaló delante del cuerpo, encaramado en un taburete de metal, con el hirviente café cerca. "Empecemos", dijo.

Y cuando comenzó a bocetar, Rigoberto recordó cómo su abuelo, poco antes de morir, perdió la habilidad de hablar en otro idioma que no fuera el español. Ahí fue la primera vez que escuchó el dicho "El amor quita el hambre". Su abuelo se lo había susurrado al final de una tarde, tras despertar de una de sus muchas siestas diarias. Se lo dijo a Rigoberto sin motive aparente. Pero Rigoberto lo había apreciado. Era un pequeño regalo de un abuelo a su nieto. "El amor quita el hambre —dijo Rigoberto en voz alta cuando su rostro comenzó a emerger del papel de bocetar—. El amor quita el hambre".

EURT

PATRICK, NIÑO, ¿ESTÁ ESTO ENCENDIDO? No sabría decirlo. Cada vez son más pequeños. Deja que vea eso. No te preocupes, no lo voy a estropear. ¿Toshiba? ¿Japonés? Solíamos decir que, cuando algo no funcionaba, estaba fabricado en Japón. Ya no. ¿Qué? Oh, sí. ¿Dónde lo quieres? De acuerdo. ¿Debería inclinarme sobre él cuando hable? ¿No? De acuerdo, Patrick. ¿De qué quieres que hable para este. . .cómo lo llamas? ¿Historia oral? A los jóvenes seguro que les gustan las viejas historias. Sé que es para una asignatura, pero admite que te gustan estas mierdas. Oh, lo siento. Cuidaré mi vocabulario. Bueno, ¿qué historia quieres? No, esa no. Es demasiado personal. ¿Qué más? ¿En serio? ¿El dique San Francis? Claro. Haz lo que quieras. No sé qué tipo de nota te pondrán, pero obedeceré porque eres mi nieto favorito. No te rías. Es cierto.

Bueno, allá vamos. Como ya te he dicho antes, no muchos de nosotros sabíamos por qué la madre de Eurt le puso ese nombre. Un nombre extraño. Se pronunciaba "yurt", como si dijeras "yogur" pero más gutural. No era ciertamente un nombre que se encontrara en la Biblia, ni era un nombre adecuado para un niño mexicano. Bueno, en realidad, mitad mexicano. Porque la madre de Eurt no era mexicana, sino más bien alguna especie de blanca, tal vez con un poco de india Pueblo mezclado en su sangre, o eso nos figurábamos algunos. Las viejas que conocían a Sarah decían que procedía de Nuevo México. Tenía mejillas prominentes y ojos asiáticos, y lo remataba con un brillante cabello rubio rojizo que mantenía en dos trenzas apretadas que caían en cascada por su espalda. Así que las viejas decían que debía tener sangre de Pueblo mezclada con sangre tal vez irlandesa o inglesa, o tal vez incluso sueca o alemana. Demasiado hermosa y extraña para su propio bien, afirmaban las viejas. Y los hombres. Mierda. Oh, lo siento. Quería decir, "mecachis". ¿Mejor? Pero bueno, los hombres no dejaban de echarle el ojo a Sarah. Todos los hombres. Blancos, negros, chinos, mexicanos. Todos los hombres. Pero solo un hombre, Alfonso Villa —un primo lejano del gran Pancho Villa— provocó alguna impresión en Sarah. Lo cual es una lástima. Porque si Sarah se hubiera enamorado de cualquier otro hombre, incluso de mí, es probable que siguiera viva hoy. Sería tan vieja como yo. Pues ya sabes, normalmente las mujeres viven más que los hombres. Y todo ese horrible incidente con Eurt nunca habría sucedido. Pero no puedes reescribir la historia y nunca puedes imaginar cuando un acto, un acto inocente e incluso bueno, puede poner en marcha una serie de acontecimientos que terminen creando un resultado funesto. Malvado. Esa es la única palabra para lo que sucedió.

Era mayo de 1927 cuando Alfonso y yo vimos a Sarah por primera vez. Estábamos trabajando en las granjas cerca del río Santa Clara, alrededor de Saugus, no demasiado lejos del Cañón San Francisquito —creo que el parque temático Six Flags Magic Mountain está por ahí ahora— y vivíamos en un campamento improvisado y barato para nosotros los trabajadores. Principalmente mexicanos y algunos chinos. Podíamos ver el dique San Francis desde donde dormíamos. Un lugar apestoso. Y jodidamente polvoriento. Lo siento, pero no hay otro modo de decirlo. Jodidamente polvoriento. Puedes editar eso más tarde, Patrick. Pero bueno, aunque soy blanco, viví durante casi diez años en Chihuahua cuando mi papá nos arrastró a mi hermana mayor Elsie y a mí fuera de Dallas y lejos de mi loca madre. Papá solo quería sacarnos del estado y del país, porque mamá era peligrosa y quién sabe lo que le podría haber hecho a sus dos hijos. ¿Ves esta cicatriz de aquí? Mamá apoyó el borde de una sartén caliente ahí para enseñarme a no replicarle. Bueno, eso fue la gota que colmó el vaso. Así que papá vio adecuado llevarnos lejos.

Los años pasaron —diez, para ser exactos — y papá fabricaba artículos de cuero para ganarse la vida. Y Elsie y yo vivíamos como mexicanos. Incluso fuimos a un colegio dirigido por sacerdotes, aunque nosotros éramos protestantes, al menos por tradición. Cuando nos llegaron noticias de que mamá había muerto en algún momento de la primavera de 1924, volvimos al norte porque papá echaba de menos este país. Pero él quería algo nuevo. De modo que nos instalamos en California, junto al río Santa Clara. La pobre Elsie murió un año más tarde por la gripe, y papá la siguió solo medio año después con un cáncer. Solo quedaba yo. Y no me importaba un carajo lo que hiciera para ganarme la vida siempre y cuando ganara lo suficiente para comer, beber y pagar de vez en cuando a una buena puta con la que pasarlo bien. Lo siento. Edita eso si quieres.

Cuando Alfonso y yo vimos a Sarah por primera vez, yo llevaba trabajando en la granja Fredrickson casi tres años. Trabajo de temporero, ya sabes. Pero me abastecía de la cantidad justa de dinero para mis necesidades. Yo tenía diecinueve años y él tenía veintiuno o veintidós. Bueno, Alfonso y yo habíamos tenido un largo día de trabajo y nos estábamos bebiendo unas buenas cervezas en un pequeño bar con un gran letrero sobre la puerta principal que decía: "El tejado de zinc". Principalmente nos servía a los trabajadores de la granja, pero muchas otras personas acudían allí porque tenía buenos precios y comida decente también. Alfonso y yo nos habíamos caído muy bien el año anterior porque yo había vivido en Chihuahua, como ya he dicho, y él tenía muchos parientes por parte de su madre que aún vivían allí. Mi español era bueno y su inglés era aún mejor. Así que éramos tan íntimos como lo podíamos ser sin estar emparentados ni nada. Bebíamos a la salud de ese tipo Lindbergh, que había aterrizado en París dos días antes. Todo el mundo se sentía muy orgulloso aunque la mayoría no podía imaginarse cómo podía ayudarnos de ninguna forma. Todos los mexicanos y los chinos brindaron por él. Así pues levantamos nuestros vasos y dijimos: "Por Lindy", que es como llamaban a ese joven. Los periódicos decían que su madre estaba tan orgullosa que no encontraba las palabras para expresar su dicha. Y el presidente Coolidge envió una especie de felicitación a través de la embajada en París, para decirle que el vuelo coronaba el récord de aviación estadounidense, lo que sea que signifique eso.

Pero lo más gracioso, la parte que me gusta porque recuerdo lo acalorado y sucio que solía estar por aquel entonces —incluso sesenta años de distancia no me han hecho olvidar— fue que los periódicos dijeron que Lindy fue escoltado hasta la embajada después de aterrizar y tener que enfrentarse a la muchedumbre.

Tenía una auténtica necesidad de darse un baño. Así que el hijo del embajador americano llevó a Lindy a una habitación de la embajada donde lo esperaba un baño caliente. Antes de meterse en la bañera, Lindy bebió oporto y luego algo de leche. Los periódicos decían que Lindbergh se relajó durante mucho tiempo antes de salir del baño, peinarse, ponerse un pijama de seda con estampado de flores, una bata de seda y —me gusta esta parte— unas babuchas marroquíes de cuero. Todo eso cortesía del hijo del embajador. Y concedió varias entrevistas a periódicos vestido de esa guisa. Nunca olvidaré esa historia.

Patrick, ¿necesitas una bebida o algo? ¿Coca-Cola Light, de la que te gusta? Bueno. Solo te la ofrezco.

Pues eso, era martes por la noche y estábamos acalorados y cansados, un poco borrachos y brindando por el aterrizaje de Lindbergh en París, cuando entró una mujer por la puerta principal. Hermosa. La cabeza de Alfonso giró tan rápido que pensé que se le iba a caer. Él tenía olfato, claro que sí. Casi como un radar. Si había una mujer hermosa a corta distancia, Alfonso tenía los ojos puestos en ella en cuestión de segundos. Era una habilidad jodidamente increíble. Nos quedamos en la barra que, a decir verdad, no era más que un madero ancho apoyado sobre ladrillos a cada extremo con un mantel blanco puesto por encima para hacer que pareciera más bonito de lo que era. Ella entró y miró rápidamente a su alrededor. Sarah parecía tener prisa o algo así. Nerviosa. Ahora sé por qué, pero entonces todo lo que sabía era que tenía aspecto de haber perdido algo y necesitar encontrarlo pronto.

Bueno, finalmente miró hacia la barra y nos vio a Alfonso y a mí. Me retiré el pelo de la frente y me erguí un poco. Por aquel entonces las mujeres me dejaban tonto. Ahora soy demasiado viejo. ¿Alfonso? Pues él tenía un carácter frío. Era guapo y lo sabía. Se parecía a su primo, el gran Pancho Villa, solo que era aún más guapo, con suave piel morena como el culito de un bebé. Una espesa cabellera negra y rizada. Bigote bien cuidado. No soy marica ni nada, pero era el hombre más guapo que jamás he visto. Así que Sarah finalmente posó su mirada en él y ahí acabó todo, deja que te diga. Yo no tenía ni la menor oportunidad. De repente pareció más calmada, como si hubiera encontrado lo que estaba buscando, aunque Alfonso nunca la había visto antes y viceversa. Sarah se aproximó a nosotros, con una sonrisa ahora, y se situó junto a Alfonso. Ella pidió una Coca-Cola y luego se quedó allí esperando lo inevitable. Alfonso me dedicó un pequeño guiño y se giró hacia Sarah.

—¿Cómo estás? —le preguntó en su casi perfecto inglés. Y ella ni siquiera se giró hacia él. ¿Puedes creerlo? Ella desvió la mirada hacia la ventana o a algo y no respondió. Alfonso me lanzó una rápida mirada y sonrió de un modo avieso. "Esto va a ser divertido", pensó él. Podía ver que él iba a jugar con ella. Sarah llevaba un vestido mexicano muy bonito. Ya sabes, esos que son largos y de algodón blanco con lindos bordados. Le quedaba un poco ancho pero se veía hermosa. Su cabello estaba perfectamente trenzado y brillaba a la luz de las lámparas. Otros hombres, e incluso mujeres, comenzaron a mirarla.

Pues eso, que Alfonso intentó otra cosa. Dijo:

—Señorita, permita que mi amigo y yo nos presentemos. Soy Alfonso Villa y este es mi buen amigo James O'Hara. —Alfonso siempre se volvía muy formal cuando se ponía nervioso.

Ella volteó y sonrió con sus blancos dientes, y pude ver que a Alfonso le temblaron un poco las rodillas. La belleza de Sarah lo debilitaba incluso a él.

Ella dijo:

—Soy Sarah García. Pero la gente me llama Tootsie.

Gracioso, ¿verdad? ¡Tootsie! Como esa jodida película con ese actor pequeñito... ¿Cómo se llamaba? Sí. Hoffman. Pero eso fue lo que dijo. Y ambos sonreímos como idiotas. De modo que nosotros... ¿Qué? Oh. De acuerdo. Dale la vuelta a la cinta y yo voy a orinar, si te parece bien, mi niño Patrick.

Cara B ~ 15 de octubre de 1989

¡HÍJOLE! ¡LOS PLACERES SENCILLOS DE LA VIDA! Al menos no uso pañales como algunos de mis amigos. Bueno, ¿por dónde iba? Sí, es verdad. Así que todos entablamos una conversación agradable. Sarah estaba haciendo muchas preguntas, la mayoría dirigidas a Alfonso, pero algunas a mí, y las respondíamos con rapidez solo por hacerla feliz y que se quedara. Sentía mucha curiosidad por nuestras circunstancias, ¿sabes? Dinero, mujeres, cosas así. Y hablamos y hablamos toda la noche. Y luego ambos acompañamos a Sarah — no conseguíamos llamarla Tootsie — a la pequeña pensión en la que vivía. Solo para mujeres. Un lugar agradable. Dijo justo antes de que la dejáramos allí que ella cocinaba en un pequeño café llamado Hanson's bajando por la calle principal, y que servían un delicioso desayuno dominical. Dijo que deberíamos pasarnos por allí ese fin de semana y que no quedaríamos decepcionados. Bueno, maldición, allí estábamos ese domingo, yo principalmente para evitar que Alfonso se sintiera incómodo, lo cual agradecía. Él habría hecho lo mismo por mí. Pero bueno, su cortejo comenzó entonces. ¡Y solo duró un mes! Salían a pasear y Alfonso le compraba pequeños detalles; no tenía mucho dinero, pero era muy considerado con lo que le compraba. Y ella sonreía, le daba palmaditas en el brazo, y lo llamaba Al, lo cual a él le parecía gracioso porque sonaba como muy de blancos, ¿sabes? A veces yo le tomaba el pelo y también lo llamaba Al. Durante ese tiempo parecía estar más tranquilo de lo que lo he visto nunca. Las arrugas que tenía en la frente se derretían como mantequilla en una sartén caliente cada vez que Sarah estaba cerca. Pues eso, todo iba tan bien que no me sorprendió cuando decidieron casarse. Se casaron en una ceremonia civil —Sarah odiaba las iglesias y Alfonso no era un hombre muy religioso— y luego se mudaron a una pensión más grande que admitía a parejas. Alfonso comenzó a trabajar en la granja y en otro trabajo que pudo encontrar. ¡Se volvió jodidamente respetable! Pero se veían muy felices. No podía quejarme si cada vez lo veía menos. Ahora era un hombre de familia.

Y bueno, las cosas se volvieron un poco extrañas al cabo de un tiempo. Mira, Sarah quedó embarazada de inmediato, lo cual hizo que Alfonso se sintiera muy orgulloso. Pero empezó a notársele muy pronto. Demasiado pronto. Y Alfonso se volvió un poco callado, como muy perdido en sus pensamientos, ¿sabes? No prestaba atención a lo que fuera que yo le dijera. Pero finalmente, cuando el vientre de Sarah estaba tan prominente que casi llegaba a Nevada, Alfonso pareció aceptar el asunto. Después de todo, ella era hermosa y buena con él. Había cosas peores.

Sarah se puso de parto una noche de enero de 1928, fuera de la temporada de los jornaleros, cuando Alfonso pasaba mucho tiempo en casa. Nunca olvidaré esa noche. Me estaba tomando unos tragos en El tejado de zinc cuando Alfonso entró con el rostro pálido. Le temblaban las manos y estaba empapado de sudor. No llevaba chaqueta, solo una gruesa camisa, y yo le grité que iba a pillar una neumonía o algo así. Se acercó a la barra, pidió un brandy, y se quedó mirando fijamente al frente. Cuando llegó su bebida, se la tomó de un trago y pidió otra. De su boca salía un sonido chirriante y un poco extraño. Supongo que eran sus dientes.

—Hombre —dije—, ¿qué pasa?

Él bebió el segundo sorbo y pidió otro. Tras terminar el tercero, dijo:

—El bebé nació esta noche.

Le sonreí y le di una palmada en la espalda.

—¡Maravilloso! —grité—. ¡Eres padre! —Pero él no sonreía—. ¿Qué te pasa? —pregunté.

Y entonces me lo contó. Despacio primero. Era una historia horrible. ¿Estás seguro de que quieres esto en tu trabajo escolar, Patrick? De acuerdo. Pues allá vamos.

Cuando él llegó a casa esa noche, después de haber trabajado en el rancho de McPheeter con los caballos, Sarah ya estaba de parto. Eso fue siete meses después de que se casaran. Bueno, ella sufría unos dolores espantosos y Alfonso dijo que él quería pedirle ayuda a alguien, pero ella gritó "¡No!". Dijo que era demasiado tarde. Él tendría que ayudarla. Bueno, se dio cuenta de que no le quedaba otra, así que fue a lavarse las manos e hizo que estuviera tan cómoda como fuera posible. Pero sus dolores eran horribles y estaba ardiendo de fiebre, gritando cosas raras. Fue entonces cuando Alfonso la oyó gritar "¡Eurt!" por primera vez. No sabía qué estaba diciendo. Pero le puso un trapo mojado sobre la frente e intentó tranquilizarla. Ella seguía gritando "¡Eurt! ¡Eurt! ¡Eurt!". Entonces se calmó de pronto y el bebé salió casi sin aviso. Resultó ser un parto fácil. Excepto por un detalle.

Alfonso me describió al bebé muy despacio. Un niño. En general guapo, con mucho pelo oscuro. Piel oscura. Podía haber sido de Alfonso. Pero tenía un defecto. Su mano derecha. Solo tenía un dedo, el dedo índice. El resto de su mano era liso y se estrechaba hasta la muñeca. Parecía algo así como una serpiente que se retorcía, dijo Alfonso. Y cuando el bebé movió ese dedo, escalofríos recorrieron su espalda. Dijo que, cuando le mostró el bebé a Sarah, ella no reaccionó en absoluto. Ni una sonrisa ni un grito. Tan solo lo tomó en sus brazos y puso su boquita sobre su pecho. Alfonso se quedó allí, desconcertado, y entonces el bebé comenzó a jugar con el otro pecho de Sarah con esa mano que parecía una serpiente, y a Sarah no le importó lo más mínimo. Ahí fue cuando dijo que tenía que ir a buscar cosas para el bebé, pero en vez de hacer eso vino directo al bar para hablar conmigo. ¿Qué le dije? Bueno, ¿qué le dirías tú? Mentí. Dije que no importaba. Muchos niños nacían sin partes del cuerpo y eso era cosas de la vida. Al menos el niño tenía una mano buena. Dije que Sarah era una mujer hermosa y amable, y que él era más afortunado que la mayoría de los hombres. Este pequeño discurso y el alcohol parecieron calmarlo un poco. Le dije que su esposa y su hijo lo necesitaban justo en ese momento y que debía irse a casa. Asintió despacio y se tomó un trago más antes de marcharse. Pero a pesar de mis palabras de consuelo, me sentía enfermo. Sabía que algo malo iba a suceder. Y aunque sea triste decirlo, no me equivocaba.

Por lo que sé, nunca bautizaron a ese bebé. Y Sarah insistió en llamarlo Eurt, esa extraña palabra que gritaba una y otra vez mientras estaba de parto. Alfonso no podía negarle nada a su esposa, así que accedió. ¡Mierda! ¡Vaya nombre! Pero bueno, yo intenté ser un buen amigo y los visité tanto como podía. Pero Eurt me daba repelús. Era un niño guapo, pero ¡esa mano y esa mirada! Se me quedaba mirando fijo como si me estuviera leyendo la mente. Y nunca sonreía. ¡Lo juro por Dios! Quiero decir, eso no es natural. Tú eras un bebé feliz y sonriente cuando mi hija te trajo al mundo hace diecinueve años. La mayoría de los bebés lo son. Pero este no. Y Alfonso también lo veía. Solo a Sarah no parecía importarle. Ella lo arrullaba y le cantaba al bebé como si no hubiera nada raro. Ella quería a ese bebé más que a Alfonso, diría yo.

En marzo de 1928, yo estaba alojado en la pensión para hombres porque estábamos fuera de temporada y no podía vivir en el campamento. Tenía tres o cuatro trabajillos para mantenerme hasta que la cosecha comenzara de nuevo en un par de meses. Una noche, justo antes de irme a dormir, Alfonso me hizo una visita. Se veía enfermo. Pálido, tenía profundas ojeras moradas bajo los ojos, el pelo apelmazado y grasiento.

—¿Qué pasa? —le pregunté.

Y no pude creer su respuesta.

—Me están matando. Me están matando lentamente.

¿Qué carajos quería decir eso? Así que le dije:

—¿Quién está intentando matarte, Alfonso?

Y me miró con ojos enloquecidos:

—Sarah y Eurt. Y también creo que es idea de Eurt.

Y ahora, ¿qué iba a pensar yo? ¿Alfonso se había vuelto completamente loco? Así que dije:

—Cálmate, chico. Nadie está intentando matarte. ¿Qué te están haciendo?

Y entonces cerró los ojos y de repente me di cuenta de que parecía un esqueleto. Estaba muy delgado. Por fin, tras unos momentos en silencio, como si estuviera escuchando una voz, dijo:

—Veneno. Me están envenenando.

—¿Cómo? —pregunté. Me sentía bastante tembloroso—. ¿Cómo?

—El veneno está en todas partes. En mi comida, en mi bebida, en los besos de Sarah. ¡Y Eurt está detrás de todo!

Bueno, Patrick, yo no sabía qué decir excepto que ciertamente parecía que se estaba alejando de la tierra de los vivos a pasos acelerados. Comencé a decir algo pero me puso una mano en el hombro, me miró profundamente a los ojos, y dijo:

—Los mataré a los dos antes de permitir que me maten.

Y supe que lo decía en serio. Loco o no, ¿cómo podía detenerlo? ¿Qué podía hacer? Tenía que pensar. Así que dije:

—Alfonso, chico, he estado pensando en mudarme de este pueblo. Tal vez subir hasta Frisco. Hay buenos trabajos ahí arriba. Y no hace este jodido calor. Ven conmigo. ¿De acuerdo, hombre?

Me miró por un minuto. Solo un minuto. Y dijo:

—Sí, lo haré. Vámonos esta noche.

¡Mierda! En realidad no había planeado irme al norte, pero me figuré que sería mejor seguirle la corriente, como dicen los jóvenes hoy en día. Porque si no lo hacía, mi amigo cometería un doble asesinato pronto. Así que hicimos las maletas. Sí. Teníamos muy pocas pertenencias. Alfonso metió unos dólares en un pañuelo y lo dejó junto a la puerta de su habitación en la pensión. ¿Ves? Aún amaba a Sarah. Aún tenía corazón. Y entonces nos marchamos. Robamos un par de caballos del rancho en el que trabajaba Alfonso y nos dirigimos hacia el norte.

Tras un par de horas, oímos algo terriblemente extraño. Primero fue como un rugido sordo. No podía imaginar qué sería. Luego se oyó más fuerte. Y nos volteamos para mirar hacia el río, en dirección al dique San Francis. Podíamos ver la silueta de la estructura, diseñada y construida por William Mulholland, ya sabes. Él era el ingeniero hidráulico jefe de Los Ángeles en aquella época. Construyó ese dique para contener agua para dos años en caso de que un terremoto rompiera el acueducto. Así que pensamos que quizás fuera un terremoto. Pero lo que vimos nos dejó sin la capacidad de respirar en ese momento. El dique comenzó a moverse, a romperse y a desmoronarse. El ruido del agua —agua para dos años, fíjate tú— estremeció nuestros cuerpos y los de los caballos. Entonces lo vimos. Un muro de agua, de diez pisos de alto, que entraba en el valle...y venía hacia nosotros. Yo grité:

—¡Mierda! ¡Salgamos de aquí!

Alfonso solo se quedó mirando fijamente el agua, paralizado. Podía ver que estaba pensando en Sarah. Volví a gritar y finalmente pareció despertar. Me oyó e hicimos que esos caballos corrieran más rápido de lo que lo habían hecho alguna vez.

Cabalgamos hasta la mañana. Unas quinientas personas murieron esa noche, aunque tal vez fueran más porque muchos de los jornaleros temporeros no estaban en los registros. Supimos más tarde que el agua había eliminado pueblos completos, como Castaic y Piru, y todo lo que estuviera cerca del río. Sirenas y llamadas telefónicas trataron de alertar a la gente para que huyeran del agua. Algunos lo consiguieron. Muchos no. Tres horas después de que el dique se rompiera, el pueblo de Santa Paula, que fue evacuado en su mayoría, resultó inundado y se destruyeron trescientos hogares. ¡Y Santa Paula estaba a casi setenta kilómetros río abajo desde el dique! Saugus resultó muy mal parado. Totalmente destruido. Historias tristes, también. Como el hecho de que cuarenta y dos niños de la escuela primaria de Saugus fueron arrastrados por el agua.

Pero bueno, los nombres de todos los que murieron, o al menos de todos los que pudieron identificar, fueron enumerados en todos los periódicos californianos durante los días siguientes. Alfonso y yo vimos a Sarah en la lista, o eso pensábamos. Allí aparecía una mujer de nombre "Tootsie García", enumerada en la página frontal del periódico *Los Ángeles Times*. No sabíamos por qué había usado su nombre de soltera. Pero bueno, Eurt no estaba allí. Tal vez porque, como no estaba bautizado, no aparecía en los registros. Y Alfonso no se molestó en preguntarles a las autoridades.

Bueno, ya conoces el resto. Alfonso y yo llegamos a Frisco al fin, y conseguimos unos trabajos muy buenos de inmediato. Él llegó a casarse de nuevo. Una buena mujer. No demasiado guapa. Pero tuvieron cinco hijos y doce nietos. Yo me casé con tu abuela Hanna, que Dios bendiga su alma. Tuve mis tres hijos y siete nietos, incluido tú. Alfonso murió hace diez años. De cáncer, igual que su papá. Su esposa le siguió un año más tarde. Su corazón se paró. Su nombre era María. Una buena y honesta mujer.

¿Algo más? ¿No es suficiente ya, Patrick? Bueno, déjame pensar. Sí, supongo que había algo más. Hace unos cuatro años estaba viendo CNN en ese televisor. Y ahí salió una noticia sobre un predicador en Bakersfield. Tenía un montón de seguidores. La gente decía que podía curar. Todo el mundo que había sido curado tenía fe en este hombre. Lo mostraron predicando. Era un tipo guapo. Se parecía mucho a Sarah. De unos sesenta años. Espeso pelo canoso y un elegante bigote. Y lo miré fijamente. Entonces levantó su mano izquierda. Era una mano bonita, larga con una buena manicura. Luego levantó la otra. Y casi se me salen los ojos. La otra mano solo era un dedo. Como una serpiente. Se retorcía y señalaba mientras predicaba sobre el infierno y la ira de Dios. Decían que usaba esa mano para curar. Se le conocía por el nombre de Veritas. La noticia terminó y me quedé ahí sentado, sin moverme, unos diez minutos.

Bueno, Patrick. ¿Te parece suficientemente bueno para tu informe? No, no tengo explicaciones, y me da miedo siquiera intentar buscarlas. A veces, en la vida, no hay explicaciones. Al menos ninguna que te importe aceptar. Todavía eres joven. Ya lo verás. Ahora mismo, mientras las cosas son más blancas y negras, te recomiendo que solo disfrutes. Y te diré algo: ojalá yo hubiera ido a la universidad. Suena a que te estás divirtiendo al entrevistar a viejos como yo. ¿Quieres una Coca-Cola Light? Tengo muchas en el frigorífico. Bueno, bueno. Pensé en ser un buen anfitrión. Ya sabes que tú eres mi nieto favorito.

EL ZORRO

UNA MUJER VIVÍA en el extremo más alejado de una península, en una modesta choza de adobe, y parecía ser bastante feliz viviendo sola. La mujer no tenía más de veinte años, tenía una complexión recia, era oscura como el resto de los indios y mestizos que poblaban el otro extremo de la península y, según los estándares de la época, era muy hermosa. Tenía todo lo que necesitaba para vivir con comodidad. La mujer tenía una cabra que le daba una gran cantidad de rica leche. Además, árboles frutales crecían alrededor de su choza, de modo que nunca carecía de jugosos higos morados, dulces y crujientes manzanas, y ácidos y fragantes limones. Aunque muchos pájaros de colores y activos conejos vivían entre los árboles y los arbustos, la mujer no tenía corazón para matarlos. Así que vivía a base de fruta y leche de cabra, la cual se convertía en deliciosos quesos y mantequillas gracias a sus habilidosas manos. En definitiva, el mundo de la mujer era tan completo y sereno como el que cualquiera pudiera desear, y rara vez tenía que entrar en el pueblo para cubrir sus necesidades.

La gente que vivía al otro extremo de la península miraba a la mujer con gran suspicacia, porque ella no necesitaba a nadie más para hacerla feliz. "¿Quién se cree que es?", gruñían. Y otros decían: "Algún día aprenderá que necesita más que a ella misma para vivir en este mundo". Otros se preguntaban: ¿Cómo era que no quería mezclarse con ellos? ¿Acaso no eran buenas personas? ¿No ofrecían una cálida compañía?".

No eran tan simples como para implicar que la mujer fuese una bruja o que tuviera alguna alianza con un poder más oscuro. No, la gente al otro extremo de la península no era estúpida. Era más sencillo; permitían que los celos dominaran sus pensamientos. Y sus celos los llevaban a rezongar sobre la mujer. Aparte de sus quejas, sin embargo, la gente dejaba que la mujer siguiera con su propio método de vida.

Al norte de la choza de la mujer había un estanque de agua fresca, pequeño pero rebosante, que bajaba por la cercana montaña que las personas de la península llamaban El Zorro. Nadie sabe por qué se llamaba así porque la montaña no se parecía a nada, y mucho menos a un zorro, ni los zorros habitaban en la zona. El agua sabía dulce y toda la gente de la península sacaba agua del estanque para sus necesidades diarias. Era en esos viajes al estanque cuando la gente veía a la mujer trabajando en su choza, atendiendo a su cabra, o haciendo mantequilla y queso. La gente la miraba fijamente pero ella solo continuaba con sus tareas cantando una alegre canción en su lengua india nativa en vez de en español. Esto, por supuesto, simplemente hacía que la gente se enfadara aún más.

El agua que bajaba de El Zorro hasta el estanque producía un constante sonido torrencial que era agradable, aunque un poco ruidoso. El sonido animaba a la mujer a realizar sus tareas a un ritmo constante y la ayudaba a dormir profundamente cada noche. Una mañana, tras ser acunada en su profundo sueño por el agua que bajaba corriendo por la montaña hasta el estanque, la mujer despertó y, como era su costumbre diaria, fue a alimentar a la cabra. Dio unos pasos hacia la pequeña mesa de madera al otro lado de su choza, y sacó de debajo de ella un saco de arpillera lleno de grano. La mujer cogió un desportillado pero funcional bol hecho a partir de una calabaza y lo llenó con grano. Empujó el saco de vuelta a su lugar y se dirigió hacia la puerta mientras tarareaba una agradable y antigua melodía. Cuando la mujer intentó salir de su choza, sus pies golpearon algo suave pero consistente. Bajó la mirada y sus ojos se abrieron como platos. Una repentina sensación de terror recorrió sus miembros, haciendo que dejara caer la comida de la cabra. Frente a ella, a la entrada de su pequeña choza, yacía su cabra con el cuerpo abierto en canal desde la garganta hasta el vientre. La cabra estaba empapada en su propia sangre, lo cual creaba un mar rojo interrumpido solo por el suave blanco de la rica y espesa leche del animalito, que caracoleaba dentro de la sangre, pero no se mezclaba con esta. Con un grito, la mujer corrió a la orilla del estanque y se tiró al suelo. "¿De dónde procede tal crueldad?", pensó. Y se quedó allí tumbada durante horas, sin saber qué hacer o qué pensar. La gente del otro lado de la península la vio cuando fueron a por su agua diaria. Miraron el cadáver de la cabra y de nuevo a la mujer, simplemente sacudieron la cabeza y no le dijeron nada a la mujer.

Cuando la mujer pudo finalmente controlar sus emociones y sus pensamientos, era casi mediodía. Se dio cuenta de lo que tenía que hacer, pero eso solo hizo que se sintiera enferma. La mujer sabía que tenía que conseguir otra cabra, pero eso significaba que tenía que ir al pueblo y negociar el precio de una porque las cabras salvajes ya no pastaban libremente por la península ni por El Zorro. Se puso de pie y fue hasta su choza, desviando la mirada hacia el cielo para no ver a su cabra asesinada. La mujer tomó algunos de sus mejores quesos de una estantería y los metió en un saco grande de tela. Luego sacó una pequeña caja de latón de debajo de su cama y recogió en su pequeña pero fuerte mano la exacta cantidad de diez pesos. Esa caja de latón había estado llena una vez con muchos pesos, pero durante los últimos cinco años, desde la muerte de la madre de la mujer, el pequeño tesoro se había reducido poco a poco. Pero este era un gasto necesario. Preparada para negociar, la mujer salió de su choza, evitó con cuidado mirar a su cabra asesinada, y se dirigió al pueblo.

Cuando entró en la calle principal, mantuvo los ojos mirando al frente para evadir las miradas de la gente. Ellos murmuraban: "Mira, ahora nos necesita". Pero no interfirieron en la misión de la mujer. La mujer recordaba cómo, hacía mucho tiempo, su madre la había llevado al pueblo para comprar la cabra que ahora yacía muerta junto a su choza. El vendedor de cabras tenía una pequeña estructura de adobe con un gran patio cercado donde guardaba sus cabras. La mujer recordó que estaba casi al final de la calle principal, en una vereda llamada Calle de las Máscaras. Ella recordaba el nombre porque, de niña, se había preguntado por qué no podía comprar una máscara en casa del cabrero cuando, después de todo, la casa de adobe del cabrero estaba en la Calle de las Máscaras. También recordaba que el vendedor de cabras era muy viejo, olía a cuero sucio y le había sonreído con maldad. Pero ella disfrutaba del recuerdo de ese día porque había estado con su madre y porque se le permitió elegir por qué cabra iban a negociar.

En un rato, la mujer llegó a la casa de adobe del vendedor de cabras y se acercó a sus grandes puertas dobles de madera. La mujer pudo oír las cabras balar y olió el acre pero no desagradable olor a excremento fresco. Levantó el gran aldabón de hierro, lo dejó caer con un fuerte golpe, y esperó respuesta. La mujer miró a la izquierda y luego a la derecha, y notó que algunos de los pueblerinos habían aminorado su paso cuando se desplazaban junto a la estructura de adobe. Oyó murmullos y chasquidos de lenguas que intentó ignorar con todas sus fuerzas. Al cabo de un minuto o algo así, oyó pasos, ligeros y enérgicos, avanzar al otro lado de las puertas. "No son los pasos de un anciano", pensó. Y tenía razón. Ya que cuando se abrió la puerta derecha y su sombra reveló a la persona del interior, la mujer vio a un joven, quizás de su misma edad, con despeinados rizos morenos y piel tan suave y blanca como la arena. El hombre sonrió, y su sonrisa estaba tan torcida como la pata de una araña muerta, pero por otro lado poseía el rostro más hermoso que la mujer había visto nunca.

Tras un momento, la mujer dijo:

—Me gustaría negociar la compra de una cabra.

—Lo sé —dijo el hombre, para mayor asombro de la mujer—. Ya he oído hablar de la tragedia. La gente del pueblo que iba por su agua diaria al estanque vio lo que le habían hecho a tu cabra. Entra a mi casa y podremos buscar una sustituta.

El hombre guio a la mujer a través de su sencillo hogar hacia una gran puerta al otro extremo, que llevaba al patio. Mientras caminaba, la mujer observaba cada objeto en las dos salas a través de las cuales tuvieron que pasar, y advirtió que la casa de adobe estaba bien mantenida pero escasamente amueblada, con solo unas sillas y un par de mesas. Nada adornaba las paredes, a excepción de varias estanterías con sus entrepaños abarrotados de grandes y hermosos libros. También vio un gran cuadro del viejo cabrero que la mujer recordaba de hacía muchos años. El cuadro colgaba en un decorativo marco dorado de madera. Los ojos del viejo vendedor de cabras miraban fijamente a la mujer como si la lujuria aún llenara su corazón.

—¿Dónde está el anciano? —preguntó ella.

—Mi padre —dijo el hombre—, hace mucho que partió de este mundo. Yo ahora vendo cabras en su lugar.

La mujer no pudo evitar sonreír ante esta nueva noticia. Le gustaba el joven.

Cuando llegaron a la gran puerta al fondo de la casa de adobe y entraron en el patio, más de veinte cabras se acercaron al hombre brincando y balando una ruidosa bienvenida. El polvo llenaba el aire mientras las cabras pateaban sus pezuñas emocionadas.

—¿Cuál quieres? —dijo el hombre mientras le daba palmaditas a una de las cabras.

La mujer levantó la bolsa de quesos y los diez pesos y dijo:

—¿Qué calidad de cabra puedo conseguir por esto?

El hombre se echó a reír.

—No hace falta negociar. Elige una que te guste.

La mujer se enfadó.

—No soy una indigente. Puedo pagar por lo que necesito. —Y levantó los quesos y los diez pesos aún más arriba en el aire para enfatizar más lo que quería decir.

El hombre se dio cuenta de que había insultado a la mujer y dijo:

—Tienes razón. Con lo que has traído, puedes llevarte esa cabra —y señaló al animal más grande del patio.

La mujer miró a la cabra y luego al hombre.

—Me llevaré esta —dijo mientras señalaba a la cabra más pequeña que pudo discernir entre el ruidoso y retozón rebaño.

—Trato hecho —dijo el joven, que se dio cuenta de que no tenía sentido discutir con esta terca mujer—. Pero con una condición —añadió—. Debes permitirme ir a visitarla todos los días porque esa es una de mis favoritas.

La mujer sonrió y dijo:

—Sí, trato hecho. —Le tendió al hombre el saco de queso y puso los diez pesos con suavidad en su mano izquierda. Entonces sacó una cuerda pequeña de su cinturón, la ató a la pequeña cabra, y se marchó por la puerta al fondo del patio.

El hombre mostró una sonrisa torcida mientras veía a la mujer marcharse con su nueva cabra. Una nube solitaria encontró astutamente su camino hacia el vibrante sol y el patio de cabras se oscureció de repente. El hombre se rio y volvió a su casa de adobe.

Así que, como habían acordado en su trueque, el hombre visitaba a la cabra todos los días. Y cada día la mujer le preguntaba al joven sobre su vida y sobre el pueblo. La gente del pueblo chismorreaba y se preguntaba si el hijo del viejo cabrero podría hacer recapacitar a la mujer, de modo que se mudara al pueblo como su nueva esposa. Tras seis meses de visitas del hombre, los dos se casaron en una gran y bulliciosa boda en la antigua iglesia más grande del pueblo. La mujer se mudó a la casa de adobe del hombre y trajo a su cabrita con ella.

Al principio el hombre y la mujer tuvieron una vida feliz, llena de risas, amor y calor. Las cabras se vendían bien y, finalmente, la pareja añadió dos habitaciones más a la casa de adobe y construyeron una pequeña choza en el patio para que viviera allí la nueva criada. La mujer ya no hacía queso y mantequilla, así que tenía que comprar esos productos en el pueblo. Con el tiempo comenzó a mezclarse con los pueblerinos en sus viajes al mercado y aprendieron a disfrutar de la compañía de la mujer. Y la gente del pueblo se sintió validada en su creencia de que la mujer era ahora ciertamente una persona completa.

A excepción de una cosa. A pesar del año completo de compartir el lecho matrimonial con su marido, la mujer no quedaba embarazada. Al principio, el hombre fue muy paciente. Pero al segundo año de su matrimonio se volvió frío y su rabia sustituyó poco a poco al amor que una vez sintió por la mujer. Al tercer año, la rabia permeaba todos sus pensamientos, cada movimiento y cada plegaria. Y los pueblerinos empezaron a reírse a sus espaldas y a hacer correr feos chismes sobre él. La mujer se volvió solitaria cuando su marido dejó de hablar con ella. El hombre finalmente dejó de dormir en su cama también, dormía en un banco en el patio con las cabras.

La única alegría que le quedaba a la mujer era su visita diaria al estanque, donde iba a buscar agua. Veía su abandonada choza y recordaba la vida plena y pacífica que había llevado una vez, cuidando de su cabra y haciendo quesos y mantequilla a partir de la cremosa leche de cabra. Pensó en su madre, que le había enseñado las costumbres indias, así como canciones e historias. La alegría de la mujer se desvanecía cuando se daba cuenta de que tenía que volver al pueblo a la casa de su marido.

Una mañana, mientras volvía a casa después de sacar agua del estanque, vio a su marido hablar en voz baja con la criada. Sus cuerpos no se tocaban pero vio una familiaridad entre ellos que reconoció. La mujer giró la cabeza y entró en la casa de adobe.

En el cuarto año de su matrimonio, la criada dio a luz a un guapo niño de despeinados rizos morenos. La gente del pueblo chismorreaba y la criada se volvió arisca, por lo que se negaba a trabajar. La mujer se volvió aún más silenciosa y aceptó sus circunstancias. El hombre abandonó la farsa y trasladó sus cosas a la choza de la criada.

Una noche de su quinto año de matrimonio, la mujer yacía despierta en su cama mirando por la ventana abierta. La luna iluminaba su dormitorio con la luz de veinte velas. La mujer pensó que se había sentido menos sola cuando vivía bajo la sombra de El Zorro. Mientras luchaba contra esa verdad, de repente notó que la luz de la luna se había atenuado y la oscura figura de un hombre se erguía en la ventana. La mujer se quedó quieta. Vio que el hombre llevaba la máscara de un animal canino: ¿un perro, un zorro o un lobo? No podía verlo desde esa distancia. El hombre levantó despacio la pierna izquierda sobre el alféizar y entró en la habitación. Ella podía oír su respiración reverberar dentro de la máscara cuando se acercó a la cama. El hombre levantó su mano derecha y reveló un largo y brillante cuchillo.

Cuando el hombre hundió el cuchillo en el suave cuello moreno de la mujer, ella vio que la máscara era de hecho la de un zorro. Y su mente volvió sin esfuerzo a los recuerdos de la montaña llamada El Zorro, y de la dulce y fresca agua que bajaba por la montaña y llegaba al estanque junto a la choza en la que vivió antes. Y notó el exquisito brillo de la pintura marrón rojiza de la superficie de la máscara y los brillantes toques de negro cuervo que relucía en los ojos y fosas nasales del zorro. La mujer escuchó con calma cómo se ralentizaba su respiración.

Y cuando el hombre clavó sin prisas el cuchillo aún más profundamente en el cuello de la mujer y luego lo fue bajando hacia su vientre, recordó cómo, hacía tiempo, la mujer se había visto tan bella y tranquila mientras atendía a sus tareas diarias cuando vivía sola cerca de El Zorro. El hombre también observó cómo el cuchillo que ahora sostenía no le resultaba tan diferente al que había usado la noche en la que mató a la cabra de la mujer todos esos años atrás.

BELÉN

BELÉN TROPEZÓ y cayó con fuerza de rodillas en mitad del camino de tierra. Una gallina cloqueaba delante de ella, al parecer sin importarle que el vestido de esta chica de quince años estuviera rasgado en tres lugares y que la sangre seca se mezclara con los trozos de paja y suciedad que cubrían sus delgadas piernas. Belén conocía a esa estúpida gallina. Tenía una mancha en forma de corazón en su ala derecha y había escapado del gallinero de su tío hacía tres meses. El tío Normando creía que esa mancha antinatural era un mal presagio, así que no se molestó en buscar el ave. Además, desde su desaparición, el resto de las gallinas ponían más huevos que nunca. Ahora Belén se dio cuenta de que la gallina fugitiva había enflaquecido, estaba sucia y andrajosa, pero la forma de corazón milagrosamente mantenía su rico brillo marrón.

"Aléjate de mí", dijo Belén.

La gallina se detuvo, ladeó la cabeza hacia la izquierda y luego hacia la derecha, parpadeó cuatro veces en dirección a Belén, y luego se marchó cloqueando al otro lado de la carretera.

—Gallina estúpida.

Belén se puso de pie despacio. Le dolía la entrepierna pero al menos la sangre había dejado de gotear. El sol comenzaba a ponerse, llenando el cielo de rojos y morados brillantes. Necesitaba llegar a casa antes de que oscureciera. A Belén solo le quedaba menos de un kilómetro por recorrer, pero el dolor evitaba que pudiera moverse más rápido y solo podía arrastrar los pies. Sus padres se enfadarían. Pero Belén no podía hacer nada para evitar los inevitables gritos de su madre o la bofetada de su padre.

"Gallina estúpida", volvió a musitar mientras renqueaba hacia delante.

Conforme Belén se acercaba más a su casa, la luz que salía

de las otras casas ayudaba a iluminar su camino. Esas estructuras no podían compararse a la que su padre había construido —la mayoría no eran más que cobertizos de madera con tejados de tela asfáltica— pero hacían que Belén se sintiera más segura, como si fueran centinelas solo para ella.

Para cuando Belén pudo ver la silueta de su casa, el calor del día se había disipado y el frío comenzó a colarse en sus huesos. Ella chasqueó los labios e intentó crear saliva, pero no pudo. Belén se estremeció y pensó en lo magnífico que le sabría un trago de agua en ese momento. Algo tan sencillo, tan perfecto. Cerró los ojos y se imaginó el agua en sus labios y su lengua, para luego saciar la sed de su reseca garganta. Dejaría que le cayera un poco por la barbilla y luego tragaría otro poco para después beberse el resto de un solo trago. Ese era su plan para cuando llegara a casa, si conseguía mantenerse despierta.

Sus pies parecían hundirse en la polvorienta carretera cada vez más con cada paso. Belén oyó una lechuza —*u-u u-u u-u*— y luego la voz de una mujer —¿era su madre?— que pronunciaba su nombre. Intentó responder pero sus labios estaban sellados por la sequedad. Y mientras caía hacia la voz que llamaba su nombre, Belén creyó que aterrizaría a salvo sobre su colchón para poder disfrutar de una larga siesta primero, guardándose ese frío trago de agua para cuando despertase.

"¡ALGO ASÍ NO HABRÍA pasado cuando Cárdenas era presidente!".

Belén reconoció la familiar diatriba de su padre contra el presidente Manuel Ávila Camacho. Aunque hablaba con rabia, el sonido de la voz de su padre reconfortó a Belén. Mantuvo los ojos cerrados y disfrutó del blando colchón.

"¿Por qué tiene todo que reducirse siempre a la política?".

Ese era el tío Normando. ¡Oh! Belén debería contarle que había visto hoy a su estúpida gallina fugitiva, pero no encontraba las fuerzas para moverse o siquiera abrir los ojos.

"Porque la política lo es todo —dijo su padre sin apenas controlar su voz—. La política ha convertido a México en la puta de Roosevelt, por eso. Nuestros mejores hombres se están mudando al norte para trabajar en los campos de modo que Roosevelt pueda enviar a sus hombres a luchar contra Hitler".

"¿Y?".

"Pues que, por culpa de la política, nuestras hijas no pueden caminar libremente por este pueblo sin que abuse sexualmente de ellas cualquier forastero que sienta que puede venir aquí y tomar lo que desee".

"¿Quién dice que fuera un forastero?".

Silencio. Solo el sonido de tres personas respirando en algún lugar por encima de ella.

Y luego, despacio: "Porque cualquiera que supiera que es mi hija sabría que lo mataría por esto".

Este último comentario de su padre envió un escalofrío por todo el cuerpo de Belén. Sus párpados aletearon fuera de control y tosió.

"¡Está despierta!", oyó gritar a su madre.

Adolfo corrió hacia su hija pero se detuvo cuando estaba a punto de tocarla. Se giró hacia su esposa.

—Mónica, límpiale la frente con un paño húmedo —dijo.

Mónica obedeció. La fría humedad refrescó a Belén. Abrió los ojos y miró los preocupados rostros que le rodeaban.

—Mija —dijo Mónica. Pero no consiguió pronunciar más palabras, de modo que continuó limpiando la frente y las mejillas de su hija.

Adolfo dio un paso para acercarse más.

—¿Quién te ha hecho esto? —dijo.

—Ahora no —suplicó Mónica.

—Ahora —dijo Adolfo—. ¿Fue un extraño o alguien que conoces?

Belén pensó en esa gallina, la que su tío Normando no echaba de menos en absoluto. Pero se imaginó que le divertiría que le contara su encuentro con ella cuando se cayó antes en la carretera. Esa estúpida gallina se veía ridícula, escuchimizada y andrajosa. Sí, eso haría que su tío se riera con su especial risa profunda. ¡Ay! ¡Era tan guapo! Su madre siempre andaba diciendo que alguna chica afortunada le robaría el corazón. ¿Por qué no podía ser Belén? Ella necesitaba contarle lo de la gallina para que él pudiera ver lo inteligente, divertida y observadora que era, aun cuando solo era una niña y él era un adulto.

—Tío —empezó a decir Belén, pero se le hizo un nudo en la garganta y le dio un ataque de tos.

—¿Quién? —aulló Adolfo.

Mónica soltó una exclamación. Ella y Adolfo se voltearon hacia Normando.

—No pensarán . . .—tartamudeó Normando—. Hermano, eso es una locura.

Belén recuperó el control de su voz. Ansiaba contarle a su tío lo de la estúpida gallina.

—Tío —volvió a decir, pero antes de poder decir nada más, su padre atravesó la sala de un salto y se abalanzó contra Normando.

Mónica gritó:

—Esposo, ¡no es posible!

Normando se zafó de su hermano. Adolfo tropezó con sus propios pies y alargó los brazos hacia la pequeña mesa de madera que aún albergaba los platos sucios de la cena. La mesa se tambaleó y luego cedió bajo el peso de Adolfo; se rompió y se vino abajo con un estruendo que hizo que a Belén le pitaran los oídos. Normando se aprovechó de la confusión de Adolfo para escabullirse por la puerta y poner pies en polvorosa.

Adolfo se puso de pie al fin.

—Lo mataré —dijo mientras se limpiaba el arroz y los frijoles de su camisa y su pantalón.

—¿Por qué? —preguntó Belén—. Es mi tío.

Mónica soltó un gimoteo.

Adolfo sacudió la cabeza.

—No necesitas protegerlo, mija. Hermano o no, pagará por lo que te ha hecho.

Todo lo que Belén pudo decir fue:

—Tío.

Sus padres se miraron y suspiraron.

EL TÍO DE BELÉN podía ser muchas cosas, pero no era alguien que se arriesgara sin necesidad, y conocía demasiado bien el temperamento de su hermano mayor. No importaba que Normando no hubiera tocado a su sobrina ni que en secreto deseara a los hombres en vez de a las mujeres; no era posible calmar a Adolfo. Así que esa noche Normando desapareció en la oscuridad. Nadie sabía a dónde había ido, aunque varios vecinos lo habían visto recoger varias cosas de su cobertizo, abrir el gallinero, ensillar su caballo y dirigirse al norte. Cuando Adolfo apareció más tarde esa noche con el rifle cargado, lo recibió una casa oscura y vacía, así como gallinas que cloqueaban y se paseaban felices por el patio. Seis meses más tarde, les llegaron rumores de que Normando había vendido su caballo cuando llegó a Ciudad Juárez y que luego había cruzado la frontera, para finalmente establecerse en El Paso, tal vez para siempre. Pero no importaba. Normando estaba fuera de la vida de Belén, de modo que bien podría haber sido asesinado por su padre.

Mientras tanto, el vientre de Belén crecía. Al principio su madre intentó ocultarlo haciéndole vestidos una, dos y hasta tres tallas más grandes a su hija. Pero justo cuando sus vecinos comenzaron a contar chismes sobre la aparente condición de esa chica soltera, Belén despertó una noche empapada en su propia sangre. El médico del Instituto Mexicano de Seguro Social vino para terminar lo que la naturaleza había empezado y *¡puf!*. . . se acabó el embarazo, se acabaron los chismes. Belén lloró la muerte de su bebita, tan diminuta, tan perfecta, pero sin oportunidades.

Mónica intentó consolar a su hija con promesas de futuros bebés concebidos dentro de la santidad del matrimonio, bendecido por la iglesia, como debía ser.

—Es el plan de Dios, mija —dijo Mónica mientras trenzaba el largo y brillante pelo de Belén.

Belén asintió porque su madre sabía de lo que hablaba. Ella misma había perdido cinco bebés —dos antes de Belén y tres después— y hacía mucho que había aceptado esas muertes como parte de un plan sagrado. Dios permitía que cosas que parecían malas sucedieran porque así era como actuaba. Dios incluso permitió que Adolfo confundiera lo que Belén estaba intentando decirle a Normando y, por medio de tal confusión, su tío favorito tuvo que huir para salvar la vida. De hecho, Dios le dijo más tarde a Belén, en un sueño, que no debía molestarse en deshacer el entuerto. "Lo hecho, hecho está", dijo Dios. Al menos Belén creía que era Dios, a pesar del hecho de que tomó la forma de la estúpida gallina fugitiva.

—Y además —añadió Dios con un cacareo—, la identidad de los verdaderos culpables debe mantenerse en secreto.

—¿Por qué? —le preguntó Belén a Dios.

Con otro cacareo, Dios dijo:

—Porque es parte de mi plan.

Belén no podía hacer otra cosa más que aceptar el

pronunciamiento de Dios, aunque se sentía un poco rara cada vez que su madre servía pozole de pollo o arroz con pollo. Pero se figuró que, si podía comerse el cuerpo de Cristo en misa, no sería castigada por comerse un pollo en todas sus deliciosas manifestaciones.

Al año siguiente, Belén comenzó a llenar los vestidos extra-grandes que su madre había confeccionado para ocultar el embarazo. Sus piernas ya no eran delgadas sino que se habían vuelto redondas y musculosas, y lucían un profundo moreno por su constante correr a través de los campos. Y su pecho —bueno, ¡algo debía hacerse!—, de modo que Mónica compró dos robustos sujetadores cuando hicieron un viaje especial al Distrito Federal. Pero lo que más le sorprendía de Belén no era su rápido desarrollo (ya que también le había sucedido de repente a Mónica cuando cumplió dieciséis años), sino el increíble buen carácter de su hija y su alegría a pesar del horrible suceso del año anterior. Ah, ni modo. Eso estaba todo en el pasado y era mejor olvidarlo. No cabía duda de que Belén encontraría a un buen hombre, se casaría, y le daría a Mónica montones de regordetes, retozones y felices nietos.

Pero, gracias a Dios, Mónica nunca supo que su hija había empezado a escabullirse de la casa por las noches para encontrarse con Francisco, el joven carnicero que vivía calle abajo. Mientras Francisco se enamoraba de esta joven salvaje, todo lo que Belén intentaba hacer era llenar un hueco que nunca podría llenarse. Esos encuentros amorosos terminaron al cabo de unas semanas —con el corazón del carnicero hecho pedazos— y Belén se sentía ansiosa por algo más.

UNA MAÑANA, mientras Belén iba al mercado a comprar por su madre, decidió dar un rodeo para pasar por la choza abandonada de su tío. Conforme Belén se acercaba a la diminuta estructura, entrecerró los ojos y se imaginó que veía a Normando, holgazaneando en el jardín delantero, atendiendo al gallinero, silbando una melodía alegre. Se maravilló del poder de su imaginación porque casi podía verlo allí, agachado para recoger algo, levantándose de nuevo para darle una calada a un grueso cigarrillo...¡pero su tío no fumaba! Los ojos de Belén se abrieron del todo y se quedó paralizada. ¿Podía ser él? ¿Había vuelto de El

Paso con un nuevo hábito de fumar? Comenzó a trotar. Era un hombre, un hombre joven. ¿Podía ser Normando?

Pero al acercarse pudo ver con claridad que no era su tío. A diferencia de Normando, este hombre llevaba el pelo casi rapado al cero y era al menos quince centímetros más bajo. Su rostro y sus antebrazos brillaban con un color bronce, liso y sin pelo. Tan diferente a Normando, que lucía un enorme bigote, brazos peludos y piel clara; él siempre había afirmado que él y su hermano tenían mucha más sangre española que india, algo que Adolfo confirmaba con fotografías familiares bien conservadas de los abuelos de Belén.

Por otro lado, este extraño le recordaba a Belén a los indios que vivían en las colinas y hablaban en su idioma ancestral en vez de en español. Unos cuantos trabajaban en el rancho Velasco con su padre, pero el jefe siempre les daba los trabajos más sucios y peores pagados. Y vestían sus trajes tradicionales y sus sandalias, lo cual no conseguía sino separarlos más de la sociedad del pueblo. Pero este indio era diferente. Llevaba una camisa de trabajo a cuadros con las mangas remangadas hasta los codos, pantalones vaqueros y botas de punta.

El hombre levantó la cabeza y miró a Belén a los ojos. Ella se detuvo, parpadeó y se quedó inmóvil a cuatro metros de distancia, sin saber qué hacer ni qué decir.

—Señorita —dijo él con una educada inclinación de cabeza.

Belén volvió a parpadear.

—¿Habla usted español? —preguntó el hombre.

Belén asintió. Tosió y recuperó la compostura.

—¿Por qué vive aquí? —preguntó al fin.

El hombre rio y dio una larga calada a su grueso cigarrillo.

—Para protegerme del calor, el frío, la lluvia —dijo.

Belén dio unos pasos más para acercarse y se detuvo.

—No —dijo ella, impaciente con este extraño—. ¿Por qué en *esta* casa?

—Me he mudado desde Cuernavaca —dijo el hombre, que mantenía su actitud calmada—. Ahora trabajo en el rancho Velasco. Necesitaba un lugar donde alojarme así que alquilé esta humilde morada.

—A mi padre —soltó Belén, más como una acusación que para confirmar el hecho.

El hombre sonrió, lo cual reveló unos dientes rectos.

—Veo el parecido —dijo él.

Se quedaron en silencio por un momento, midiéndose con las miradas. Si no fuera por los tacones de sus botas, Belén estimaba que estarían a la misma altura si ella se acercara mucho a él. El hombre mantenía su cigarrillo en la comisura izquierda de su boca, lo que provocaba que se le entrecerrara el ojo izquierdo por el humo.

Finalmente, Belén se acercó a él.

—¿Puede darme uno? —dijo, señalando el cigarrillo del hombre.

El hombre asintió, sacó una bolsa pequeña de tabaco y un pequeño trozo de papel cuadrado del bolsillo de su chaqueta, y comenzó a prepararlo.

—Hágalo grueso como el suyo.

El hombre se rio y añadió más tabaco. Devolvió la bolsa al bolsillo de su camisa, lamió con presteza un borde del papel, y lio un prolijo pero abultado cigarrillo. Se lo presentó a Belén con una floritura y una inclinación. Ella lo tomó, se lo puso entre los labios, y se inclinó hacia el hombre. Él lo encendió con la brillante punta de su cigarrillo.

—Necesita darle una calada —dijo.

Y lo hizo. Belén dio algunas caladas durante un rato sin hacer muecas ni toser.

—Muy agradable —dijo ella—. Me gusta.

Sin decir nada más, Belén pasó junto al hombre y entró en la choza. El hombre la siguió. Cuando entró, se encontró a la chica sentada sobre su camastro.

—Cierre la puerta —dijo ella.

—Pero su padre . . .

—No se preocupe por él.

—Pero ni siquiera sabe mi nombre.

Belén dejó caer el cigarrillo en un vaso de agua que estaba junto a la mesita de noche. Chisporroteó con un sonido que le complació. Se quitó un zapato despacio y luego el otro.

—Estoy esperando —dijo ella.

—¿El qué?

—Su nombre.

—Celso.

—Bien. Ahora cierra la puerta, Celso.

Él se quedó inmóvil, pensando en la orden que procedía de una mujer tan joven y bella.

—No voy a volver a pedirlo —dijo Belén.

Tras un momento, Celso asintió y obedeció.

ADOLFO Y MÓNICA apenas podían oponerse al compromiso de su hija con Celso. Después de lo que le había pasado a Belén, tenían suerte de que cualquier hombre quisiera casarse con ella. Adolfo estaba más que insatisfecho por el color moreno oscuro de Celso, así como por sus rasgos indios, pero al menos era trabajador, hablaba un perfecto español junto con su lengua nativa, y se abstenía del alcohol. Cierto que los futuros nietos de Adolfo tenían la probabilidad del cincuenta por ciento de parecer indios, pero sabía que cosas peores pasaban en la vida. También sabía que podía confiar en ese indio, lo cual en su mundo tenía mucho valor. A pesar de su irascibilidad, Adolfo era más o menos pragmático.

Siete meses después de la boda, Belén dio a luz a una regordeta niña cuyo color de piel parecía ser la mezcla perfecta de las tonalidades de sus padres. Adolfo suspiró de alivio cuando vio a la bebé: aunque era más oscura que su familia, poseía rasgos españoles, lo cual le facilitaría la vida. Mónica no prestaba atención a esos detalles. Ella solo le daba gracias a Dios en toda su gloria para que esa bebé fuera todo lo sana que pudiera. Belén y Celso la llamaron Concepción, pero les gustaba llamarla Conchita. Y Belén casi se olvidó de lo que le había pasado cuando tenía quince años. Ahora, como mujer madura de diecisiete años, podía continuar con su vida como madre y esposa. Su nuevo marido derribó la vieja choza y construyó un hogar más grande para su familia. Belén creía que su vida iba por el camino perfecto, libre del pasado.

Pero el pasado tiene formas de encontrarnos sin importar cómo tratemos de ocultarnos de él. Una noche, mientras Celso y la bebé roncaban al unísono, Normando se le apareció a Belén en un sueño.

"Oh, tío —le dijo—. Te he añorado tanto. ¿Volverás algún día a casa?".

Normando sacudió la cabeza despacio. Eso llenó a Belén de tanta pena que comenzó a sollozar en sueños.

Despertó para descubrirse en el fuerte abrazo de Celso.

—Mi amor —dijo él al estrecharla más entre sus brazos—. ¿Por qué lloras? —pero ella no respondió. Al cabo de un momento, Celso ya estaba dormido.

Su esposa esperaba que Normando volviera a visitarla en sueños. Y lo hizo. La noche siguiente, mientras dormía, Normando apareció, pero esta vez estaba sentado ante una mesa de madera y sujetaba a la fugitiva gallina en su regazo. La gallina ya no era flacucha y sucia; estaba rolliza y mostraba abundantes plumas sanas. La mancha con forma de corazón tenía aspecto de haber crecido en tamaño y brillo. Normando pasaba la palma de su mano derecha sobre el hinchado pecho de la gallina y la arrullaba bajito para mantener tranquila al ave.

—Y bueno —dijo Belén—, finalmente encontraste tu pájaro.

—Sí, me ha estado esperando.

—Yo pensaba que te alegrabas de verla desaparecer.

—No —dijo Normando entre arrullos—. Yo creía que esta mancha daba mala suerte, pero siempre la extrañé.

Su tío parecía muy contento sujetando a su gallina. Ese pájaro le daba paz. De repente, Belén sintió una punzada de culpabilidad por haberla llamado estúpida. Pero, ¡espera! ¿No le había hablado Dios a través de esa gallina? Y ahí estaba el tío Normando, con Dios sobre su regazo y arrullándolo.

—¿Quiere Dios que hagas eso? —preguntó ella.

—¿Por qué no iba a querer Dios que abrazara a mi gallina?

—Porque Dios me habló por mediación de esa gallina.

La cabeza de Normando se alzó, una sonrisa recorrió su rostro, y soltó una risotada.

—Vaya, es una gallina especial —dijo y continuó acariciando al ave.

Belén pasaba el peso de su cuerpo de un pie al otro.

—¿Qué te dijo Dios por medio de mi gallina?

Belén abrió la boca pero se detuvo a tiempo.

—¿Qué te dijo Dios? —presionó él.

Con la pregunta, la mente de Belén volvió al día de la violación. Había dos hombres, hombres a los que conocía por su reputación por ser hijos de quienes eran. Y Dios le había dicho que no divulgara su identidad, que no lo hiciera por deshacer el entuerto. Y cuanto más pensaba en ello, más se daba cuenta

Belén de que Él tenía razón. Si su padre hubiera sabido la verdad, habría matado a esos hombres. Y no cabía duda de que sus padres se hubiera vengado de un modo cruel.

—No mucho —contestó al fin.

—Bueno, si Dios se tomó la molestia de aparecerse en tus sueños, imagino que tendría algo importante que decir, ¿no? Antes de poder contestar, Belén se despertó con los llantos de Conchita. Abrió los ojos y vio a Celso, vestido para irse a trabajar, que sostenía a la bebé.

—Tiene hambre —dijo Celso.

—¿Por qué no me has despertado antes?

—Pensé que podría calmarla, pero yo no tengo lo que necesita —dijo mientras le tendía la bebé a Belén, que rápidamente se puso a Conchita en el pecho—. Te veías muy en paz.

La habitación se quedó en silencio a excepción del feliz sonido de las chupadas de la bebé.

—¿Oh? —dijo y sintió que se ruborizaba.

—Estabas incluso sonriendo la mayor parte del tiempo, menos justo antes de despertarte —dijo él.

Belén bajó la vista hacia Conchita.

—Es hermosa, como tú —dijo Celso.

Belén levantó la mirada.

—¿Qué pasa? —preguntó él.

Belén sonrió. Celso se agachó para besar a su esposa y tocar las hinchadas mejillas de la bebé.

—Debo irme —dijo, y dejó a Belén sola con sus recuerdos de Normando mientras Conchita se alimentaba, feliz, de su pecho.

—TE HE ESTADO ESPERANDO.

De nuevo en un sueño, se encontró a Normando sentado a la pequeña mesa de madera, sujetando a la gallina. Belén se sentó enfrente de él y del ave.

—¿Esperas todo el día mientras estoy despierta? —le preguntó, ciertamente confundida.

—En cierto modo —dijo con aspecto pensativo.

Belén dudó sobre si hacer la siguiente pregunta, pero tenía que saberlo:

—¿Estás muerto?

La gallina cacareó con fuerza, aleteó con sus cortas alas, y saltó de los brazos de Normando.

—Vaya, la has molestado —dijo Normando con burlona preocupación.

—Lo siento.

—No importa —dijo él. Y se tomó una pausa antes de responder—: Sí, ahora soy un espíritu.

Belén se quedó sin aliento. Normando alargó la mano y le acarició el brazo del mismo modo gentil con el que había estado acariciando a la gallina.

—Estoy bien —dijo él—. Ya no tengo preocupaciones.

La gallina picoteaba el piso y no quería alejarse demasiado de Normando.

—¿Cómo moriste?

—Mi hermano cumplió su promesa.

—¡No!

Normando sonrió.

—Yo habría hecho lo mismo.

—Pero esa no es la cuestión —dijo ella—. Tú nunca me tocaste.

Normando asintió. La gallina se acercó a sus pies y picoteó cerca de la punta de las brillantes botas de su dueño. Normando se agachó con un gruñido y devolvió la gallina a su regazo. El ave cacareó de contenta y le dedicó una mirada a Belén que parecía decir: "¡Ja ja! ¡Es mío!".

—Debo irme —dijo ella. Se puso en pie.

—Por supuesto —accedió Normando.

Belén vaciló por un momento, respiró hondo, se agachó y besó a su tío en la mejilla. La gallina cacareó con fuerza y aleteó. Belén despertó con el hambriento llanto de Conchita.

Más tarde ese mismo día, Belén marchó hacia el mercado mientras su madre cuidaba de la bebé. Normalmente ese era su momento de charlar y compartir chismes con las demás mujeres del pueblo. Pero hoy, aunque regateaba sin ganas con los vendedores, Belén no estaba de humor para chismorrear. Simplemente saludaba con la cabeza a sus amigas o, cuando se veía obligada, no ofrecía más que respuestas de una o dos palabras a las preguntas sobre Conchita y Celso. Mientras caminaba de vuelta a casa, sus bolsas pesadas con carne, queso y fruta, los pensamientos de Belén estaban bien sujetos por la revelación de Normando. Lo había sospechado en lo más profundo de su corazón, pero que le dijeran que su padre había matado a su propio hermano por un malentendido llenaba a Belén de una culpa casi paralizante. Necesitaba hablar más con su tío sobre todo ello, pero tendría que esperar hasta la noche.

Belén se detuvo bajo un árbol para descansar. Se lio un grueso cigarrillo como Celso le había enseñado. Su madre pensaba que fumar no era de señoritas. Pero su padre estaba, a pesar de sí mismo, un poco impresionado por el talento de su hija para liar tabaco suelto. Mientras Belén fumaba, dejó que sus ojos vagaran. Esa porción de la carretera entre el mercado y su hogar le producía gran placer. Los pinos del pueblo eran más espesos allí y, principalmente, se erguían en grupos de cinco o seis. Al otro lado de la carretera de tierra, la espesa hierba crecía alta y cubría el suelo como un espeso pelaje desde el pie de las montañas hasta el este. Por razones que no conseguía comprender, la gente del pueblo no había construido casas allí. Si pudiera, Belén trasladaría su hogar a ese sitio.

Mientras reflexionaba sobre la posibilidad de hacerlo, se dio cuenta de algo que se movía por la carretera. Entrecerró los ojos. Era una especie de animal pequeño, se figuró. Belén daba caladas a su cigarrillo y mantenía sus ojos clavados en el lento pero constante progreso de la criatura.

"Ay Dios", susurró cuando se dio cuenta de lo que se acercaba a ella.

Belén dio una última calada al cigarrillo, lo apagó en el piso, recogió las bolsas, y continuó su viaje a casa mientras se daba cuenta de que pronto se encontraría con la gallina fugitiva de Normando. A diferencia del ave de sus sueños, esta gallina estaba tan delgada y sucia como cuando se la encontró por última vez. Belén había supuesto que la gallina debía haber muerto para hacerle compañía a Normando, pero ahora podía ver que esta gallina tenía de hecho una mancha con forma de corazón en su ala.

Mientras se acercaban la una a la otra, Belén notó que la gallina iba cacareando bajito para sí. El ave enmudeció de repente cuando vio a la chica, aunque siguió avanzando con suspicacia. Pronto estuvieron frente a frente. La gallina parecía burlarse de Belén al negarse a ser echada de la carretera. "¿Cómo podía importarle a Normando una criatura tan odiosa?", pensó. Tal vez su tío podía ver algo bueno en ella. Con esa idea arraigándose en su mente, Belén bajó la mano para tocar la mancha en forma de corazón, que aún mantenía su lustre marrón oscuro a pesar de las desaliñadas plumas que la rodeaban. La gallina miró la mano de Belén con suspicacia.

"Buena gallina", la arrulló mientras acercaba más su mano. La gallina parpadeó algo arisca. Cuando la mano de Belén estaba a menos de un centímetro de la mancha, el pájaro soltó un fuerte cacareo, echó su andrajosa cabeza hacia atrás, y luego clavó su roto pero afilado pico en el dorso de la mano de la chica. Belén gritó, se levantó, lanzó su pierna derecha hacia atrás, y le dio una patada a la gallina con todas sus fuerzas. El pájaro profirió un raro y amortiguado cacareo mientras volaba por los aires, sobre un grupo de arbustos, y chocaba directamente contra un pino. La gallina rebotó en el árbol, arrancó un trozo de corteza con el impacto, y finalmente cayó inmóvil sobre la suave hierba.

"¡Ay! —exclamó Belén, sorprendida por su violenta reacción. Corrió hacia la gallina. Esperaba que solo estuviera aturdida. Pero el ángulo antinatural del flacucho cuello de la gallina dejó a Belén sin esperanzas—. Oh, ¿qué dirá Normando?", gimoteó al caer de rodillas.

Y entonces recordó que Dios le había hablado a través de esa ave. Belén sabía que tenía que hacer algo para mostrar respeto por la vida que había arrebatado. Rompió una afilada rama en dos y la usó para cavar una pequeña tumba en la base del pino. Belén no se atrevió a tocar a la gallina, así que la fue empujando suavemente con el pie hasta el borde de la tumba en miniatura, y entonces dejó caer el pájaro ligeramente al fondo. Se arrodilló y llenó el agujero de tierra, que luego palmeó para dejarla tan plana como fuera posible. Belén se puso de pie, inclinó la cabeza con solemnidad, y rezó una plegaria. Tras unos momentos de sagrada contemplación, recogió las bolsas de comida y continuó su camino a casa.

Durante el resto del día, Belén se aferró a la esperanza de que la gallina apareciera en su sueño como era habitual, para reconfortar a su tío. Y a su modo de pensar, ahora que el ave estaba tan muerta como Normando, no debería haber motivos para que no estuviera allí. Sin embargo, esa noche, cuando Belén entró en su sueño, Normando estaba sentado en su lugar habitual pero su regazo y sus manos estaban vacías. La gallina no estaba por ninguna parte. ¿Sabía él lo que había pasado? Se acercó despacio y se sentó frente a su tío. Normando se miraba las manos vacías, apoyadas inertes sobre su regazo.

—Tío —dijo Belén en voz baja—, ¿cómo estás?

—Tengo algo que contarte —dijo él sin levantar la mirada.

—Lo siento —dijo ella.

Normando levantó la cabeza y miró los húmedos ojos de su sobrina.

—No, soy yo quien lo siente por lo que estoy a punto de revelar.

La confusión pasaba por la mente de Belén en oleadas.

—Es hora de que lo sepas —continuó Normando.

—¿Saber qué? —fue todo lo que pudo decir.

—La identidad del hombre que me quitó la vida.

La confusión de Belén aumentó aún más. Ella ya lo sabía, ¿no? Fue su padre quien mató a Normando.

—Pero ya lo sé —dijo ella—. Y lo he aceptado. Ha sido más fácil porque puedo verte en mis sueños.

Normando sacudió la cabeza.

—Mi hermano fue de hecho el responsable de mi muerte, eso es cierto.

—¿Pero?

Normando desvió la mirada, se movió en su silla, y tosió. Se quedaron allí sentados en silencio. De repente, los ojos de Normando se agrandaron, una sonrisa se extendió por su rostro, y levantó las manos.

—¡Mi pequeña gallina! —exclamó.

Y ciertamente, la gallina se estaba desplazando despacio hacia Normando, cacareando en tono bajo, lanzando ocasionales miradas a su asesina. Belén se ruborizó y soltó un hondo suspiro. Observó cómo el ave llegaba al fin a los pies de Normando. Él la alzó y la colocó sobre su regazo.

—Sí —arrulló Normando—, descansa justo aquí.

Para sorpresa de Belén, la gallina no tenía peor aspecto por estar muerta. De hecho, parecía haber engordado más y se veía todavía más sana que la última vez que la había visto en sus sueños.

—Tío —dijo, en un intento por ocultar su fastidio ante esa intrusión y por olvidar su propia culpa—. ¿Qué es eso que quieres contarme?

Normando levantó la cabeza. Seguía sonriendo por la alegría que le proporcionaba su gallina.

—Mi hermano contrató a un hombre para que me matara.

Belén cayó contra el respaldo de la silla. Podía imaginar fácilmente que la rabia de su padre lo llevara a la violencia, especialmente cuando alguien le había causado un daño a su familia. Pero, ¿un asesinato planificado a sangre fría con un pago realizado para completar el trabajo?

—¡No puede ser! —gritó. Se puso de pie con tanta rapidez que la silla se inclinó hacia atrás y se meció hasta que volvió a estabilizarse.

—¿Por qué iba a mentir?

Belén lo pensó por un momento. Por supuesto que tenía razón: no había razones para mentirle a su sobrina. Colocó la silla de nuevo en su sitio y se sentó derrotada.

—Pequeña —dijo Normando—. Al final, no importa.

—Entonces, ¿por qué me lo estás contando?

—Porque a veces la verdad nos enseña algo sobre nosotros mismos. —La gallina cacareó para mostrar su acuerdo.

Muchas preguntas poblaban la mente de Belén. Pero Normando lo sabía.

—Solo puedes hacerme una pregunta —le dijo.

—Pero . . .

—Lo siento —dijo Normando—. Solo una.

Esto agitó a Belén. Juró que cuando muriera y visitara a los vivos, ella no sería tan misteriosa. No, ella evitaría tales juegos. Pero en ese momento no tenía elección. Belén tenía que jugar ahora con las reglas de su tío. Lo pensó por un minuto.

—De acuerdo —dijo Belén—. He elegido una pregunta para ti.

—¿Sí?

—¿Quién te mató realmente?

—Siempre supe que eras una chica inteligente —dijo Normando con una sonrisa.

Belén permaneció seria, resolutiva. Cruzó los brazos con fuerza.

Normando también se puso serio.

—Mi hermano contrató a un hombre, un indio de Cuernavaca, para que me siguiera y . . .

Un estremecimiento recorrió el cuerpo de Belén, pero permaneció callada para oírlo todo.

—. . .tú conoces a ese hombre.

Belén asintió. Por alguna razón, tenía sentido y lo aceptó como si fuera el color del cielo de la mañana o el olor de la piel de su bebé. Se quedaron en silencio mucho rato. Finalmente, Normando puso a la gallina en el piso, sonrió, se levantó y entonces se marchó para desaparecer entre las sombras. La gallina cacareó con fuerza y siguió a su dueño hasta que también desapareció.

Belén despertó cuando Celso le dio un beso en la mejilla.

—Mi amor —susurró él—. ¿Estás bien?

Belén se incorporó en la cama y se frotó los ojos. Celso no se levantó, sino que mantuvo su cabeza apoyada sobre la almohada.

—¿Estabas teniendo una pesadilla? —le preguntó.

Ella miró a Celso. El sol de la mañana comenzaba a llenar el dormitorio con una suave luz. Conchita roncaba suavemente en su cuna en el rincón más alejado. Belén se esforzó por ver los rasgos de Celso con claridad. Él le tocó la mejilla con dulzura. Ella se preguntó cómo habría matado a Normando. ¿Usó un arma? ¿Con sus manos desnudas? Belén nunca lo sabría.

—Estoy bien —dijo.

Celso tiró de ella hasta acomodarla en el hueco de su brazo. Belén escuchó los latidos del corazón de su marido. Su fuerte pecho subía y bajaba con cada respiración. Ella podía sentir cómo sus miembros se aflojaban cuando volvió a quedarse dormido.

—Estoy bien —repitió Belén—. Estoy bien, mi amor.

EL LAGARTO CORNUDO

HABÍA UN HOMBRE que vivía en un pequeño pueblo de pescadores en México. Vivía con su esposa y tres hijos en una casa de madera de dos habitaciones no muy lejos de la orilla. El hombre no era pescador como los demás. Más bien fabricaba las redes de pesca que usaban los pescadores. Tenía unos dedos largos y delicados a los que daba buen uso atando los diminutos nudos de los que se componían las redes. Sus redes eran las mejores del pueblo porque soportaban capturas pesadas y se ganaba muy bien la vida vendiéndoselas a los pescadores. El hombre llevaba una existencia tranquila pero amorosa con su mujer, con quien se casó hacía diez años, y con sus hijos de uno, dos y tres años.

La rutina diaria del hombre fue establecida muy pronto tras su matrimonio y solo la descuidaba cuando había una emergencia, como cuando uno de sus hijos se enfermaba o cuando una terrible tormenta caía sobre el pueblo. Cada mañana, su esposa le servía al hombre un fuerte café negro y dos trozos de pan dulce. Se comía su pan y bebía su café en la demasiado abarrotada mesa del comedor, mientras sus hijos jugaban más que comer y su esposa atendía a sus interminables tareas de limpieza. Después, el hombre besaba a su esposa e hijos, tomaba su bolsa con el almuerzo, y se dirigía a su pequeña tienda, que estaba a unos diez minutos a pie. Cuando llegaba a su tienda, abría todas las ventanas y se sentaba a realizar su trabajo de fabricar redes de pesca.

El hombre tenía una hermosa vista al océano desde su tiendita. Para descansar la visión, levantaba la mirada de su labor de vez en cuando y se concentraba en las olas cuando golpeaban la arena. A veces se sentía hipnotizado por las olas y perdía la noción del tiempo. Tras finalizar toda una jornada de hacer y vender redes, guardaba la bolsa vacía de su almuerzo y caminaba de vuelta a su hogar y su familia.

Un día en que el hombre estaba sentado en su tienda mirando por la ventana, vio un bote de remos en la arena. No contenía redes ni efectos personales y no tenía nombre en ningún lado. El hombre miró alrededor y no vio a nadie. El sol brillaba con fuerza desde su punto más alto, lo cual conseguía que incluso la oscura piel mestiza del hombre ardiera de calor. Miró hacia el océano y vio la pequeña isla que la gente llamaba El Lagarto Cornudo. Se llamaba así, no porque los lagartos cornudos poblaran la isla, sino porque su silueta recordaba a uno. El hombre se había preguntado, a menudo, qué habría en El Lagarto Cornudo. Había oído decir que llegar allí era muy difícil por culpa de las contracorrientes por las que había que navegar. Pensó por un instante en su esposa, sus tres hijos y su pequeña tienda. El hombre entonces se giró y volvió a su tienda, tomó su almuerzo y caminó de vuelta al bote. Volvió a mirar a su alrededor y, sin vacilar, empujó el bote hasta el borde del agua, se metió dentro, y comenzó a remar en dirección a El Lagarto Cornudo.

El hombre disfrutaba de los amplios movimientos de sus brazos mientras remaba. Contrastaba con el delicado trabajo que hacía cada día fabricando redes de pesca. Aspiró hondo el aroma del océano. Remar era fácil y agradable sin tener que pelearse con las famosas contracorrientes de las que había oído hablar. Varias garcetas blancas pasaron volando junto al bote y aterrizaron en el agua allí cerca. El hombre remaba dándole la espalda a la isla y las garcetas se quedaron junto al bote, con la esperanza de que el hombre les lanzara pan. El hombre miró por encima de su hombro y vio El Lagarto Cornudo en la distancia.

Tras media hora de remo, el hombre se detuvo para comer. Abrió su bolsa, sacó una tortilla rellena de carnitas, y se la comió despacio, disfrutando de la sensación de la tierna carne en su boca. El hombre entonces abrió su botella de vino tinto y le dio un buen trago. Se limpió la boca, devolvió la botella a su bolsa, y comenzó a remar de nuevo. La isla estaba mucho más lejos de lo que pensaba.

Al final, el hombre se cansó porque había entrado en las contracorrientes, lo cual hacía que fuera más duro remar. De repente, sin previo aviso, el bote se sacudió y comenzó a girar, lo cual hizo que los remos volaran en todas direcciones. Las garcetas alzaron el vuelo atropelladamente. El hombre trató de mantenerse en calma y recuperar el control de los remos, pero fue imposible. Cada varios segundos, conforme el bote giraba y giraba, el hombre podía ver El Lagarto Cornudo, que ahora solo estaba a unos noventa metros de distancia. Pero no conseguía controlar el bote. Uno de los remos voló y golpeó al hombre con fuerza en la frente, haciéndolo caer al fondo del bote. El hombre sintió que se deslizaba de este mundo hacia el siguiente. Su alma abandonó su cuerpo y se cernió sobre la inmóvil figura tumbada en el fondo del bote. El hombre se veía a sí mismo muy pequeño. El agua se tranquilizó y el bote quedó al fin quieto. Las garcetas regresaron y aterrizaron junto al bote. El alma del hombre miró a la isla. Con un movimiento de sus brazos extendidos, el alma del hombre se levantó en el aire. Se dirigió hacia la isla y voló a su alrededor. Era una isla hermosa, con muchos árboles y plantas y cascadas. La arena de sus playas era de un blanco brillante, diferente a la arena más oscura del continente.

Tras examinar El Lagarto Cornudo, el hombre giró hacia el continente, pasando por encima del bote donde yacía su cuerpo. Luego planeó por la orilla y sobre su tiendita, y finalmente encontró su casa.

El hombre entró por una ventana y encontró a su mujer afanándose en la cocina. Ella no podía verlo, pero levantó la mirada por un momento cuando él se acercó a ella. El hombre advirtió que su esposa era en realidad muy hermosa, y tenía una preciosa piel morena y brillante cabello negro. Él solía darse cuenta de esas cosas, pero con el tiempo se le había olvidado cómo mirarla.

El hombre entonces salió por la puerta trasera y entró al patio donde sus hijos estarían jugando. Y allí estaban, como había anticipado, jugando ruidosa y alegremente. Los observó moverse, gritar y reír, y su corazón se llenó con un amor que lo habría hecho llorar, pero era un espíritu, de modo que no podía llorar. El hombre levantó la vista al cielo y, antes de darse cuenta, ya estaba flotando de nuevo en dirección al bote.

Otra vez sobre el bote, miró hacia abajo, hacia su cuerpo inmóvil. Sin previo aviso, el hombre comenzó a caer rápido y sin ruido. Todo se oscureció.

"Mateo —dijo una voz—. ¿Estás bien?".

El hombre abrió los ojos. Permanecía tendido en el fondo del bote, que ahora estaba en la orilla. Varios pescadores lo miraban desde arriba. "¿Has intentado ir a El Lagarto Cornudo tú solo?", preguntó uno. "Eso es algo muy peligroso con un bote tan pequeño", dijo otro.

El hombre se frotó la frente y se dio cuenta de que no estaba muerto, sino que estaba muy vivo. Les dio las gracias a los pescadores y, tras recuperar las fuerzas, se fue andando a casa. El sol ya casi se había puesto.

El hombre entró en su casita y vio a su esposa. Ella lo saludó y se dieron un beso. Su esposa vio el golpe en la frente de su marido pero no dijo nada. Sus niños entraron, corrieron hacia el hombre y lo abrazaron. Esa noche disfrutaron de una buena cena de pescado, verduras y pan.

A la mañana siguiente, su esposa le sirvió al hombre un fuerte café negro y dos trozos de pan dulce. Se comió su pan y bebió su café en la demasiado abarrotada mesa del comedor, mientras sus hijos jugaban más que comer y su esposa atendía a sus interminables tareas de limpieza. Después, el hombre besó a su esposa e hijos, tomó su bolsa con el almuerzo y se dirigió a su pequeña tienda, que estaba a unos diez minutos a pie. Cuando llegó a su tienda, abrió todas las ventanas y se sentó a realizar su trabajo de fabricar redes de pesca.

Tras una hora o algo así, el hombre miró por la ventana y vio el mismo bote de remos que había visto el día anterior. Dejó su labor a un lado, tomó su bolsa con el almuerzo y se encaminó hacia el bote. El hombre miró alrededor y no vio a nadie. Dejó su bolsa con el almuerzo en el bote y lo empujó hacia la orilla del agua. Miró alrededor de nuevo y, sin vacilación, empujó el bote al agua, se metió dentro, y entonces comenzó a remar hacia El Lagarto Cornudo.

Varias garcetas blancas pasaron volando junto al bote y aterrizaron en el agua allí cerca. El hombre remaba dándole la espalda a la isla y las garcetas se quedaron junto al bote con la esperanza de que el hombre les lanzara pan. El hombre miró por encima de su hombro y vio El Lagarto Cornudo en la distancia. El sol quemaba y el hombre sonreía mientras remaba hacia la isla.

CHOCK-CHOCK

Vinnia se sienta con las piernas cruzadas y extiende su falda azul oscuro a su alrededor sobre el linóleo, de modo que parece una campanilla invertida. Pero es demasiado tarde. Un brillante chorro de orina amarilla ya se ha escapado de la cubierta protectora del algodón plisado y ahora fluye desinhibido hacia la base del horno. Chock-Chock es demasiado observador como para no verlo. Entrecierra los ojos y adelanta su labio inferior como un soldado que planeara su ataque.

—Mearte encima es malo —dice Chock-Chock.

Vinnia se gira y se concentra en el brillante tostador cromado. Alisa su falda contra el piso e intenta tararear una melodía, pero le sale como un gemido.

—¿Me has oído, Vinnia? —dice Chock-Chock—. Mearte encima es malo. Muy malo. Ahora tu madre será muy mala contigo.

Vinnia levanta la cabeza de golpe.

—No me mientas —dice—. Eres un mentiroso. Y, en realidad, ni siquiera eres de la familia.

Chock-Chock camina hacia Vinnia y se detiene al borde de su falda. Separa sus brazos de su cuerpo como un Jesús crucificado, cierra los ojos y poco a poco sube a la falda de Vinnia.

—¡Detente! —grita ella. Vinnia intenta levantarse pero vuelve a caer con un pequeño gruñido—. ¡Deja que me levante! —Vinnia hala su falda pero Chock-Chock pesa casi cincuenta y cinco kilos, demasiado para sus doce años, y el doble de lo que pesa Vinnia. Chock-Chock continúa avanzando, tanteando su camino a ciegas pero con decisión.

—¡Detente! —suplica ahora Vinnia—. ¡Me estás lastimando!

Chock-Chock para, abre los ojos y baja los brazos.

—Ya me paro —dice él—. ¿Ves? Me he detenido justo así —y hace chasquear los dedos de su mano izquierda.

Vinnia se limpia la mejilla.

—Justo así —vuelve a decir Chock-Chock con otro chasquido—. En un momento.

Vinnia sonríe.

—Gracias —dice sin palabras.

—¿Qué? —pregunta Chock-Chock.

—Gracias —responde, esta vez en voz alta.

Chock-Chock se cruza de brazos y respira por la boca como si le faltara el aire.

—De nada, señorita —dice Chock-Chock tras unos segundos. Forma una sonrisa con sus labios, revelando unos pequeños dientes blancos y una lengua rosada—. Sí, de nada.

Una llave se desliza y chasquea en la puerta principal. Chock-Chock se separa de Vinnia. La puerta se abre acompañada de un feliz *¡Hola!* mientras la madre de Vinnia se esfuerza por pasar con las bolsas de la compra.

—Hola, tía —dice Chock-Chock.

La señora Vargas sonríe y se dirige a la cocina.

—Mira lo que ha hecho Vinnia —dice mientras señala la mancha amarilla de orina.

La señora Vargas suelta las bolsas sobre la encimera. Una caja de pasas se cae y rebota dentro del fregadero casi vacío.

—Oh, Vinnia —le dice a su hija—. Vinnia, Vinnia, Vinnia. ¿Qué vamos a hacer contigo?

Chock-Chock sonríe y mira a Vinnia a los ojos. Él inclina levemente la cabeza. Vinnia resopla.

—Lo siento, mamá —dice sin dejar de mirar a Chock-Chock—. Lo siento.

—Eres demasiado mayor para esto —dice la señora Vargas mientras coge el rollo de papel de cocina—. Demasiado mayor, mija, demasiado mayor.

Chock-Chock dice:

—Puedo ayudar.

—Eres todo un caballero, Carlos —dice la señora Vargas.

Vinnia se pone de pie con rapidez, lo cual sorprende a los demás.

—¡Pero Chock-Chock fue cruel!

—¡No lo llames así! —dice la señora Vargas—. Es un nombre feo. Carlos es como se llama. No Chock-Chock. ¿Por qué lo llamas así?

Vinnia se mira los pies.

La señora Vargas se gira hacia Chock-Chock y le dice cariñosamente:

—Carlos, cielo, deja que me cambie y si puedes empezar a limpiar me sería de gran ayuda. —Ella le tiende el papel de cocina y le dice a Vinnia que no se mueva hasta que ella vuelva. Vinnia asiente y su madre se marcha.

Cuando oyen la puerta del dormitorio cerrarse, Vinnia se inclina hacia Chock-Chock.

—Limpia mi orina —susurra—. Límpiala, Chock-Chock.

Chock-Chock deja de moverse; no sabe qué decir. Vinnia se acerca a él aún más.

—Límpiala —dice con un siseo.

Chock-Chock da un paso atrás. Mira alrededor. Su mente se queda en blanco. Oye a la señora Vargas en su dormitorio; tararea como si ya no estuviera enfadada con Vinnia. Vinnia se ríe. Chock-Chock se acerca al fregadero, moja el papel de cocina, se arrodilla junto a la orina. Limpia el charco cerca de los zapatos de Vinnia. Luego se detiene de repente y levanta la vista hacia Vinnia. Ella lo mira fijamente, sonriendo.

—Límpiala —le dice con tono cantarín—. Límpiala ahora.

VINNIA HUELE A JABÓN y su pelo brilla, húmedo por el baño. Intenta seguirle el ritmo a Chock-Chock mientras caminan hacia la tienda Sav-On. Chock-Chock sujeta un billete de cinco dólares en su mano izquierda.

—¡Ve más despacio! —dice Vinnia.

Chock-Chock mira por encima de su hombro pero no amino ra el ritmo. Vinnia se ve muy limpia ahora, con una blusa blanca de Hello Kitty, pantalones cortos rojos, y zapatillas Keds blancas. No huele a orina. Vuelve a girarse hacia delante y entrecierra los ojos hasta que puede ver el gran letrero de Sav-On. Y entonces lo oye por primera vez:

—Vete a casa.

Chock-Chock se detiene y deja que Vinnia lo alcance.

—¿Qué? —pregunta.

—¡He dicho que no deberías caminar tan rápido!— A Vinnia le brilla el bigote por el sudor—. ¡Mis piernas no son tan largas como las tuyas!

—No —dice Chock-Chock—. Lo otro que has dicho.

Vinnia se limpia el labio con el dorso de la mano.

—¡Eso es lo que he dicho! ¡Qué esperes!

Chock-Chock deja escapar un silbido por sus estrechas fosas nasales y continúa su marcha hacia la tienda. Esta vez camina lo suficientemente despacio para que Vinnia pueda seguirlo.

—Siento haber dicho que no eres de la familia de verdad —dice Vinnia, en un intento por hacer que Chock-Chock diga algo.

—Sí —dice él.

—A ver, *eres* adoptado. No es un secreto.

Chock-Chock gruñe.

—Y aunque no lo fueras —razona Vinnia—, solo seríamos primos. Y además, no es culpa mía que tu madre esté enferma.

—Vete a casa —dice la voz de nuevo. Esta vez, Chock-Chock sabe que no es Vinnia. Las puertas de cristal de Sav-On están tan cerca que puede sentir el aire acondicionado que se escapa cuando un anciano abandona la tienda. Pero no es el anciano quien habla. La voz suena suave, como la de una mujer. Chock-Chock le da a Vinnia el billete de cinco dólares.

—Entra y compra las Coca-Colas. Yo te espero aquí.

Los ojos de Vinnia se abren por la emoción.

—¡Sí! —chilla. Le arrebata el dinero y entra corriendo en la tienda.

Ahora Chock-Chock puede mirar a su alrededor para averiguar quién le está hablando. Entrecierra los ojos, arruga la nariz y, despacio, examina el perímetro del aparcamiento, comenzando por Ralphs a la izquierda, luego el dojo de karate All-American, Pizza Hut, la consulta de quiropráctica Alfonso's, Dollar Tree y finalmente Sav-On.

—Sal —dice Chock-Chock—. Sé que estás aquí en alguna parte.

Pero no hay respuesta. Observa a Vinnia, que espera en fila esforzándose por sujetar un paquete de seis Coca-Colas. Chock-Chock se figura que debería ayudar a su prima, pero entonces ve a una mujer a la sombra de la máquina de agua purificada que está cerca de la entrada a la tienda.

—Vete a casa —dice la mujer.

Chock-Chock hace sombra sobre sus ojos para poder verla mejor. Le recuerda a su madre, que lleva durmiendo casi dos meses en un hospital en El Paso. Llamaban a ese sueño otra cosa, pero no conseguía recordar qué. La mujer sonríe y hace un suave gesto con la mano, despacio, para que Chock-Chock se acerque. Él le devuelve la sonrisa y da un paso hacia delante, pero se detiene. No es guapa, pero el rostro es amable y moreno como el de su madre. Un flexible sombrero de paja casi oculta los oscuros ojos de la mujer. Ella vuelve a hacerle el gesto. Chock-Chock da dos pasos más y se detiene. Se da cuenta por primera vez de que la mujer tiene muletas bajo los brazos y que solo una pierna sobresale por debajo de su falda blanca de algodón. Una camisa de hombre demasiado grande, azul como el cielo, cuelga sobre su delgado cuerpo y se abulta donde se la ha metido con cuidado en la cintura.

—¿Qué estás haciendo?

La cabeza de Chock-Chock se gira en respuesta a la voz de Vinnia.

—Nada —dice él en un intento por parecer aburrido.

—Bueno, ¡tengo las Coca-Colas! —dice en tono triunfal.

—Bien. Dame el cambio.

Vinnia le entrega dos arrugados billetes de un dólar y varias monedas.

—Vámonos a casa —gorjea—. ¡Hace calor!

Chock-Chock mete el dinero en el bolsillo de sus pantalones y toma las Coca-Colas de manos de Vinnia. Cuando comienzan a marcharse, Chock-Chock se voltea para mirar a la mujer otra vez. El sol brilla con fuerza y entrecierra los ojos. No está seguro de que siga estando apostada junto a la máquina del agua.

—¡Date prisa! —dice Vinnia—. ¡El sol me está quemando!

—Está bien —dice Chock-Chock—. Está bien.

CHOCK-CHOCK SE SUBE la manta hasta la barbilla e intenta ponerse cómodo en el sofá. Extraña su cama de El Paso, pero su tía es amable y el sofá es lo mejor que puede darle. Sus ojos están ahora tan acostumbrados a la oscuridad que puede distinguir el armario de la porcelana al otro lado de la sala. No está lleno de porcelana, sino de muñecas mexicanas hechas de papel maché de brillantes colores. Puede distinguir la señora gorda sobre el caballo, el grupo de mariachis que en realidad son esqueletos disfrazados, varias palomas, la Virgen de Guadalupe. Hay más escondidas entre las sombras, pero sabe que están ahí: perros bailarines, una hermosa sirena, un corazón sangriento, un diablo sonriente, una tortuga con lunares, un gato de larga cola.

Los párpados de Chock-Chock oscilan y él bosteza. Intenta recordar cómo huele su madre, pero no lo consigue. Su mente vaga hacia la mujer de las muletas. ¿Cómo la oyó desde tan lejos? ¿Por qué insistía en decirle que se fuera a casa? Y, ¿a qué casa? ¿A El Paso? ¿Aquí con su tía y su prima? Chock-Chock se pone de lado mientras sus preguntas siguen dando vueltas por su cabeza: ¿Cómo perdió la pierna? ¿Tenía un hijo? ¿Por qué no la vio Vinnia?

Y entonces le llega a Chok-Chock, como si debería haberlo entendido hace mucho tiempo. La mujer era mágica, por lo que solo él podía verla y oírla. Chock-Chock recuerda historias sobre tales personas mágicas, pero pensaba que solo vivían en México. Tal vez ella hizo un viaje especial solo por él, porque él necesitaba ayuda. Las suaves palabras de la mujer dan vueltas y más vueltas por la cabeza del niño. Escucha cómo su respiración se vuelve más pesada y se siente a salvo y calentito. El último pensamiento de Chock-Chock antes de quedarse dormido es referente a las palabras "Vete a casa". Palabras suaves, redondas y fiables. Y proceden de la misteriosa mujer que viajó de muy lejos solo para hablarle a este niño especial.

AL DÍA SIGUIENTE, Chock-Chock va a misa con su tía y con Vinnia. Pero las palabras del sacerdote le entran por un oído y le salen por el otro mientras el niño piensa en la mujer de Sav-On. Su tía confunde el ensimismamiento de Chock-Chock con piedad, y así alarga el brazo para darle unas suaves palmaditas en el hombro. Ella le sonríe y él le devuelve la sonrisa. Ella se inclina por encima de Vinnia y susurra: —¿Estás rezando por tu madre?

—Sí —musita él.

Pero es mentira. En todo lo que puede pensar es en volver a la tienda para oír lo que la mujer tiene que decirle. Y tiene su oportunidad: su tía quiere un ejemplar del *Times* dominical y lo venden en Sav-On. Ella le dice que puede ir solo después de que se cambie la ropa buena. Vinnia no quiere ir. Chock-Chock piensa que está bien. "Eso es bueno. Puedo verla a solas".

CHOCK-CHOCK SE SIENTE liberado de las almidonadas y ásperas prendas para ir a la iglesia. Sus pies casi dan saltos con sus zapatillas New Balance. Sus codos, rodillas y su cuello se regocijan en libertad mientras se dirige hacia Sav-On. ¿Qué le dirá la mujer hoy? ¿Más consejos? ¿Le explicará lo que quiso decir cuando le dijo que se fuera a casa? ¡Y entonces la ve! Justo al lado de la máquina de agua purificada, igual que ayer. Y viste el mismo sombrero, la misma camisa y la misma falda. Sus labios se mueven pero Chock-Chock no puede oír nada aún. Entrecierra los ojos y luego acelera el paso. La mujer lo ve y sonríe a través de las palabras que está musitando. Chock-Chock no está a más de veinte metros de distancia.

Las puertas automáticas de la tienda se abren de repente y un hombre con chaleco de Sav-On se acerca a la máquina del agua. Chock-Chock se detiene y espera, con la esperanza de que el hombre pase de largo frente a la mujer. Pero no lo hace. Se acerca a la mujer, se pone las manos en sus estrechas caderas, y le dice algo. La mujer deja de sonreír y de hablar. Baja la vista y sacude la cabeza. El hombre continúa hablando y ahora está señalando a un gran bulto en el piso que Chock-Chock no había visto hasta ahora. El chico piensa que eso no puede ser bueno. "Pero esperaré. El hombre se cansará de molestar a la mujer y entonces tendré la oportunidad de oír lo que tenga que decir".

Pero el hombre no se cansa. De hecho, parece tener más energía cuanto más habla. Alza la voz y comienza a gritarle algo a la mujer. Las palabras no son agradables y Chock-Chock no sabe qué hacer. La mujer empieza a temblar y entonces el hombre hace algo que sobresalta al niño: mira a su izquierda y luego a su derecha. No hay nadie más que el niño, pero el hombre no mira tras de sí, de modo que no sabe que Chock-Chock está allí. Entonces le da una patada a la muleta izquierda de la mujer y ella cae al piso, sin proferir sonido, en cámara lenta. El sombrero de paja cae y rebota sobre el cemento, revelando el desgreñado cabello negro de la mujer.

Chock-Chock quiere ayudarla pero no se mueve. No puede. La mujer baja la cabeza mientras el hombre se da media vuelta y vuelve a entrar en la tienda. Ella solloza y tiembla. Luego se detiene y levanta la mirada. Sus ojos son agudos y oscuros. Chock-Chock no puede retirar sus ojos de los de la mujer. La mujer se limpia la nariz con el dorso de su mano. Y entonces habla. Y esta vez Chock-Chock puede oír las palabras. Las pronuncia despacio. Y luego las repite. Se las dice a él. Las palabras son diferentes a las de ayer. Pero van dirigidas al niño. Él las escucha y comprende lo que significan. Le arde la cara, pero no por el sol sino de vergüenza. Chock-Chock se gira y comienza a alejarse de la mujer. Y su andar se convierte en un trote. En segundos, el trote se convierte en una carrera a toda velocidad. Y corre cada vez más rápido con cada paso. Alejándose rápido de la mujer. Corre calle abajo mientras las palabras de la mujer resuenan en sus oídos. Altas y claras. Un mensaje especial. Solo para él.

LA SERPIENTE EMPLUMADA DE LOS ÁNGELES

SÉ QUE SUS PADRES, al ser buenos mexicanos, los enseñaron que, aunque Colón procedía de Italia, la corona española le encargó su viaje al Nuevo Mundo, y de ese modo sus tres naves navegaban bajo bandera española. Entonces, un poco más tarde, los conquistadores y los misioneros españoles con nombres como Hernando Cortés, Fray Bartolomé de las Casas y Alvar Núñez Cabeza de Vaca llegaron y, tal y como ese hijo de puta de Cromwell hizo con los irlandeses, liberaron a los pueblos nativos de sus creencias paganas y "barbáricas" y los convirtieron al catolicismo. O eso pensaron los conquistadores y misioneros españoles. Ya que, como decimos en español: La zorra mudará los dientes, mas no las mientes. En otras palabras, aunque puede que los españoles hubieran prohibido los antiguos dioses aztecas para que la gente tuviera que orar en las iglesias, se les olvidó preguntarles a los dioses si querían marcharse. Por lo tanto, como a los españoles se les olvidaron sus modales, los viejos dioses aztecas se quedaron allí y hacían todo lo que se les ocurría para crear el caos en las vidas de los mestizos —la nueva gente con sangre mezcla de españoles e indios— para que nunca se les olvidara quiénes eran los verdaderos poderes reinantes de la tierra.

Lo mismo se aplica a Irlanda: los antiguos dioses aún se pasean de noche o se aparecen en una mañana primaveral y provocan el caos en esa hermosa isla verde. Lo sé porque, lo crean o no, he viajado por toda Irlanda. Cuando era mucho más joven, hice autostop en la mayor parte de esa maravillosa isla (permanecí en la República de Irlanda porque me sentía demasiado nervioso como para lidiar con los tiroteos en Irlanda del Norte), y en más de una ocasión vi las travesuras de los antiguos dioses celtas. A veces, solo pequeñas cosas. Como cuando estaba tomándome una cerveza —una buena cantidad de Guinness— en un pub de Galway, en la costa occidental, y levanté la mirada hacia la pared junto a la diana, y vi un cuadro. Era el típico cuadro con los santos patrones de Irlanda: John Fitzgerald Kennedy, su hermano Robert y el Papa. Bueno, pues, justo cuando estaba mirando fijamente el cuadro, admirando su calidad, en un parpadeo, ¡el cuadro cambió! Ahora, en vez de John Fitzgerald Kennedy, su hermano Robert y el Papa vi, tan claro como el día, a John Fitzgerald Kennedy, a su hermano Robert y ¡Muhammad Ali! ¡El mejor boxeador que jamás haya subido a un ring! ¡Que vuela como una mariposa y pica como una abeja! Miré a mi alrededor en el pub pero nadie más estaba mirando, y yo quería gritar: "¡Chingao!" pero simplemente me quedé allí, con la boca abierta como un pinche pendejo, sujetando con fuerza mi litro de Guinness. Pero ahí estaba, tan claro como una mañana en Arizona, *Muhammad Ali*, el anteriormente conocido como señor Cassius Marcellas Clay, sonriendo de ese modo pícaro tan suyo, y mirándome con ese brillo en los ojos que solía tener, antes de que enfermara y comenzara a temblar, ya saben, cuando solía aparecer en *The Mike Douglas Show* y se metía con él sin parar porque parecía que no sabía cómo comportarse cuando estaba con gente negra. Esa mágica transformación del cuadro en la pared del pub en Galway... eso, amigos míos, ¡fue obra de un pinche dios irlandés!

Bueno, pues los antiguos dioses aztecas eran igual de malos. ¡No, peores! ¡Ay, Dios mío! No me malinterpreten. No matan ni nada. Pero sus bromas pueden incluir a veces un poco de dolor físico y emocional. Y no les importa quién será su próxima víctima. Así que, cuando los españoles llegaron, los dioses se metían bajo tierra y se escondían durante el día, pero cuando oscurecía volvían a subir para hacerles jugarretas a los mestizos y a los indios. Y ahí es donde comienza mi historia: el dios azteca que estaba más enfadado era... ¿Quién si no? Quetzalcoatl. Igual que Ali, era simplemente el mejor, y gobernaba a los aztecas y a los toltecas con puño de acero. Su fama continuó incluso en el siglo veinte, cuando D. H. Lawrence —uno de mis escritores favoritos y que ya saben que está enterrado en Taos, Nuevo México— escribió una novela y la tituló *Quetzalcoatl*. Pero a sus editores les preocupaba que el libro no se vendiera con tan extraño título, de modo que lo cambiaron por *La serpiente emplumada*. Porque eso es lo que era Quetzalcoatl: una serpiente con muchas plumas hermosas rodeando su rostro. Pocos me condenarían por decir que Quetzalcoatl era probablemente el dios más grande que las Américas han conocido jamás.

Ahora bien, Quetzi —como lo llamaban sus amigos porque, admitámoslo, incluso para los dioses, "Quetzalcoatl" es difícil de pronunciar—, Quetzi era un malhumorado hijo de puta porque, bueno, ustedes también lo serían si fueran grandes dioses y entonces los españoles le dijeran a su pueblo que tenían que adorar a Jesucristo y su pueblo lo hiciera —¡se lo pueden creer!—, lo hicieron. Este Jesús, decía Quetzi furioso, ¡no requería sacrificios humanos! ¡No jodan, permitió que lo sacrificaran a *él*! ¿Qué clase de dios hace eso? Y luego, para empeorar las cosas, otras personas, individuos pálidos, llegaron para apoderarse de la tierra que gobernaron ustedes en otros tiempos.

Ahora bien, la mayoría de los dioses aztecas adoptaron formas humanas, de igual modo que lo harían ustedes si se encontraran en su posición. Dioses con nombres como Huitzilopochtli, Chalchihuitlicue y Tlacahuepan se convirtieron en José, María y Hernán. Observaron la población humana y encontraron los mejor parecidos ejemplos de humanidad que pudieron encontrar. A veces mezclaban diferentes rasgos. ¡Luego se transmutaban en hermosos hombres y damas! ¡Los rostros, las piernas y los brazos mejor parecidos! Eran los mexicanos más encantadores que hayan visto jamás, con piel tan suave y morena como la pulida cerámica india, con cabello negro como un cuervo que brillaba bajo el sol. Y de noche —solo de noche, pasada la medianoche— volvían a recuperar sus formas originales y sobrevolaban México haciéndoles sus malvados trucos a los pobres e ignorantes mestizos e indios que adoraban a Jesús.

Pero Quetzi estaba tan enfadado que abandonó Tenochtitlán —ya saben, Ciudad de México— y vagó sin destino durante casi trescientos años. Finalmente se dirigió al norte hasta que encontró una pequeña choza de una habitación lejos de su hogar, en un lugar que posteriormente se llamaría El Pueblo de Nuestra Señora la Reina de los Ángeles de la Porciúncula, ahora conocido simplemente como Los Ángeles. Verán, había sufrido enormemente ya una vez y este último insulto era demasiado como para soportarlo. Es una historia dolorosa y vergonzosa, pero deben conocerla para comprender por qué Quetzi ya no podía seguir viviendo en su hogar de Tenochtitlán. Siglos antes de que los españoles llegaran, el dios Tezcatlipoca se disfrazó como una gran araña peluda y le ofreció a Quetzi su primer trago de pulque, que —como estoy seguro de que sabrán— es más peligroso que el tequila porque entra con mucha facilidad. ¡Oh! ¡Esa mierda te deja borracho! Y a Quetzi le encantó la sensación que le proporcionaba el pulque y bebió tanto que, poseído por una lujuria borracha, ¡se acostó con su hermana, Quetzalpetlatl! ¡Qué *vergüenza*! Así que Quetzi se exilió a sí mismo y vagó por la tierra durante muchas generaciones.

Pero este asunto de la conquista española fue demasiado insoportable para Quetzi. De modo que, como ya he dicho, Quetzi abandonó Tenochtitlán y finalmente acabó en el viejo Los Ángeles, viviendo en una pequeña choza de adobe. Y en su repulsión, en vez de elegir un cuerpo hermoso en el que transmutarse, Quetzi tomó prestado el aspecto de la primera persona a la que vio después de que los españoles prohibieran la religión azteca. Por desgracia, la primera persona en la que se fijó fue un viejo borrachín arruinado que estaba tan calvo como un mango y poseía una enorme barriga que colgaba por debajo de su cinturón. Pero la rabia de Quetzi lo cegaba de tal modo que no le importó.

Un día, el pobre y viejo Quetzi salió de su pequeña choza de adobe en busca de algo de comer. Sí, ahora sufría hambre como los humanos. Así que se dirigió a la pequeña cabaña de una vieja, una vieja india que negociaba con cualquiera que quisiera buena comida mexicana y tuviera algo que ella pudiera querer. Pero al bajar por encima de unas rocas para evitar tomar el camino más largo por el sendero de tierra gastado por las pisadas, el estúpido dios azteca tropezó y cayó de un golpetazo sobre los arbustos. Ya ven, el borracho en el que Quetzi se había convertido tenía unos pies como los de Godzilla, así que era fácil tropezarse con solo caminar.

Mientras estaba ahí tendido con la cabeza dándole vueltas, Quetzi vio a una mujer de pie sobre él. ¡Una mujer hermosa! Y por un momento, su amargura y su malhumor se evaporaron, y sintió una pequeña alegría en la roca que tenía por corazón.

—¿Quetzalcoatl? —dijo la mujer.

"¡Híjole!", pensó. "¡Esta hermosa mujer conoce mi nombre!".

—¿Quetzalcoatl? —volvió a decir la mujer, esta vez con urgencia en su voz. Antes de poder responder, la mujer continuó—: Te necesitamos. ¡Te necesitamos ahora!

—¿Quién? —dijo Quetzi. Se frotó las nalgas cuando se puso en pie con ayuda de la hermosa mujer.

—Nosotros. Los antiguos dioses aztecas. ¡Te necesitamos! Y en ese momento Quetzi reconoció los ojos de la hermosa mujer. El resto de su rostro no le era conocido, pero conocía los ojos de su hermana, Quetzalpetlatl, la que lo había desgraciado hacía tanto tiempo. Así que se enfadó y rugió:

—¡Aléjate de mí, puta!

Se sacudió el polvo y siguió caminando por el camino de tierra. Pero ella lo siguió.

—Por favor, ¡oh, gran Quetzalcoatl! ¡Nuestro modo de vida está siendo amenazado y necesitamos todo el poder de los días de antaño para sobrevivir, para ganar! ¡Por favor, no huyas de mí!

Grandes lágrimas brotaban de los ojos de la hermosa mujer mientras casi corría junto a Quetzi.

Quetzi se detuvo bruscamente y se volvió hacia la hermosa mujer. Su rostro ardía con un intenso rojo y farfulló:

—¿Dónde estaban mis compañeros y compañeras cuando los españoles llegaron para desterrarnos? ¿Eh? ¿Dónde?

Quetzalpetlatl bajó la mirada avergonzada.

Quetzi continuó:

—Por aquel entonces no lucharon, ¿cierto? Les pedí que peleáramos pero ustedes, debiluchos, se escondieron y dejaron que Jesús, María y José, y todos esos pinches santos nos reemplazaran. ¡Cobardes! ¡Déjenme en paz! ¿Acaso te parezco un pendejo? —Y con esas palabras Quetzi comenzó a caminar con paso rápido, levantando polvo y rocas.

Quetzalpetlatl lo pensó por un momento y luego, entrando en pánico, dijo:

—Si ganamos, ¡puedes volver a gobernarnos a todos! ¡Lo prometo!

Y eso, amigos míos, hizo que Quetzi se parase a pensar. ¡Oh, volver a ser el dios principal! ¿Podía siquiera recordar cómo se sentía eso entonces? Quetzi miró al despejado cielo de Los

Ángeles. Fijó los ojos en un halcón que volaba en círculos en el horizonte al este.

Quetzalpetlatl vio que su hermano estaba considerando las posibilidades. Así que, para subir la apuesta, añadió:

—Y te perdonaré y ya no albergarás vergüenza en tu corazón.

"¡Oh, qué alegría!", pensó Quetzi. "¿Puedo tenerlo todo de nuevo? ¿Es posible? Pero tiene que hacerse del modo correcto". De modo que Quetzi dijo

—Vamos a buscar algo de comida, hermana mía, y hablaremos de lo que se precisa.

Se dirigieron hacia la casita de la vieja india para conseguir algo que comer. La hermana de Quetzi le ofreció a la vieja unas piedras hermosas y, a cambio, recibieron dos platos de madera de pollo con espesa salsa de mole y una gran pila humeante de tortillas de maíz envueltas en una toalla húmeda. Luego encontraron un bonito lugar donde sentarse bajo un gran pino para que Quetzi pudiera saber lo que se avecinaba.

La hermana de Quetzi explicó que el dios cristiano del mal, Satanás, había decidido establecerse en diversas ciudades y pueblos de las Américas. Satanás, como legión que era, envió partes de sí mismo por toda la tierra para establecer los cimientos de una revolución para desplazar a Jesús y gobernar la raza humana. Pero para desbancar la cristiandad, también tenía que purgar la tierra de los dioses aztecas. Quería hacer borrón y cuenta nueva, un golpe de estado absoluto. Y el primer lugar al que Satanás iba a ir sería El Pueblo de Nuestra Señora la Reina de los Ángeles de la Porciúncula. Como ven, Satanás apreciaba la ironía, y ¿qué mejor lugar para comenzar que un pueblo llamado así por la madre de Jesús? Como ya les he dicho, Satanás es legión, así que envió una parte femenina de sí mismo, la Diabla, para planear la guerra contra los antiguos dioses aztecas. La Diabla encontró una pequeña cueva en Malibú, junto al océano, y allí lo planeó todo.

—Entonces —dijo Quetzi mientras se limpiaba el mole de la redonda cara con su ya asquerosa manga— todo lo que tenemos que hacer es matar a la Diabla. ¿Cierto?

Su hermana lo pensó por un momento y luego dijo:

—No. No se puede matar a la Diabla. Pero se la puede debilitar. Se le puede enseñar una lección. Se puede seducir a la Diabla.

—Cuando dijo eso último, bajó la mirada y se ruborizó con un oscuro tono marrón rojizo.

—Ah —dijo Quetzi, que ignoró a propósito la vergüenza de su hermana—. Debemos ser inteligentes. —Y entonces se echó a reír—. ¿Por qué no usamos ese truco con el pulque que Tezcatlipoca usó conmigo todos esos años atrás y hacemos que la Diabla quede muy borracha? —Quetzi soltó una fuerte carcajada y una ruidosa flatulencia, sin importarle porque, después de todo, llevaba viviendo como un ermitaño en su chocita tanto tiempo que sus modales eran atroces.

—Quizás —dijo Quetzalpetlatl, que se tapó la nariz con tanta despreocupación como le fue posible—. Pero debemos ponerte en forma primero.

Quetzi bajó la mirada hacia su persona y vio lo que quería decir. Él había elegido un pobre ejemplo de forma humana. Pero era bueno volver a sentir que lo necesitaban y dijo:

—¡Haré lo que sea que quieras!

Así que comenzó ese día. Quetzalpetlatl se convirtió en la entrenadora personal de su hermano. Durante dos meses, ella hizo que Quetzi corriera, comiera pequeñas porciones, levantara grandes piedras bajo el calor del desierto y que dejara de beber alcohol. Y al final de esos dos meses el vientre de Quetzi se había vuelto fuerte y plano, su rostro ardía con un agradable y saludable moreno, y sus brazos y sus piernas desarrollaron bandas de músculos palpitantes. Y, amigos míos, mientras los dos hacían que Quetzi se pusiera en forma, comenzaron a desarrollar un plan, paso a paso, siempre teniendo en cuenta la psicología de la Diabla.

Al hacer que Quetzi recuperara la forma física, su hermana no pudo hacer nada acerca de su calva cabeza. ¡Era un auténtico pelón! Pero Quetzi se dejó crecer la barba y su hermana la recortó hasta formar un elegante bigote y perilla. Quetzalpetlatl ayudó a su hermano a encontrar hermosas prendas para presumir de su nuevo físico. Ella lo colocó frente a un espejo en su pequeña choza y ambos admiraron su nuevo poder físico. La pobre Quetzalpetlatl se sentía avergonzada por admirar a su hermano en toda su hombría, pero se sacudió la sensación y dijo: —¡Ya estás preparado para seducir a la Diabla y salvarnos!

Como he dicho, la Diabla no podía ser asesinada, pero podía

limitarse y atarse su poder. Y a ella le encantaban los tratos. Tiene gracia. La Diabla es cruel y malvada pero siempre cumple sus tratos. El truco, sin embargo, es atraerla a un trato en el que le saldrá el tiro por la culata, y para hacerlo se tiene que confiar en su propia debilidad: el orgullo. Recuerden, el orgullo llevó a Satanás a ser expulsado del cielo, en primer lugar. Y como dicen en América, ¡loro viejo no aprende a hablar! Así que elaboraron un plan en el que Quetzi desafiaría a la Diabla a alguna suerte de duelo. Un duelo de dioses. Si la Diabla ganaba, los dioses aztecas abandonarían este mundo sin protestar. Pero si Quetzi se imponía, la Diabla abandonaría las Américas para siempre y confinaría su patio de juegos al resto del mundo.

Pero primero Quetzi tenía que ir a Malibú, donde vivía la Diabla. Su hermana le consiguió un gran semental y una elegante montura, y Quetzi se preparó para su viaje de cuarenta kilómetros hacia la costa. Cuando todo estuvo preparado, Quetzalpetlatl ayudó a Quetzi a montar en el magnífico caballo.

—Te quiero, hermano —dijo.

—Y yo a ti —dijo Quetzi. Se sintió orgulloso mientras clavaba las espuelas en el caballo para dirigirse al oeste.

Ahora bien, los indios Chumash seguían viviendo junto a la playa a la que llamaban Umalido, que significa "donde las olas son ruidosas", y que un día se convirtió en Malibú. Cuando Quetzi estaba a unos kilómetros de distancia de la cueva de la Diabla, los Chumash levantaron la mirada de sus vidas cotidianas y miraron fijamente y con asombro la impresionante figura que presentaba el recién acuñado aspirante a héroe. Al acercarse al hogar de la Diabla, las fosas nasales de Quetzi se llenaron con el hedor de la maldad y su caballo comenzó a inquietarse.

"De acuerdo, no pasa nada, bonito mío —dijo Quetzi con ternura mientras daba palmaditas al musculoso cuello de su caballo—. Todo irá bien". El caballo se calmó despacio y continuó su marcha hacia el profano refugio. Cuando llegaron a la boca de la cueva, Quetzi no pudo ver nada más que negrura, de modo que desmontó, sacó un farol de un lateral de su montura, y lo encendió. Despacio, receloso del terreno rocoso, Quetzi entró en la cueva. Caminó, un pie colocado suavemente delante del otro, durante casi una hora. "¿Qué demonios estoy haciendo?", pensó. "¿Qué será de mí?". La oscuridad de la caverna casi se tragaba la oscilante luz del farol. "¿Qué será de mí?".

De repente, Quetzi se detuvo con un crujido de gravilla bajo sus brillantes botas. Presentía una presencia, aunque no apareció ninguna figura.

—¿Por qué has tardado tanto? —dijo una mujer invisible.

La piel en la calva cabeza de Quetzi cosquilleaba de miedo. Inhaló tanto aire como le fue posible y dijo:

—¡Soy yo, el gran Quetzalcoatl! ¡Sal para que pueda verte, Diabla! —Pero solo el silencio le contestó. ¡Oh, pobre Quetzi! ¿En qué se había metido? Como no le llegó respuesta, continuó adentrándose más en la cueva. Tras unos diez minutos, se detuvo y volvió a gritar:

—¡Soy yo, el gran Quetzalcoatl! ¡Sal para que pueda verte, Diabla!

Y esta vez consiguió su deseo. Sin decir palabra, la Diabla apareció delante de Quetzi. No puedo describirla de otro modo que diciendo que los ojos de Quetzi nunca se habían posado en una criatura más hermosa y seductora. Se quedó sin habla.

—Oh, gran Quetzalcoatl, por favor, ven a compartir una bebida conmigo. Me siento honrada de estar en presencia de un dios tan grandioso.

Con esas palabras, una grandiosa mesa de roble apareció ante Quetzi. La mesa crujía bajo las muchas botellas de pulque, grandes cestas de fruta, un cerdo asado y muchas otras exquisiteces. Los ojos de Quetzi se clavaron en el pulque y se asustó al recordar cómo el dios Tezcatlipoca, disfrazado de araña, lo había ridiculizado al ofrecerle a Quetzi su primera copa de alcohol. Pero se le hizo la boca agua cuando recordó el sabor del alcohol en su boca y la maravillosa sensación de quemazón al bajar por su garganta y llegar a su estómago. Quetzi sacudió la cabeza y cerró los ojos por un momento para aclarar su mente de toda tentación.

—No —dijo Quetzi, que sabía que cuanto más se resistiera, más lo empujaría la Diabla a beber—. Estoy aquí para ofrecerte un trato.

—No —dijo la Diabla—. Debes aceptar mi hospitalidad y solo entonces te escucharé.

De modo que se sentaron, Quetzi a un extremo de la mesa y la Diabla al otro. Se aseguró a sí mismo que seguía siendo un gran dios. Puedo aguantar el alcohol. No fracasaré en mi presentación del trato. Así que comieron y bebieron en silencio, cada uno con la mirada clavada en el otro. Finalmente, tras una hora, la Diabla dijo:

—Y bien, ¿cuál es el propósito de esta visita? —Al decirlo pudo ver que Quetzi se estaba soltando con el pulque. La Diabla sonrió de un modo malvado y esperó una respuesta.

¡Ese pobre hijo de puta Quetzi! No había bebido en dos meses y ahora el pulque había suavizado su resolución y le hacía tener pensamientos corruptos mientras sus ojos examinaban la perfecta piel morena de la Diabla, así como su atractivo cuerpo. Volvió a sacudir la cabeza y se recordó su noble misión. Quetzi se aclaró la garganta de la flema que el pulque tiende a formar en las gargantas de la mayoría de los hombres y dijo:

—No, prefiero oírte hablar primero.

La Diabla continuó sonriendo.

—Bien, oh magnífico Quetzalcoatl. Sin duda has oído de mi plan de liberar al mundo de los dioses antiguos. De otro modo, ¿por qué ibas a estar aquí?

—Continúa —dijo él.

La Diabla se inclinó hacia delante y comenzó a decir:

—Me asquean los débiles esfuerzos de tus hermanos y hermanas por mantener una presencia en esta tierra. Son más que irrelevantes y no hacen más que provocar un bajo nivel de náusea que permea toda mi esencia.

—Si son tan insignificantes, ¿por qué te importan? —Quetzi pensó que se había marcado un buen tanto con esa pregunta, y movió su cabeza hacia delante y hacia atrás para mostrar que aún seguía al mando.

La Diabla se inclinó todavía más hacia Quetzi y la mesa de roble crujió. Ella siseó:

—Porque siempre y cuando los mestizos y los indios sepan que siguen aquí, y lo saben por culpa de las estúpidas bromas que los dioses caídos gastan de noche, no puedo gobernar plenamente.

"Buena respuesta", pensó Quetzi. Mientras la Diabla hablaba, Quetzi permitió que sus ojos absorbieran aún más su belleza. Su corazón latía con fuerza dentro de su pecho y su entrepierna se inundó con el calor de la lujuriosa sangre. ¿Qué debería hacer? ¿Podía abandonar a sus compañeros dioses, hacer un trato para salvarse él mismo y tal vez acercarle un poco más a esta hermosa criatura? Se quedó quieto y dejó que la Diabla continuara.

—Así que, gran Quetzalcoatl, te ofrezco un trato: no te interpongas en mi camino y, a cambio, puedes jugar un papel bajo mi reinado.

Quetzi lo pensó por un momento. Desde que llegaron los conquistadores y prohibieron los dioses aztecas, él había vivido menos que una vida. Si rechazaba la oferta de la Diabla y continuaba con su plan para ayudar a sus hermanos y hermanas, tal vez pudiera volver a reinar. ¿Y no se lo debía a su hermana después de haberla desflorado hacía tanto tiempo? Pero, ¿y si fracasaba? Esta poderosa deidad oscura del cristianismo podía destruirlo. Si se aliaba con ella, tal vez pudiera salvarse y conseguir algo de poder para disfrutar de la vida de nuevo. Quetzi miró a la Diabla a los ojos. ¡Podría perderse en esos ojos! ¡Qué se jodan los otros! ¿Qué habían hecho por él? Ni siquiera lo habían visitado antes de que todo este lío comenzara. ¡Qué se jodan ellos y su hermana!

—¡Acepto tu trato! —Y bebió otro gran cáliz de pulque.

La Diabla rio, se acercó a Quetzi, y dijo:

—¡Salgamos al mundo exterior y comencemos!

Así pues salieron de la cueva, cogidos del brazo, y fueron hasta la orilla, donde se quedaron mirando al este. El cielo sin bruma de finales de verano brillaba con un azul que ya no existe, y un frío viento del océano soplaba limpio y con fuerza. La Diabla tocó la manga de Quetzi y, en un segundo, estuvieron en el Cañón Santa Ana junto al desierto del noreste. Ella se llevó las manos a la boca y gritó sin sonido; en ese mismo instante, Quetzi vio el verdadero poder de esa diosa. La Diabla emitió un ardiente e implacable viento que comenzó como una mera brisa, pero que luego se convirtió en un torrente de calor fulminante. La Diabla sopló y sopló durante tres horas exactas, y Quetzi se quedó allí sin el poder del movimiento, ya que estaba asombrado.

Los mexicanos demasiado hermosos que una vez fueron grandes dioses aztecas no pudieron soportar el viento de la Diabla. Se marchitaron y, al final, sus formas humanas murieron al cabo de esas tres horas. Sus almas ascendieron y fueron a un lugar más allá de la luna, lejos de su hogar terrenal. ¡La Diabla era ahora suprema!

La Diabla mantuvo su trato con nuestro amigo Quetzi. Le permitió vivir diferentes vidas a lo largo de los siglos para provocar su propia clase de miseria en la raza humana. Comenzó como banquero, luego fue gobernador, abogado, productor de cine, editor, asesino de masas, agente literario, fontanero. . .y ahora mismo, mientras cuento esto, es el dueño de un equipo de béisbol de las ligas mayores. Sin embargo, Quetzi nunca intimó demasiado con la Diabla. Pero su vida amorosa fue plena y, por lo que se sabe, Quetzi se ha casado al menos una docena de veces.

Y nuestra amiga la Diabla está haciendo lo mejor que puede para estrangular nuestro mundo a su propio modo. Pero por culpa de su paranoia, y a pesar de haber matado a todos los dioses antiguos a excepción de Quetzi, aún sigue soplando los vientos de Santa Ana —los vientos del demonio, como los llamamos hoy— para asegurarse de que los antiguos grandes dioses de los aztecas nunca vuelvan a resurgir.

¿Tiene moraleja esta historia? No, en realidad no. Pero hay un viejo dicho mexicano que le viene bien: "Muerto el perro, se acabó la rabia". Pero, amigos míos, os prometo lo siguiente: el perro no está muerto. Está viva y con buena salud en un pequeño pueblo llamado El Pueblo de Nuestra Señora la Reina de los Ángeles de la Porciúncula.

LA QUEENIE

MI ABUELO, Daniel "Danny" Brennan, se pasó los primeros dieciséis años de su vida confinado en lo que él llamaba "ese puto mundo del hombre sureño". El abuelo, incluso de adolescente, no soportaba el Mississippi anterior a los derechos civiles y se fue de casa tan pronto como tuvo edad suficiente para ganar un auténtico salario. Todavía le gusta contarme cómo un sábado por la mañana, antes de que sus padres y hermanos pequeños despertaran, metió varias prendas en una maleta de cartón parcheada, sacó $16,25 de un calcetín que había escondido bajo el colchón —dinero cuidadosamente ahorrado después de trabajar durante dos años sirviendo refrescos en el pueblo— y abandonó Biloxi para siempre.

Mississippi. La palabra aún sale de la boca del abuelo con asco. Mi abuelo nunca le encontró el sentido a que su padre, Sean Brennan, decidiera salir de Irlanda para instalarse con su nueva esposa en Biloxi. Después de todo, ¿qué tenían de malo Chicago, Nueva York, Boston o incluso la costa oeste para una buena familia irlandesa? Pero Sean Brennan era, según se dice, un poco raro. Pensó que podía labrarse una fortuna vendiendo trajes para hombres en Biloxi. Decía que los irlandeses habían ayudado a construir el lugar hacía un par de cientos de años, de modo que los Brennan deberían encajar allí. Pero un par de siglos en el lugar pueden cambiar a un pueblo. Esas antiguas familias irlandesas se parecían al resto de buenos clanes sureños, mientras que los recién llegados Brennan no. Los inmigrantes irlandeses recién salidos del barco estaban solo un peldaño por encima de los judíos y los negros por lo que concernía al pueblo. Este sencillo hecho no ayudaba con el negocio de los trajes. Incluso con el establecimiento de la Base Aérea Kessler en 1941, Sean Brennan no conseguía vender lo suficiente como para ganarse la vida de un modo decente. Baste decir que cuando el abuelo se escapó esa mañana, su padre tenía poco que mostrar por sus esfuerzos, aparte de una hipoteca imposible sobre una casa pequeña, un ridículo alquiler de cinco años por un escaparate que no era nada elegante, cuatro hijos que iban creciendo, y una esposa desalentada. Fue probablemente un alivio que tuvieran una boca menos que alimentar.

De modo que Danny Brennan, en el glorioso 1948, viajó haciendo autostop hacia Los Ángeles, la ciudad bañada por el sol, para ganarse la vida entre las estrellas de cine, las palmeras y la población étnicamente diversa. Estaban construyendo casas a lo loco para hacerles sitio a los soldados que volvían; en Culver City, en Canoga Park, en Hollywood Norte, en todas partes. El abuelo encontró trabajo bastante rápido en la construcción, ayudando a que esos vecindarios nacieran. Danny Brennan parecía mucho mayor de lo que era y, con su metro ochenta y cinco de altura y una sonrisa fácil, encontró trabajo constante sin demasiados problemas. Llegó un día en que se convirtió en capataz de Construcciones Boyle, el hombre más joven en plantilla. James Boyle también era irlandés y se veía reflejado en el abuelo. Pero es que era fácil que te gustara Danny Brennan. Claro que todo el mundo se burlaba de este niño grande irlandés que hablaba como un caballero sureño. Pero él se reía con cada chiste y se aseguraba de sonar más sureño que antes.

Ese encanto le sirvió bien. Incluso le consiguió una cita con la sobrina de James Boyle, Katherine Elizabeth Boyle, que trabajaba como recepcionista en el negocio de su tío. El padre de Katie había sido oficial en el ejército pero no volvió de la guerra. Y su madre murió de cáncer de pecho un año más tarde. Boyle y su esposa acogieron a Katie sin dudarlo ni un segundo. Pero bueno, tras media docena de citas, y con la bendición de James Boyle, Danny y Katie se comprometieron en 1951. Pero entonces el conflicto coreano intervino y el abuelo se alistó con los Marines en lugar de esperar a que lo llamaran a las filas. Volvió de una pieza dos años más tarde a reencontrarse con una aliviada y resuelta Katie. Se casaron el 6 de febrero de 1954 en una bonita ceremonia católica y romana en la Iglesia de St. Agnes, en Vermont, cerca de Adams, con el reverendo Joseph T. G. Ryan como oficiante. Esa iglesia aún bulle con parroquianos en la nueva estructura construida en los años sesenta, pero la mayoría de las misas se dicen ahora en español, y una en coreano. Está a unas manzanas de distancia de USC, la Universidad del Sur de California, donde asistí a la Facultad de Derecho. El abuelo y la abuela ahora acuden a Corpus Christi en Pacific Palisades. Una parroquia realmente rica. Pero bueno, que el abuelo se ganó muy bien la vida en Construcciones Boyle. James Boyle, de buen grado, lo convirtió en socio de pleno derecho unos años después de que el abuelo se casara con la abuela. Y el abuelo, con el tiempo, se hizo cargo de las operaciones diarias y triplicó el tamaño de la compañía al implementar una teoría de negocios moderna mezclada con un montón de sudor y sentido común.

Hace unos diez años, el abuelo vendió Construcciones Boyle y Brennan por más dinero del que siquiera quiero pensar. Al principio creí que era una locura vender el negocio, pero al final tenía todo el sentido del mundo incluso para mi lógica de adolescente. Verán, el abuelo y la abuela solo tuvieron una hija, mi madre, Anne. Y de ninguna manera mi madre iba a dirigir una compañía de construcciones. Ella tenía otros planes, como licenciarse en biología y luego entrar en la Facultad de Medicina. Lo cual hizo. Mamá es obstetra en el Cedars-Sinaí. Y papá trabajó en la oficina del fiscal del distrito durante unos quince años antes de presentarse a ocupar una vacante en la Corte Superior, la cual ganó con facilidad hace cuatro años, cuando yo empecé en la Facultad de Derecho. Ellos no tienen nada en contra de la industria de la construcción. Solo tenían otros intereses.

¿Cómo se relaciona todo esto con el hecho de que yo saliera con La Queenie? Eso tendrá sentido en un momento. Particularmente en lo que respecta al abuelo. Verán, creo firmemente en contar toda la historia, no solo los pedazos que me convengan. Es el abogado que hay en mí. Así que tengan paciencia con mi relato. Dejen que empiece por el principio. Si no me dejan hacerlo así, no visualizarán la imagen completa y se marcharán con una sensación de poca certeza y mucha confusión. Y ciertamente no entenderían a La Queenie y lo que hizo esa mañana lluviosa de lunes de hace cuatro años.

Comenzó un domingo. Yo estaba en mi primer año de Derecho en USC. Cielos, fue una época excitante. Papá estaba exultante de alegría por mi decisión de asistir a la Facultad de Derecho. Y el hecho de que su alma mater me aceptara, bueno, no creo que pudiera sentirse más orgulloso. Y mamá se sentía complacida de que yo pudiera mantener tanto mi catolicismo como mi política liberal, igual que había hecho ella. Aun cuando ella no soportaba los sermones que trataban con fuerza el tema del aborto, mamá alcanzaba una especie de paz sublime cuando asistía a misa. Y así lo hice yo también cuando empecé mis estudios de Derecho. Pero en realidad no me gustaba ir a misa en el Centro Católico Nuestro Salvador en University Avenue. Tenía más que suficiente con ver a otros alumnos durante la semana y quería salir con gente normal. Verán, mi plan era hacer algo para ayudar al mundo con mi título de abogado. Tal vez leyes sobre la pobreza o quizás en la oficina del defensor público. Así que decidí que bien podría asistir a misa en St. Agnes, que solo estaba a unas manzanas de mi pequeño apartamento y en el terreno sagrado donde el abuelo y la abuela se casaron.

Mi español no era demasiado malo tras haberme pasado los últimos tres veranos antes de entrar en la Facultad de Derecho en Cuernavaca, y tras estudiar español durante todos los años de instituto y universidad. De modo que ir a una misa en español en St. Agnes era bastante chido y me recordaba a mi época en México. Me gustaba asistir al servicio de las cinco de la tarde, para así cenar después en un pequeño restaurante mexicano que servía las mejores carnitas que he probado. Y era la misa perfecta a la que asistir si disfrutabas mirando a la gente. El fondo de la iglesia era el mejor lugar para ello. Cuando llegaba allí, el último banco estaba usualmente vacío. Pero unos minutos después de que la misa comenzara, los rezagados entraban con aspecto avergonzado e intentando que el sacerdote no los viera. Lo cual significaba que acababan sentados conmigo. Como mi rostro blanco era bastante raro en esa iglesia, esa gente normalmente me miraba dos veces, pero luego asentían, sonreían y se acomodaban sin dar más muestras de reconocer que yo era diferente. Con el tiempo, al cabo de unas semanas, ya reconocía a los rezagados y ellos se acostumbraron a ver al solitario y alto "gabacho".

Un domingo por la tarde, cuando llevábamos diez minutos de misa, vi a La Queenie por primera vez. Ella llegó tarde, aun más tarde que los rezagados, y pasó por encima de todos para llegar al pequeño espacio vacío junto a mí. Jadeaba fuerte, como si hubiera estado corriendo. Desde el segundo en que ocupó su lugar justo antes de la comunión, La Queenie mantuvo sus ojos en el altar, no en el sacerdote. Y yo mantuve mis ojos en ella. Era guapa, no hermosa, pero algo en ella me atraía. La Queenie parecía tener entre veinticinco y treinta años. No medía más de metro sesenta. Su ropa era inapropiada para la iglesia: una camisa de hombre demasiado grande, metida bien apretada en la cintura de unos pantalones Dickies azul oscuro. El conjunto de La Queenie —si podía llamarse así— estaba limpio pero arrugado, como si hubiera estado tirado en un montón la mayor parte del día. Olía a sudor y a demasiado perfume. Un par de maltrechas zapatillas altas Chuck Taylor encapsulaban sus pequeños pies. Tal vez porque era alto como mi abuelo, yo siempre me he sentido atraído por mujeres altas. De al menos un metro setenta. Pero en ese momento me imaginé cómo sería meterme en la cama de La Queenie. Su blanca camisa Oxford acentuaba tanto el trigueño oscuro de su cuello como la brillante negrura de su cabello, que se rizaba de un lado para el otro cayendo sobre sus hombros. Me imaginaba tendido en una gran cama con esta diminuta mujer encima de mí, arqueando su espalda, sacudiéndose de la cara el pelo, para luego caer hacia delante y envolverme en ese negro sudario de rizos.

Cuanto más la miraba, más parecía concentrarse ella en el altar. Yo quería que ella reconociera mi presencia, pero no quería ser un pendejo al respecto. No era que no hubiera salido con mujeres mexicanas antes. Pero esta era diferente. Mi oportunidad llegó al fin con el ritmo natural de la misa. No sé si ustedes son católicos, pero justo antes de dar la comunión, el sacerdote nos pide que nos demos la paz entre todos. Cuando iba con mis padres, eso incluía un abrazo y un beso en la mejilla. Pero aquí en St. Agnes, con gente a la que realmente no conocía, significaba un apretón de manos, un asentimiento de cabeza y un musitado "La paz esté contigo". De modo que volteé hacia La Queenie, le ofrecí mi mano, y dije un abreviado "Paz". Y lo que ella hizo me sorprendió.

Respiró hondo como si estuviera arruinando su resolución y se volteó directamente hacia mí.

—Me llamo Reyna Escondida —dijo en inglés con un suave

acento mexicano, aunque yo le había hablado en español. Alargó su mano y mantuvo sus ojos clavados en los míos—. Pero la gente me llama La Queenie —añadió.

Tomé su mano y se la estreché. La Queenie se estremeció pero sonrió de inmediato y apretó con su propia mano. Su pequeña mano casi desapareció dentro de la mía, que era grande.

—Soy Bobby —dije—. Pero la gente no me llama nada más.

—Hola, simplemente Bobby.

Me eché a reír pero recordé que estábamos en la iglesia. La Queenie sostuvo mi mano unos segundos más de lo que debería hacer con un extraño. Por alguna razón, mi tacto parecía calmarla. Finalmente retiró la mano y devolvió su mirada al altar. La Queenie parecía estar murmurando algo, no a mí, sino a lo que fuera que mantenía sus ojos clavados en ese punto justo debajo del gran crucifijo y hacia la izquierda, junto a las sillas de madera parecidas a tronos donde se sentaban el sacerdote y los ayudantes durante diversos momentos de la liturgia.

Después de que todo el mundo terminara de darse la paz, era hora de recibir la Sagrada Comunión. Los acólitos se acercaron a los extremos de los bancos, comenzando por los de delante. Ellos hacían un gesto con la cabeza para hacerle saber a cada fila cuando podían unirse a la fila para la comunión al borde del altar. Cuando un acólito llegó por fin a nuestro banco, intenté dejar que La Queenie pasara primero, pero ella solo sacudió la cabeza y se sentó. Por aquel entonces no le di mayor importancia. Recibir la comunión es una decisión personal y a veces, cuando llevo varias semanas sin confesarme, no me siento preparado para hacerlo. Pero ahora sé por qué ella no pasó ese día.

Tras la misa, salimos de St. Agnes sin decir palabra. Los feligreses salieron en fila despacio, al principio en silencio. Y luego, conforme las familias y los amigos se reunían en pequeños grupos, y los niños se veían libres de los sagrados grilletes de la misa, el idioma español llenó el aire y las risas ocuparon el lugar de las oraciones solemnes. Esa era mi parte favorita de asistir a misa en St. Agnes. Lo extraño. Pero bueno, creo que las únicas dos personas que no estaban hablando éramos La Queenie y yo. Nos quedamos mirando alrededor, no muy seguros de qué hacer a continuación. Al menos yo no lo sabía.

—¿Conduces? —preguntó ella al fin.

Me giré hacia ella.

—No —respondí—. Vivo a solo unas manzanas de distancia.

—¿Por qué?

—No todo el mundo en Los Ángeles tiene miedo a caminar.

La Queenie entrecerró los ojos.

—No —dijo con aspecto de estar un poco molesta—. ¿Por qué vives por aquí?

Antes de poder contestar, la muchedumbre comenzó a reaccionar de un modo diferente. Levanté la vista hacia las puertas de la iglesia y vi que el sacerdote se había plantado allí para poder recibir y saludar a su rebaño. No era el sacerdote habitual. Su nombre era Padre Novas y venía de El Salvador. Durante su sermón había dicho que estaría de visita durante un par de meses y que ya estaba disfrutando mucho de Los Ángeles. Era bastante joven; puede que no tuviera más de treinta y cinco años. Tenía una abundante cabellera negra y despeinada, con solo unos toques de gris en las sienes. Las feligresas lo adulaban y él parecía disfrutar de sus atenciones. Incluso las mujeres mayores le daban conversación. Mientras observaba todo eso, no me di cuenta al principio que La Queenie había empezado a caminar calle abajo.

—¿En esta dirección? —preguntó sin darse la vuelta.

—No —dije—. Por aquí.

Se giró y pasó por delante de mí. Tuve que trotar para alcanzarla.

—Deja que te haga la cena, simplemente Bobby —dijo.

—No tengo mucho en el frigorífico.

Pero estaba más preocupado por el aspecto de mi apartamento. Intenté recordar si había recogido mi ropa de la noche anterior y si el váter estaba limpio. Pero no importaba. La Queenie tenía sus propios planes para esa noche.

Aunque estoy comprometido ahora y estoy muy enamorado de Brenda, esa primera noche que pasé con La Queenie se quedará conmigo para siempre. Y ni siquiera hicimos el amor. De hecho, no hicimos mucho más que pasar el tiempo juntos, sin apenas hablar. Al final le expliqué que iba a la Facultad de Derecho, allí cerca, con la esperanza de impresionarla. No lo conseguí. Ella quiso saber más sobre mi familia y de dónde procedía.

Así que terminé hablando principalmente sobre mi abuelo. La Queenie escuchó toda mi historia sobre cómo había huido de su hogar y había empezado en Los Ángeles desde cero.

—Creo que me caería bien —dijo ella.

—Pero se está haciendo viejo.

—Mi padre solía decir: El aire es viejo y todavía sopla.

Me reí.

—¿Sabes lo que significa?

Mi español es muy bueno y me gustan esos viejos dichos mexicanos.

—Claro que sí —anuncié con orgullo.

La Queenie aplaudió.

—¡Bravo! —exclamó.

Después de cenar serví helado Cherry García de Ben & Jerry, lo único realmente bueno que tenía a mano. A La Queenie le encantó. En realidad, eso no termina de describir su reacción ante su primera cucharada de helado. Puso un poco sobre su lengua, cerró los ojos y se marchó a un mundo diferente. No puedo explicarlo de otro modo. Soltó un pequeño gemido cuando tragó y entonces abrió los ojos de golpe.

—Ahora este es mi favorito —anunció La Queenie.

Me reí.

—Cuando terminemos —añadió—, quiero acostarme allí y echarme una siestecita. —Señaló con la cabeza en dirección a mi gran sofá de cuero, que estaba en lo que llamaba la salita. Era mi mejor mueble.

—Claro —dije, con pensamientos no muy caballerosos rondando mi cabeza.

—Y tú, simplemente Bobby, puedes sentarte junto a mí en esa silla y leer un libro de leyes.

Sueños de pasión salvaje frustrados. Al menos tenía Ben & Jerry. Pero estaba bien. Porque tenía la sensación —que con el tiempo se demostró que era correcta— de que algo sucedería entre La Queenie y yo. Pero bueno, tras otra ronda de helado, ella dejó nuestros boles en el fregadero y bostezó.

—¿Tienes una manta?

Ella hablaba en serio sobre lo de echarse una siesta. Corrí al dormitorio y saqué una manta y una almohada limpia del armario. Volví a la cocina, pero La Queenie ya estaba acurrucada en el sofá. Cuando me acerqué, ella alargó las manos para recibir la almohada, la cual deslizó bajo su cabeza. Sonrió. La tapé con cuidado con la manta y ella cerró los ojos. Me acomodé en la silla junto a ella con mi libro de Derecho Procesal Civil.

Al cabo de unos minutos, pequeños ronquidos salían de La Queenie. Me sentía bien y un poco orgulloso de mí mismo, como si hubiera acogido a un gatito perdido. Leía varias páginas y miraba hacia La Queenie cada tanto. No había pasado mucho tiempo cuando me sentí cansado y yo también me quedé dormido.

Desperté con un sobresalto cuando la puerta principal se cerró con un chasquido. En el lugar de La Queenie sobre el sofá estaba la manta, doblada con cuidado, con la almohada colocada sobre ella. Miré mi reloj. Casi medianoche. Suspiré pero me sentía bien con esa velada. Había sido extraña, nada que ver con las otras veces que la había pasado con una mujer. Pero estaba bien. Y entonces una oleada de pánico me sobrevino. La Queenie no me había dado su número de teléfono ni me había dicho dónde vivía.

Durante todas mis clases del día siguiente, estuve pensando cómo podría encontrarla de nuevo. Incluso fui a la misa del lunes por la noche con la esperanza de encontrarla. El Padre Novas estaba allí otra vez, pero la multitud era menor, lo cual es muy común en los servicios durante la semana. Parecía que principalmente gente más mayor rezaba tan a menudo. Pero yo había esperado que La Queenie fuera una excepción. Fui a misa cada noche de esa semana para buscarla. Llegué a reconocer a los habituales y ellos comenzaron a reconocerme a mí. Incluso el Padre Novas asintió y me sonrió el miércoles cuando fui a recibir la comunión. Pero no la vi en ninguna de esas misas. No fue hasta el domingo que ella apareció de nuevo. Y de nuevo, La Queenie llegó tarde, de nuevo con aspecto arrugado pero vistiendo un conjunto diferente. Y de nuevo no fue a tomar la comunión sino que se concentró en un punto invisible del altar.

Esta vez me había asegurado de que mi apartamento estuviera limpio y de que mi frigorífico y las alacenas estuvieran llenas con tantas opciones para cenar como pude soñar. La Queenie parecía complacida. Se decidió por espaguetis con ensalada. Y yo había llenado el congelador con seis tipos de helado Ben & Jerry. Pero ella se fue directa al Cherry García. No podía culparla por ello.

Y después, en vez de que La Queenie se echara una siesta mientras yo estudiaba, me besó y me guio hasta mi dormitorio.

Eso se convirtió en nuestra rutina. Solo veía a La Queenie los domingos, en misa, y luego íbamos a mi apartamento a cenar, a tomar el postre y a la cama. Ella siempre esperaba a que yo me quedara dormido antes de escabullirse. Yo intentaba mantenerme despierto, pero nunca lo conseguía. La Queenie poseía un talento sobrenatural para desaparecer cuando yo estaba muerto para el mundo. Y durante esas cinco semanas le conté más sobre mi vida y mi familia, pero ella no me contó mucho sobre la suya. No es que no le preguntara. Ella simplemente encontraba un modo de contestar sin revelar mucho y luego cambiaba de tema. Ella nunca divulgó su número de teléfono o su dirección, y ni siquiera a qué se dedicaba. La Queenie evadía mis pesquisas con tal pericia que no me di cuenta hasta mucho más tarde de que no sabía virtualmente nada sobre ella.

En nuestro quinto día juntos, después de cenar pero antes de los postres, ella hizo un anuncio.

—Debo conocer a tu abuelo.

Parpadeé. Ella aún no había conocido a mis padres. No era que la estuviera ocultando ni nada de eso. A mis padres les parece bien que salga con mujeres de diferentes entornos. Pero en ese momento ellos querían que yo me concentrara en mis estudios, así que había dudado sobre si mencionarla ante ellos. Y La Queenie nunca me pidió conocer a mis padres. Pero ahora quería conocer al abuelo. A nadie más. Solo al abuelo.

—¿Por qué a él?

—Porque es como yo —dijo La Queenie muy despacio, como si quisiera tener cuidado sobre cuánto revelaba—. Apostó por una nueva vida.

—¿Y?

Ella se movió en la silla, claramente incómoda con mis preguntas. Pero persistí:

—¿Y qué más?

—Y creo que es alguien en quien puedo confiar —respondió.

No la presioné más, aunque en retrospectiva, probablemente debía haberlo hecho. Pero bueno, planeamos una agradable cena para los tres en mi casa al domingo siguiente después de misa.

El abuelo tuvo que mentirle un poco a la abuela. Él sabía

que yo quería mantener a La Queenie en secreto, al menos por el momento. A él eso le pareció un poco excitante y bastante halagador.

—Pero, ¿tengo que llamarla La Queenie? —preguntó el abuelo cuando hablamos por teléfono el día antes de nuestra cena planeada—. Vamos a ver, Bobby, Reyna es mucho más bonito, ¿no crees?

Él tenía razón, por supuesto, pero La Queenie había sido tan insistente sobre cómo debería llamarla que nunca volví a tocar el tema.

—Abuelo, tendrás que preguntarle a ella.

Lo pensó por un momento. Pude oírlo dar un sorbo a su capricho de los sábados por la noche: Jim Beams con hielo. Los cubitos de hielo tintinearon un poco.

—¿Por qué quiere que la llamen La Queenie? —preguntó al fin.

—Su verdadero nombre se traduce al inglés como "queen", así que supongo que viene de ahí.

Él le dio otro sorbo a su bebida.

—Tiene sentido —dijo. Y entonces me sorprendió—:¿Te importa si voy con ustedes dos a misa antes de cenar?

No creía que mi abuelo fuera mucho a misa últimamente. "Pero qué carajos", pensé. "¿Por qué no?".

—Claro, abuelo, pero no entenderás ni una palabra.

—No te preocupes, Bobby —rio—. Creo que sabré lo que está pasando. —Hubo otra pausa. Finalmente añadió—: ¿Qué tal si te recojo y luego nos pasamos por casa de Reyna para ir a misa juntos?

Vacilé. No quería que mi abuelo supiera que no tenía ni idea de dónde vivía La Queenie ni de que ni siquiera tenía su número de teléfono. A mí eso no me parecía raro, pero al abuelo le parecería sospechoso. Pensé rápido.

—Dijo que tenía algo que hacer antes de ir a misa y que se reuniría conmigo allí —dije en un intento por sonar despreocupado.

—Oh —dijo el abuelo.

—¿Por qué no vienes a mi casa y vamos andando a misa? Está a solo un par de manzanas y quiero que veas mi vecindario.

—No olvides que me casé en esa iglesia.

—Pero construyeron un nuevo edificio después de eso

—razoné—. Y la zona ha cambiado mucho. Hay quien dice que no para mejor, pero me gusta.

Eso pareció aplacarlo. De todos modos, la noche siguiente el abuelo apareció con un saco azul, pantalones de vestir grises y una almidonada camisa, conjunto rematado por una corbata rojo brillante. Se veía elegante. Yo vestía mis habituales Levi's y un jersey sobre una camiseta blanca. Sacudió la cabeza y se burló de mí y mi generación por el modo en que nos vestíamos, incluso para ir a misa. Tras un adecuadamente corto tour por mi diminuto apartamento, nos dirigimos a la iglesia. Miraba las tiendas y restaurantes del barrio con una sonrisa.

—Esta gente supo dónde asentarse cuando abandonaron sus países —dijo el abuelo—. No como mi padre —añadió.

Cuando nos acercamos a St. Agnes, el abuelo suspiró. Casi podía oír sus pensamientos: las cosas han cambiado mucho a lo largo de los años, desde la misma iglesia hasta los feligreses, con su piel oscura y su idioma diferente. No vi tristeza en su rostro, solo una melancolía que debe de llegar con la edad. Subimos los escalones y encontramos sitio en el banco de atrás, aunque el abuelo había querido sentarse delante. Cuando empezó la misa y La Queenie no aparecía por ninguna parte, el abuelo comenzó a impacientarse. Giraba el cuello de izquierda a derecha, buscándola, aunque no sabía qué aspecto tenía.

—Relájate, abuelo —susurré—. Ella siempre aparece unos diez minutos tarde.

El abuelo frunció el ceño al oír esa información. Pensaba que llegar tarde era una falta de respeto. Por suerte, La Queenie apareció justo en ese momento. Iba vestida para la ocasión con un conjunto que nunca había visto antes: una blusa de seda azul celeste y una falda azul marino. Sencilla, pero acentuaba su pequeña figura y hacía que mi mente vagara a nuestros momentos en la cama. Casi lamenté que el abuelo estuviera allí. Lo miré. Su rostro mostraba una amplia sonrisa y sus ojos se arrugaban de deleite. La Queenie le dio un gran abrazo y él la abrazó también. Ella había embrujado al abuelo en segundos. Cuando se sentó, todos devolvimos la atención al altar. La sonrisa de La Queenie desapareció de su rostro. Se inclinó hacia mí.

—¿Dónde está el Padre Novas? —preguntó con voz casi dominada por el pánico.

Y claro, había un sacerdote diferente donde Novas había estado las últimas seis semanas. Me encogí de hombros.

—Solo estaba de visita —aventuré—. Tal vez haya vuelto a El Salvador.

Durante toda la misa, La Queenie se removía como si quisiera echar a correr y huir de la iglesia. Cuando llegó el momento de la comunión, ella se quedó de nuevo allí mientras el abuelo y yo íbamos al altar. Al abuelo eso le pareció raro; al menos eso me decía su expresión. La Queenie no se calmó hasta que terminó la misa y salimos al frío aire de la noche. Cuando comenzamos nuestro paseo hacia mi apartamento, el abuelo preguntó qué había en el menú.

—Chilaquiles, ensalada de nopales y Ben & Jerry —anunció La Queenie.

—Solo he entendido la última parte —rio el abuelo.

—Te encantará el resto —dije—. Y es una comida que se cocina rápido.

De repente, el abuelo se detuvo.

—Dime, Bobby, ¿te importa que tu amiga y yo dejemos que te adelantes mientras nosotros vamos a una tienda a comprar el postre?

—Pero tenemos helado.

—Ya no puedo tomar lácteos, Bobby —añadió con tono confidencial mientras se palmeaba el abdomen—. Me pone malo del vientre, sabes lo que quiero decir.

La Queenie se agarró al brazo del abuelo.

—Sí, Bobby, sé dónde podemos comprar un delicioso pan dulce. Adelántate y empieza a cortar las tortillas para los chilaquiles.

—De acuerdo —dije—. Pero si el abuelo no puede tomar lácteos, tendrás que omitir el queso en los chilaquiles.

El abuelo movió sus grandes manos como si estuviera espantando moscas.

—El queso no me molesta. Solo los helados y la leche.

—De acuerdo —dije—. Vayan por el pan dulce y yo prepararé las tortillas.

—Pero no las rompas con las manos —le instruyó ella—. Usa un cuchillo y haz triángulos bonitos.

Cuando nos separamos, pude oír al abuelo anunciarle a La Queenie con una risita:

—Hasta yo sé lo que es el pan dulce.

Caminé de vuelta a mi apartamento. Un magníficamente restaurado Buick Riviera cupé pasó con una canción de Reggaetón a todo volumen para disfrute de todos. Un par de guapas jóvenes levantaron la mirada y saludaron a los ocupantes del coche. El conductor tocó el claxon. Normalmente habría disfrutado de esa escena, pero algo en el modo en que el abuelo había maniobrado para quedarse a solas con La Queenie me hacía sospechar. El abuelo no era tonto. Y yo tampoco. Me devané los sesos. Estaba seguro de haberlo visto disfrutar de montones de helado en un cumpleaños de un pariente muy recientemente. Pero, ¿qué podría haber hecho? ¿Acusarlo de mentir?

Cuando volví al apartamento, saqué las tortillas del frigorífico y localicé mi cuchillo más afilado. Bonitos triangulitos, había instruido La Queenie. Para cuando los oí subir las rechinantes escaleras de madera que llevaban a mi puerta, había cortado un enorme plato de tortillas, y había tenido tiempo de calentar el aceite en una sartén y de poner la mesa. La puerta se abrió y La Queenie entró primero con aspecto radiante. Su rostro expresaba algo que iba más allá de la felicidad. Era alivio; parecía como si hubiera ido a confesarse y hubiera descargado su conciencia. Y el abuelo la seguía de cerca. Mostraba una amplia sonrisa apretada. Pero sus ojos expresaban estrés, algo parecido al dolor, aunque no exactamente eso. La Queenie me presentó una gran caja rosa de una pastelería y luego inspeccionó mi trabajo.

—Bonitos triangulitos —dijo mientras levantaba un espécimen para que el abuelo lo admirase—. ¡Excelente! —añadió, y luego me besó en la mejilla como si fuera un niño obediente.

El abuelo asintió.

—Mi nieto es un chico listo —dijo—. Un chico listo.

La cena fue sumamente buenas y mis anteriores sospechas se desvanecieron despacio. La Queenie dejó que el abuelo la llamara Reyna, y el abuelo se relajó tras un par de cervezas Dos Equis frías. La Queenie lo persuadió fácilmente para que nos regalara relatos sobre Biloxi y sus primeros días en Los Ángeles. Ella era el público perfecto y adorador. Tras los postres, el abuelo dio por terminada la velada, afirmando que la abuela era una anciana desconfiada que seguramente estaría pensando que él estaba por ahí con alguna fresca. Todos nos reímos e intenté imaginarme el tipo de "fresca" de la que se enamoraría el abuelo. Al fin se marchó, pero no antes de que La Queenie le diera un fuerte abrazo. Su rostro solo le llegaba al pecho de él. . .igual que cuando me abrazaba a mí. El abuelo, dándole palmaditas en su oscuro cabello, me miraba por encima de su cabeza. No pude descifrar su mirada entonces, pero al día siguiente comprendí lo que sus ojos estaban diciendo.

—Eres afortunado —dijo La Queenie mientras yacíamos en la cama esa noche.

—Lo sé —contesté mientras la abrazaba más fuerte.

—No, eso no es lo que quiero decir.

Ella se deshizo de mi abrazo y se incorporó sobre un codo para poder examinar mi rostro. La farola fuera de la ventana de mi dormitorio ofrecía la luz suficiente para poder discernir la expresión del otro. Un rizo caía sobre el ojo izquierdo de La Queenie.

—Me refiero a lo de tener un abuelo así —dijo ella.

Alargué la mano e intenté retirar su cabello, pero simplemente volvió a caer sobre su ojo con un ligero rebote. Entonces la persuadí para que se acurrucara entre mis brazos y subí la manta hasta nuestros cuellos. Era una noche fría y pensé que, tal vez, si la sujetaba con suficiente fuerza, La Queenie se quedaría hasta la mañana. Pero mi plan fracasó.

Cuando el teléfono sonó, me incorporé bruscamente sin recordar dónde estaba. Con cada agudo timbrazo, la realidad se abría paso. La Queenie se había ido. Miré mi despertador: las siete en punto. Mi primera clase no empezaba hasta las diez. Finalmente alargué la mano hacia mi mesita de noche y cogí mi teléfono móvil.

—Bobby —dijo el abuelo.

—Hola.

—¿Está ella ahí?

—No —murmuré mientras me frotaba la barba incipiente en mi barbilla.

—Eso me figuré.

—¿Qué? —dije—. Abuelo, ¿qué quieres decir?

Silencio. Entonces:

—Bobby, ¿puedo invitarte a una taza de café esta mañana? ¿Para que podamos hablar?

Quedamos en encontrarnos en un Coffee Bean a medio camino entre mi apartamento y su casa. Había llovido un poco la noche anterior y las calles estaban resbalosas. Parecía que iba a ponerse a llover otra vez en cualquier momento. Encontré al abuelo ya sentado a una mesa con dos tazas de café frente a él. Parecía preparado para darme sus impresiones sobre La Queenie. Y yo intenté prepararme para lo peor. Pero no estaba preparado para lo que dijo.

—Es una chica bonita —comenzó a decir mientras rodeaba su taza de café con sus grandes manos—. Y creo que tiene un buen corazón.

—Pero . . .—dije.

—Pero —aventuró el abuelo—, tiene un par de problemas. Tomé un sorbo a mi café y me quemé el labio superior.

—Mierda —solté.

—¿Necesitas agua fría?

—No, gracias —dije—. Estoy preparado, abuelo. Dime lo que sea.

El abuelo me dio una palmada en el brazo.

—Está trastornada, Bobby.

—Bueno y yo también —dije mientras me limpiaba el labio con una servilleta.

El abuelo retiró su mano de mi brazo y se reclinó hacia atrás.

—Tiene una enfermedad mental —dijo.

Realmente no entendía lo que acababa de anunciar. A ver, sabía lo que significaban las palabras, pero no podía asimilarlas.

—Pero pasamos una noche genial —fue mi inapropiada respuesta.

—Ella me contó varias cosas cuando fuimos a comprar el pan dulce.

Me concentré en sus ojos. Su usual brillo no estaba por ninguna parte. Se veía. . .bueno, no sé cómo describir su rostro. Era como si estuviera a punto de contarme que mis padres estaban muertos o algo así. El abuelo apretó los dientes. Y entonces lo soltó.

—Reyna me contó que está embarazada —dijo—. Pero el bebé no es tuyo.

Eso no me lo esperaba. La Queenie era tan pequeña como el día en que la conocí. Ni un síntoma de embarazo. Y, ¿por qué le contaría algo así al abuelo? ¿Por qué no a mí? ¿No confiaba en mí? Y, ¿por qué algo así la convierte en "trastornada"?

—¿Te ha dicho quién es el padre? —pregunté al fin. Y entonces lo comprendí. Ese sacerdote, el Padre Novas. La Queenie había parecido estar muy conmocionada por su ausencia ayer. Le pregunté a mi abuelo si mis sospechas eran correctas.

—No —dijo él—. Si hubiera dicho eso creo que podríamos lidiar con la situación. Después de todo, habría sido bastante normal teniendo en cuenta el esquema general.

—¿Quién entonces?

El abuelo miró hacia la fila de personas que esperaban para pedir sus cafés con leche, sus Earl Greys y sus Guatemala Antiguas. Sus ojos descansaron sobre una joven que sostenía con un brazo a una niña que se retorcía mientras hablaba por su móvil. La niña llevaba un pijama de Hello Kitty y grandes zapatillas de color rosa. Le sonrió al abuelo. Él ofreció una sonrisa y un saludo con la mano para deleite de la niña. Y, por un momento, el abuelo pareció olvidar que yo estaba sentado frente a él esperando una respuesta. Finalmente se giró hacia mí.

—¿Y bien? —pregunté—. No veo cómo es que está loca.

—Yo no he dicho que estuviera loca —dijo, un poco molesto por mi cita errónea de sus palabras—. He dicho "trastornada", que no es tan grosero.

—De acuerdo, ¿por qué está trastornada?

—Bobby, Reyna me dijo que . . .—y entonces el abuelo tosió como si no pudiera escupir las palabras—. Me dijo que Jesús era el padre de su hijo.

Parpadeé con fuerza.

—Te refieres a un tal Jesús, ¿verdad? —dije—. Es un nombre mexicano muy común.

El abuelo negó despacio con la cabeza.

—En realidad ella no puede creer eso —dije.

—Deja que te cuente todo lo que me dijo ella, Bobby. Esto no es fácil de contar, pero más me vale.

—De acuerdo —dije mientras me dejaba caer contra mi asiento—. Dispara.

Y el abuelo lo hizo. Dijo que La Queenie había querido descargarse de ese secreto, pero que le había dado miedo que yo no la entendiera. Ella sentía que alguien como el abuelo sería mejor para hablar por su edad. Ella quería consuelo. Pues bien, le contó al abuelo que Jesús se le había aparecido por primera vez dos semanas antes de que yo la conociera en misa. De hecho, era la primera misa que el Padre Novas oficiaba como sacerdote visitante. Durante su sermón, La Queenie supo de las atrocidades que el Padre Novas había presenciado en su país. Sintió que era sabio, serio y valiente. Tras la misa, La Queenie se le presentó. Le pidió que la oyera en confesión, y así lo hicieron. Después, mientras La Queenie caminaba de vuelta a su apartamento, oyó una voz tras ella. Se giró. Junto a un buzón, a unos metros de distancia, estaba Jesús. La Queenie le dijo al abuelo que se sobresaltó un poco, no porque Jesús estuviera allí en Vermont Avenue, sino porque sabía sin lugar a dudas de que era, de hecho, Jesús.

—Él le sonrió —expresó el abuelo—. Y luego dijo: "Sé mi novia, Reyna".

—¿Y tú te lo crees? —dije. Era una pregunta estúpida, pero las palabras salieron de mí antes de poder pensar.

—Por supuesto que no, Bobby —susurró el abuelo sin ofenderse. Dio un sorbo al café—. Pero ella lo cree sin dudar.

—¿Qué pasó después?

—Reyna dijo que tuvo que obedecer porque nadie puede negarle nada a Jesús. Pero volvió de inmediato al Padre Novas y le contó lo que había visto y oído. El sacerdote se ofreció a acompañarla a casa para poder hablar en privado. Ella dijo que el sacerdote la creyó. A partir de entonces, el Padre Novas adoptó la costumbre de visitar a Reyna durante una hora o dos cada domingo antes de la misa. Rezaban, o eso dice ella. Y cada vez que el sacerdote se marchaba para prepararse antes de la misa, Jesús se le aparecía a Reyna...de pie en su dormitorio, desnudo por completo, preparado para abrazar a su nueva novia. Y así es como cree que quedó embarazada.

Me quedé con la boca abierta y estoy seguro de que parecía un idiota. No estaba seguro de qué decir o hacer. Finalmente solté un débil:

—¿Qué más?

—Bueno —dijo el abuelo mientras se aclaraba la garganta—, después de esa primera vez en la que ella y Jesús hicieron el amor, Reyna te conoció en misa. Ahí fue cuando Jesús se le apareció durante la misa, de pie sobre el altar. Dice que Jesús le dijo que tú eras un buen hombre y que debería entregarse a ti con tanta libertad como se había entregado a él. —El abuelo se inclinó más hacia mí—. Y eso es todo, Bobby.

—Oh, de modo que soy un regalo de Jesús —dije con sorna.

—Bobby, no.

Sentí ganas de estrangular a alguien. Ese maldito cura. Había abusado de La Queenie sabiendo bien que podía aprovecharse de esa mujer hermosa pero que deliraba.

—Bobby, escucha. Reyna es una chica dulce, una buena persona, pero está mal. Y no creo que ni tú ni yo tengamos la habilidad de arreglarla.

Él tenía razón y yo lo sabía. Pero me sentía perdido, a la deriva. Le pregunté al abuelo qué debería hacer.

—Tal vez sugiérele ver a un psicólogo —dijo él—. Tu madre debe conocer a alguien. Y luego continúa con tu vida, Bobby. Tienes mucho que perder.

Me acompañó a mi coche y me dio un gran abrazo. El abuelo no tenía nada más que decir; había dicho todo lo que podía. Mientras conducía a casa reproduje en mi cabeza mis noches con La Queenie. Sí, ella era un poco rara, pero no conseguía dar con algo que hubiera dicho o hecho que pudiera traicionar su enfermedad mental. Nada.

Comenzó a lloviznar. Mientras me acercaba a St. Agnes, casi di un salto al divisar a La Queenie y al Padre Novas en la acera justo fuera de la iglesia. El sacerdote se protegía bajo un enorme paraguas negro. Varias maletas estaban apiladas ordenadas a sus pies. Y La Queenie estaba a treinta centímetros de distancia, gesticulando bruscamente, gritando algo. Parecía como si el sacerdote hubiera estado esperando un taxi y La Queenie le hubiera tendido una emboscada. Tal vez ella había recuperado la cordura y se había dado cuenta de que Jesús no la había dejado embarazada, sino que había sido este guapo y carismático hombre de Dios. No lo sé. Al acercarme un poco no pude ver más que vergüenza en el rostro del sacerdote. Le dio la espalda a La Queenie, buscando su taxi, estoy seguro de ello, y entonces me miró a los ojos cuando me interné más en el pesado tráfico. Sus ojos parecían decir: Sálvame, por favor.

Y nunca olvidaré lo que sucedió a continuación. La Queenie se volteó para ver qué estaba viendo el Padre Novas y me vio. De inmediato interrumpió su perorata. Parecía que todo le había quedado claro en ese preciso instante. El tráfico comenzó a moverse y yo pasé más rápido por la resbaladiza calle. No quería parar. Necesitaba llegar a mi apartamento y pensar. Pero entonces algo pasó. Mientras aceleraba, mis neumáticos encontraron un charco o una mancha de grasa, no sé qué fue, y empecé a perder el control del coche. Pisé el freno una, dos, tres veces, pero no podía recuperar el control. Mi auto comenzó a patinar; oí varios pitidos de claxon. Y en el último momento, antes de que el Padre Novas cayera delante de mí, mis ojos se encontraron con los de La Queenie. Su sonrisa se amplió. El sacerdote murió antes de que la ambulancia llegara.

En el juicio, testifiqué sobre el incidente tal y como había ocurrido. Pero intenté ayudar. A pesar de las objeciones del fiscal de distrito, dije que no pensaba que La Queenie hubiera pretendido empujar al Padre Novas, que estaba trastornada porque había descubierto que estaba embarazada de él. Ella nunca subió al estrado. Creo que, si lo hubiera hecho, habría resultado convicta de un cargo menor, porque todo el mundo habría comprendido lo trastornada que estaba. Pero el jurado llegó a la conclusión de que ella había planeado matar al sacerdote y que, si no hubiera sido mi coche, habría sido el de otra persona. Lo dudo. Creo que ver mi rostro es lo que le dio a La Queenie la fuerza para hacer lo que hizo. Cuando cruzamos nuestras miradas... Me veo atormentado por la idea de que ella podría haber malinterpretado lo que hice. Yo había asentido con la cabeza, solo un poco, y ella me devolvió el movimiento. Ya saben, como si hubiéramos acordado seguir un plan de acción. No mencioné eso en el estrado porque me figuré que, en realidad, no era relevante.

Han pasado cuatro años desde el juicio. La Queenie solía escribirme mucho desde la cárcel y yo contesté a sus cartas un par de veces. Pero dejé de contestar tras el primer año, aunque siguieron llegando. Con el tiempo, supongo, se rindió. La última carta que recibí fue en diciembre, unos días antes de navidad.

Simplemente no pude obligarme a mantener el contacto. Tenía que empezar de nuevo y echar todo el asunto al olvido. Brenda y yo planeamos casarnos este verano. Ella es absolutamente brillante; no hay duda de que llegará a ser jueza algún día. Ambos nos graduamos el año pasado dentro del mejor cinco por ciento de nuestra clase. Brenda trabaja ahora para la división antimonopolio en el Departamento de Justicia de Estados Unidos y yo conseguí un buen trabajo en el centro con uno de los mayores bufetes de California. Imagino que puedo hacer leyes de interés público más adelante, dentro de unos años, cuando haya terminado de pagar las deudas. Algunos de mis amigos dicen que me he vendido. Pero ellos no se dan cuenta de que vale la pena esperar a que llegue lo bueno, ¿cierto? Hay que establecer unas prioridades y pensar a largo plazo. Eso es lo que el abuelo me enseñó. Y él es el mejor modelo a seguir que un niño pueda tener jamás.

CHARLA DIABÓLICA

YSRAEL RAMÍREZ prefería usar las escaleras a pesar de la rigidez de sus rodillas. Todavía era esbelto, con la espalda recta, y moreno como una nuez, pero sus días de fútbol en la secundaria le habían empezado finalmente a pasar factura hacía diez años. Levantaba una pierna tras la otra mientras subía hacia su ordenada y simplificada vida en el nuevo condominio, recién pintado y herméticamente sellado, en Burbank Boulevard. No tan espacioso como su casa separada en niveles en West Hills, pero ya no necesitaba tanto espacio. Este agosto se cumplían tres años desde que el cáncer se llevara a Ruth. Su hijo Nathaniel, abogado en la oficina del Fiscal General de Oregón, había volado a Los Ángeles para la inauguración de la lápida de Ruth, y luego se pasó dos semanas completas ayudando a su padre a encontrar el lugar perfecto donde vivir.

"Te vas a volver loco si te quedas en este enorme lugar tú solo —le había dicho Nathaniel; cucharadas de sopa de tortilla cruzaban sus delgados labios mientras ambos estaban sentados en un reservado de California Pizza Kitchen—. Absolutamente loco, papá".

De modo que quedó planeado, un poco demasiado rápido en opinión de Ysrael. Aunque él mismo había sido abogado durante muchos años, se había vuelto algo pasivo tras la jubilación. Y después, con la muerte de su esposa, a veces parecía perdido. De modo que Nathaniel se hizo cargo de todo. Incluso le sacó un buen beneficio en nombre de su padre por la casa en Valley Circle y le consiguió un buen trato por el condominio a tres kilómetros de distancia. "Cerca de dos centros comerciales, papá —había dicho Nathaniel—. Topanga Plaza y el Promenade. —Ysrael le había ofrecido a su hijo una débil sonrisa—. Yo, papá, prefiero el Promenade. Tienen Macy's y un multicines allí".

Ysrael llegó a su planta, se detuvo por un momento, y respiró hondo. El pasillo olía a diferentes comidas (comida china para llevar, enchiladas, pizza, alguna especie de pescado); había pasado ya la hora de la cena. Entonces giró a la izquierda y caminó cuatro puertas hasta su apartamento. Sacó la llave de su bolsillo con la mano izquierda y tocó la mezuzá —o jamba— con la mano derecha. Tanto la llave como la jamba se sentían frías, sólidas. Ysrael retiró su mano de la jamba, besó la punta de sus dedos, deslizó la llave en la cerradura con un ruido sordo, y luego la hizo girar con un *clinc*.

Se instaló cómodamente en su sillón reclinable favorito con una taza de Mocha Java descafeinado (a Ysrael le complació saber por su hijo que ahora podía comprar Starbucks, en grano o molido, en Ralphs), Vivaldi en el estéreo y *Los Angeles Times* abierto sobre su regazo. Al cabo de una hora, Ysrael estaba dormitando ruidosamente. Y soñó. Los vibrantes colores y sonidos de la primavera caracoleaban a su alrededor. Y Ruth estaba allí, a su lado, incandescente y hermosa, susurrando: "Te estoy esperando, mi amor". Un arroyo borboteaba alegremente y los pájaros volaban sobre los frondosos robles, cantando la primavera de Vivaldi (el *largo e pianissimo sempre*, para ser precisos) con tal virtuosismo que el corazón de Ysrael se henchía con cada nota sucesiva. Y lo que debía ser un pájaro carpintero golpeteaba rítmicamente, con suavidad, en una rama por allí cerca. Pero los golpes se volvieron más fuertes, más deliberados, impacientes. Finalmente, el arroyo, los árboles y Ruth se disolvieron, y los ojos pardos de Ysrael se abrieron de golpe. Estaba de vuelta en su sala de estar y el golpeteo del pájaro carpintero pasó de un árbol que desaparecía a la puerta de entrada.

"¡Maldita sea!" —musitó Ysrael mientras se levantaba de su sillón. Caminó despacio hacia la puerta a la vez que los golpes se volvían más fuertes—. ¡Ya voy, ya voy! —pero se detuvo, de repente, a medio metro de la puerta—. "¿Quién podría estar llamando?", pensó. "No he dejado entrar a nadie en el edificio. Debe de ser un vecino. Tal vez esa viuda, la señora Gurley, del fondo del pasillo. Probablemente vuelve a tener problemas con su lavavajillas, o eso dice; en realidad, tiene puestas sus miras en mí. ¡Dios mío! ¡No necesito nada más que eso!".

Ysrael dio un paso más y llevó su mano izquierda al picaporte.

El suave latón le resultó cálido al tacto. "Qué raro", pensó. Lo giró con un rápido e irritado movimiento de su muñeca y abrió la boca para decirle algo bastante desagradable a la señora Gurley, pero entonces se quedó paralizado, con la boca abierta, cuando la puerta se abrió. Ante él estaba un hombre, con la cabeza ladeada hacia la derecha de Ysrael, lejos de la mezuzá, sonriendo y tarareando al son del Vivaldi que aún sonaba en su estéreo. Llevaba un hermoso maletín de cuero marrón.

Ysrael se recompuso.

—¿Cómo ha entrado en el edificio? ¿Quién le ha abierto la puerta?

El hombre, que vestía un traje de raya diplomática azul impecablemente confeccionado, una brillante camisa blanca, y una corbata escarlata, pasó junto a Ysrael, atravesó el pequeño vestíbulo hacia la sala de estar, donde se acomodó con suavidad en mitad del largo sofá de cuero verde. Colocó el maletín sobre su regazo, lo abrió, hizo un gesto hacia el aún caliente sillón de Ysrael, y dijo en voz tan baja que era casi un susurro:

—Por favor, siéntese.

Como el hombre fácilmente pesaba unos veinte kilos más que él (estaba claro que el hombre iba al gimnasio de manera regular), Ysrael cerró la puerta y volvió a su sillón reclinable. Mientras el hombre rebuscaba en su maletín, Ysrael se dio cuenta de que debía ser alguna especie de vendedor de seguros.

—Estoy asegurado hasta las cachas —dijo Ysrael.

El hombre levantó la mirada y soltó una breve y aguda risa.

—Oh no, no vendo nada. Sin embargo, estoy aquí para negociar un poco. —Al susurrar esta última frase, sacó una carpeta de papel manila de su maletín, el cual cerró a continuación y dejó junto a sus radiantes zapatos bostonianos. Abrió la carpeta—. ¿Señor Ramírez?

Ysrael se recostó en su sillón y se preguntó qué vendría a continuación.

—¿Sí?

—¿El señor Jesús Ramírez?

—No, no. Ya no respondo a "Jesús". Quiero decir —indicó Ysrael tosiendo—, que me cambié el nombre a Ysrael después de convertirme. —No sabía por qué le estaba respondiendo a este extraño, pero de algún modo no podía evitarlo.

—¿Convertirse?

Ysrael volvió a toser.

—Pues sí. Al judaísmo. Hace treinta y cinco años.

El hombre movió los papeles de su carpeta.

—No, eso no puede ser. No aparece aquí.

—Me criaron como católico, ¿sabe? Pero tras conocer a mi mujer, Ruth, que era judía, me enamoré del judaísmo. Estudié durante años. Me convertí después de que nos casáramos.

—No —repitió el hombre al soltar la carpeta sobre sus rodillas—. No aparece nada de eso en su archivo.

—Es cierto. No miento —Ysrael sonrió—. Me cambié el nombre tras la conversión porque, como puede imaginarse, uno recibe muchas miradas extrañas en el templo cuando dices que tu nombre es Jesús. Incluso si lo pronuncias al estilo español y aunque el mismo Jesucristo era judío.

Los ojos del hombre se abrieron con asombro. Y entonces, muy despacio, sus párpados se entrecerraron mientras soltaba una risilla.

—¡Ah! Eso explica la mezuzá. Me imaginaba que la habría dejado allí el anterior dueño.

—No, mi esposa me la compró cuando me convertí.

—¡Espera a que oigan todo esto en el cuartel general!

—¿Y dónde está el cuartel general? —preguntó Ysrael, a quien finalmente le ganó otra vez la curiosidad.

—En el infierno, por supuesto.

En ese momento Ysrael supo que debería haberse sobresaltado o, al menos, haber parecido confundido. Tal vez, pensó, tras varias décadas como abogado penalista, no se asombraba con facilidad porque había oído millones de afirmaciones realmente extrañas. Ysrael se rio.

—¿El infierno? ¡Esa sí que es buena!

El hombre le devolvió la risa.

—Bueno, ya ve, Jes...quiero decir, Ysrael, usted va a morir esta noche, mientras duerme, de modo muy placentero, y yo quería hacer un pequeño trato con usted. Pero como ya no es cristiano, mis manos están atadas. —Asió su maletín, lo abrió y deslizó la carpeta dentro.

Era extraño, pero Ysrael no tenía miedo, solo estaba desconcertado.

—¿Por qué no puede hacer tratos con los no cristianos?

—Verá, usted sabe que la Torá no hace referencia ni al cielo ni al infierno, ¿no? —cerró su maletín a modo de énfasis, mostrando un poco de irritación.

Todo ese asunto de la vida eterna era el mayor abismo que Ysrael había tenido que superar cuando comenzó sus estudios judaicos todos esos años atrás. El cielo y el infierno, para un mexicano católico, eran tan reales como las monjas y los sacerdotes que le enseñaron a ser un "buen" cristiano. Pero entonces, recordando sus maravillosas y largas reuniones con el rabino Burke (así como las fichas de ejercicios de la Torá que traía su hijo del colegio de primaria), Ysrael dijo:

—¡Ah! ¿Qué hay con Gan Edén y Gehena?

El hombre hizo una pausa, se rascó la perilla, y pensó por un momento.

—Hmm. Interesante cuestión, Ysrael. Interesante cuestión. Pero esos eran conceptos de la época talmúdica. Y, aparte de eso, eran lugares físicos reales, aquí en la Tierra. Muy diferente de la realidad. Mi realidad.

Por supuesto, el hombre tenía razón. Como judío post-Talmud, Ysrael creía en la inmortalidad del alma. Pero como Maimónides apuntó sabiamente, no hay cuerpos ni formas corpóreas en el mundo por venir, solo las almas de los justos. Miró al hombre y dijo tan solo:

—Tiene razón.

—Debo irme —dijo el hombre al ponerse en pie. Las rodillas le crujieron un poco—. Tengo muchos más viajes esta noche. Mis disculpas por las molestias.

Ysrael se levantó también y sus rodillas le hicieron eco a las del hombre.

—No pasa nada, de verdad. —Ysrael se echó a reír de pronto—. Mi padre solía decir, "De puerta cerrada, el diablo se vuelve".

—Los idiomas nunca fueron mi fuerte —dijo el hombre y se rio.

—De nuevo, señor Ramírez, siento todo esto.

—A excepción de lo de que voy a morir esta noche y todo eso, ha sido agradable tener un rato de compañía. Pero tengo dos preguntas para usted, si no le importa.

—Es lo mínimo que puedo hacer. Dispare.

—Primero, por su existencia, ¿significa que Jesucristo fue, en realidad, el Mesías?

—No. Siguiente pregunta.

—Sí, bueno —Ysrael miró alrededor y tosió un poco—. A ver, ¿cuál era el trato que planeaba ofrecerme?

—Oh, eso. Ya sabe. Lo normal. Le devolvería a su esposa y los dos podrían vivir felices y juntos durante diez años.

—A cambio de mi alma, supongo.

—¿Qué más podría querer yo?

Ysrael se frotó las manos.

—¡Eso habría sido ciertamente tentador!

—Pero no puedo ofrecérselo. No puedo ofrecérselo a un budista, ni a un hindú, ni a un ateo, ni a ningún otro no cristiano. Lo siento. Las reglas son las reglas. —Y así, el hombre se dirigió hacia la puerta, le dio las buenas noches con una inclinación de cabeza, y desapareció.

Ysrael suspiró y se sentó en su sillón reclinable. Vivaldi seguía sonando de fondo. Suspiró de nuevo, cerró los ojos, y se quedó dormido al instante. Su mente volvió al mismo sueño maravilloso que estaba teniendo antes de que el hombre lo visitara. El frondoso follaje, el arroyo juguetón, los pájaros cantores y su hermosa Ruth. Y en su sueño, el corazón de Ysrael se paró. Y al deslizarse de este mundo al siguiente, se encontró tendido sobre los tréboles y entre los brazos de Ruth.

—Mi amor —dijo Ruth—. Te he estado esperando. ¿Por qué has tardado tanto?

Ysrael besó la mejilla joven y suave de Ruth (ya que ambos eran veinteañeros ahora) y advirtió con deleite que olía a limones frescos. Él dijo:

—Oh, amor mío, tuve visita. Por favor, perdóname.

Ella lo abrazó con más fuerza y se acurrucó contra su espeso cabello negro con una risita.

—Por supuesto, mi amor —arrulló—. No lo pienses más.

LOS OTROS COYOTES

Espero que la salida sea alegre,
y espero no volver nunca más.

—Frida Kahlo

Nadie construye muros mejor que yo, créanme

EL GUARDIA sacó gentilmente a Rogelio de la sala de vigilancia. El niño sacudió su cabeza con tanta fuerza que las lágrimas volaron desde sus pestañas hasta golpear el uniforme verde del guardia, formando oscuras manchas —como pétalos— sobre el grueso tejido. Rogelio estaba intentando borrar de su mente la imagen de sus padres, sollozantes y acurrucados. Pero no podía. Y aunque solo estaba en quinto de primaria, era lo bastante inteligente como para saber que nunca podría eliminar el recuerdo de despedirse de sus padres a través del turbio Plexiglás a prueba de balas.

La orden ejecutiva del presidente exponía de manera explícita el diseño de los centros de detención que conectaban con el Gran Muro, y prohibía explícitamente el desembolso de fondos para despedidas más humanitarias. Los niños que pertenecían a Estados Unidos —bien porque hubieran nacido en el país o porque fueran naturalizados de algún otro modo— no tenían más que treinta segundos para ver a sus padres —a través del plexiglás—, que pronto serían deportados. Como el presidente prohibió la instalación de micrófonos y altavoces, las despedidas consistían en silenciosas pantomimas llenas de lágrimas: expresiones de amor gesticuladas con la boca, promesas de buen comportamiento, juramentos de que nunca olvidarían.

Pronto Rogelio y su hermana mayor, Marisol, empacarían sus

escasas pertenencias y serían enviados a vivir con su tía Isabel, en Los Ángeles. Y sus padres estarían con el resto de los progenitores sollozantes en un gran autobús negro que los haría pasar a través de una de las puertas reforzadas del Gran Muro de vuelta a México...sin importar qué país latinoamericano fuera el que llamaran hogar.

El presidente había diseñado este proceso, ¡alabándose a sí mismo por habérsele ocurrido un modo tan limpio, rápido y bello de hacer que AMÉRICA SEA GRANDE OTRA VEZ! Había tuiteado: ¡Solo a un genio muy estable se le ocurriría este sistema tan fantástico! ¡Y México PAGARÁ algún día por mi Gran Muro!

El guardia llevó a Rogelio por delante de los demás niños, que esperaban en dos filas serpenteantes —una para los niños y otra para las niñas, como había decretado el presidente— a lo largo del pasillo hasta la consulta de la enfermería, donde harían una rápida visita antes de volver a las barracas a hacer la maleta. Por encima de los llantos, gritos y risas de los demás niños, Rogelio pudo oír el recurrente audio con la voz del presidente a todo volumen desde los intercomunicadores que veía en el techo: "Construiré un gran muro —y nadie construye muros mejor que yo, créanme— y lo edificaré de un modo muy barato. Construiré un gran, gran muro en nuestra frontera con el sur, y haré que México pague por ese muro. Recuerden mis palabras". La maestra de Rogelio, la señora Becerra, había señalado un día en clase que México aún tenía que pagar por el muro del presidente, el cual costó más de veintiún mil millones de dólares.

Mientras caminaba con el guardia, Rogelio parpadeó para controlar las lágrimas y miró por los grandes ventanales que permitían una vista perfecta al Gran Muro. Enormes focos apuntaban a la pared a intervalos, iluminando al mismo tiempo la fría noche de San Diego. Rogelio pensaba que el muro era algo espantoso y horrendo, aun cuando el presidente había pagado "buen dinero, el mejor de los dineros" a uno de sus seguidores de Twitter más fieles, un constructor de Alabama, para que diseñara las estrafalarias florituras doradas que estaban pintadas a lo largo de los rebordes superior e inferior del muro. Entre los bordes de pintura dorada, el presidente quiso compartir con la gente a ambos lados del Gran Muro los logros de su vida, reproducidos en bajorrelieve, con escenas subtituladas que comenzaban con su infancia (*¡Fui el mejor hijo!*), su educación (*¡Solo los mejores colegios y las notas más altas!*), sus carreras en los negocios y en televisión (*¡Obtuve los mejores índices de audiencia!*), su candidatura a la presidencia (*¡La mayor victoria de la historia!*), su toma de posesión (*¡Muy presidencial!*), y la firma de sus órdenes ejecutivas (*¡Hagamos que América vuelva a ser grande!*).

El presidente vio en Twitter que las escenas en bajorrelieve en el lado mexicano del Gran Muro habían sido vandalizadas de modo obsceno, pero su personal lo convenció de que las fotografías del vandalismo no eran más que noticias falsas diseñadas para avergonzarlo. Y ese ataque a su mayor logro solo confirmaba en la mente del presidente que había estado justificado imponer la ley marcial y suspender las elecciones de 2020 hacía cuatro años. El presidente había visto numerosas encuestas preelectorales que mostraban que él perdería las elecciones generales de un modo aplastante, de lo cual culpó —en un tuit muy tempranero por la mañana— a "¡La Prensa liberal y mentirosa, las falsas encuestas, y la interferencia de los chinos!". No tenía más opción que cancelar las elecciones y ordenar al ejército que mantuviera "la paz". En un incoherente discurso de una hora de duración en horario de máxima audiencia, el 15 de octubre de 2020, el presidente había prometido que una vez que se completara una investigación televisada del Senado sobre las actividades traidoras, levantaría la ley marcial y solo entonces podrían reanudarse unas elecciones libres y justas. Fue fiel a su palabra. La mayoría de las noches, durante los últimos cuatro años, las audiencias del Senado habían sido retransmitidas por Fox, la única cadena de televisión con licencia federal para diseminar las noticias; en dichas audiencias, testigo tras testigo divulgaba con exquisito detalle los complots contra el presidente y contra América. Las audiencias durarían otros dos o tres años, dijo el presidente, pero con el tiempo llegarían a su fin y se lanzaría un informe completo y sin censurar. Eso es lo que el presidente prometió y, ¿quién sino el más asqueroso de los traidores podría cuestionar su sinceridad?

El guardia llevó a Rogelio a otra fila, esta vez delante de la consulta de la enfermería. A diferencia de las colas para despedirse de sus padres, solo había una fila allí, donde niños y niñas podían mezclarse y charlar. El guardia tocó con gentileza el hombro de Rogelio y dijo: "Espera aquí hasta que sea tu turno". El niño asintió y el guardia giró sobre sus talones para volver a la sala de vigilancia a buscar al siguiente niño.

Rogelio vio cómo una niña que sollozaba salía de la enfermería frotándose el antebrazo derecho. Otro guardia la guio hacia las barracas de las niñas. Rogelio suspiró. Se imaginó que los niños estaban siendo obligados a recibir alguna especie de vacuna de refuerzo. Rogelio odiaba las inyecciones, pero le gustaba la palabra "inoculación". La hizo rodar por su mente. Su maestra le había enseñado que todas las palabras tenían orígenes, raíces, en otros idiomas. Francés. Alemán. Latín. ¿De dónde procedía "inoculación"? ¿Y qué pasaba con las primeras palabras? ¿Cómo podían tener raíces esas palabras si nada había existido antes?

Cuando le llegó por fin el turno a Rogelio, un guardia abrió la puerta de la enfermería y le dijo: "Pasa". Rogelio obedeció y entró en la oscurecida habitación, iluminada por una solitaria lámpara sobre una silla de flebotomía. En el momento en el que el guardia cerró la puerta con un fuerte chasquido, el audio del presidente sobre el Gran Muro desapareció, y la habitación quedó envuelta por la canción más hermosa que Rogelio había escuchado jamás. Dos voces femeninas que cantaban en un idioma que no entendía parecían salir de cada rincón de la oscura habitación.

El enfermero estaba a la izquierda de la silla, pasando los dedos por un iPad. A Rogelio le recordó a su primo Mateo, que vivía en Los Ángeles, el único hijo de su tía Isabel, solo que el enfermero tenía el pelo rubio y una barba cuidadosamente recortada. El enfermero dejó de toquetear el iPad de repente y levantó la vista hacia el niño.

—Hermosa canción, ¿verdad? —dijo el enfermero.

El niño asintió.

—Se llama "El dueto de las flores".

El niño volvió a asentir. Se sentía tranquilo por primera vez desde que Seguridad Nacional acorraló a su familia en su casa de Chula Vista hacía dos semanas.

—Es de una ópera llamada *Lakmé*, escrita hace muchos años.

El niño escuchó.

—Aquí, esta parte… es muy hermosa, cuando las dos voces se complementan.

Rogelio asintió con la cabeza.

El enfermero suspiró y volvió a mirar el iPad.

—¿Rogelio Acosta? —pronunció Rogelio como "rouyelio". Rogelio había oído su nombre mutilado tan a menudo que ni se daba cuenta ya. Asintió.

—Enséñame tu chapa de identificación.

Rogelio sacó la chapa del cuello de su camiseta y se la enseñó al enfermero. Este se inclinó hacia delante, entrecerró los ojos, asintió y luego tecleó algo en el iPad.

—Por favor, siéntate.

El niño se dirigió a la silla de flebotomía. Era un artilugio verde, acolchado, que había visto demasiados servicios. El brazo derecho de la silla, colocado en posición baja, estaba rasgado y revelaba el relleno blanco, y el dilapidado asiento había sido testigo de los muchos culos que se habían aposentado incómodos esperando a ser pinchados. El brazo izquierdo de la silla estaba levantado en posición erguida, lo que permitió a Rogelio deslizarse en ella.

—¿Me van a vacunar? —dijo el niño mientras se acomodaba. Intentó lucir valiente, pero su voz se quebrantó, algo que le estaba pasando muy a menudo últimamente. Entonces intentó impresionar al enfermero:

—¿Con una inoculación?

El enfermero soltó una risa ahogada que acabó en un bufido.

—Supongo que podrías llamarlo así —dijo el enfermero mientras tomaba lo que parecía un largo encendedor de chimenea de una mesa que estaba en la penumbra tras él—. Lo vas a sentir como una vacuna. —Usó la otra mano para coger un trozo de algodón. El fuerte olor a alcohol golpeó las fosas nasales de Rogelio.

—Baja el brazo y mantente quieto —dijo el enfermero. Rogelio obedeció. El enfermero limpió con rapidez el antebrazo del niño. El cuerpo entero del niño se tensó.

—Mira al rincón —dijo el enfermero, que indicó con la cabeza un punto por encima y a la izquierda de la cabeza de Rogelio—. Es mejor no mirar. Pasará pronto.

Rogelio obedeció. La música pareció aumentar de volumen y las mujeres le hablaban en un misterioso lenguaje que sentía estar a punto de entender. La oscuridad del rincón llenó sus ojos y la música eliminó todo pensamiento de la mente del niño. Rogelio sintió que el enfermero le cogía la muñeca, oyó un clic, sintió un pequeño pinchazo en su antebrazo, y se acabó.

—Bien hecho —dijo el enfermero—. Ya hemos terminado. Solo deja que ponga un poco de algodón y lo tape con esparadrapo porque sangrará un poco durante las próximas dos horas. —El enfermero trabajaba rápido. Unos segundos más tarde, Rogelio bajó la vista hacia su antebrazo, donde el enfermero había tapado como un experto un trozo de algodón con esparadrapo azul—. Súper fácil —dijo el enfermero—. Puedes irte ahora.

Rogelio se puso de pie. Las voces de las mujeres llegaron a la cúspide de la belleza. No podía moverse.

El enfermero sonrió.

—Asombroso, ¿verdad?

El niño asintió.

—Casi como si Dios estuviera cantando.

Rogelio asintió.

—¿Qué están diciendo? —susurró.

El enfermero se encogió de hombros.

—Ni idea. Pero, ¿importa en realidad?

Antes de que Rogelio pudiera contestar, la música terminó y un fuerte golpe en la puerta los sacó de su mutuo ensimismamiento. Cuando la puerta se abrió, el audio del presidente invadió la habitación ("Nadie construye los muros mejor que yo, créanme"), y un guardia diferente metió la cabeza en la sala. Una chica adolescente estaba en silencio junto al guardia, esperando a que le dieran permiso para entrar.

—Hora de irse —dijo el enfermero.

El niño asintió y caminó hacia la puerta despacio.

A mí la muerte me pela los dientes

EL GRAN AUTOBÚS NEGRO se mecía por la autopista I-5 en dirección a Los Ángeles. Una hora antes se había abierto camino desde el aparcamiento de seis niveles en la base del Gran Muro hasta la entrada de la autopista. Rogelio apoyaba la cabeza en el hombro de Marisol. Su hermana roncaba suavemente. Se sentía seguro con ella. Los cuarenta y dos niños en el autobús hacían poco ruido a excepción de ronquidos exhaustos, sollozos amortiguados, susurros aterrorizados. La conductora del autobús había apagado las luces del interior antes de salir del aparcamiento, y explicó a través del sistema intercomunicador que tardarían varias horas en llegar a Los Ángeles y "depositar" a los niños en sus nuevos hogares designados. Dijo que los niños debían disfrutar de la caja de aperitivos que habían dejado en cada asiento: agua embotellada, una bolsa de pretzels, una manzana, un caramelo de menta. No era mucho, pero sus nuevas familias los alimentarían, de eso estaba segura. Mientras tanto, debían disfrutar de ese alimento gratis y muy excelente, cortesía del presidente, y luego debían intentar dormir un poco. La mayoría de los niños se comió los aperitivos bien rápido y luego se quedaron dormidos. Con las luces apagadas, pocos podían ahuyentar la brutal fatiga que los envolvía como secuela de las despedidas de sus padres.

El ritmo de la autopista y las sombras viajeras que se movían por el interior del autobús reconfortaban a Rogelio. Antes de caer en un inevitable sueño, el niño recordó el dicho favorito de su padre cuando las cosas se ponían difíciles: A mí la muerte me pela los dientes. El niño se preguntaba cuándo había oído a su padre decirlo por primera vez. ¿Por qué la muerte le pelaría los dientes a alguien? Y, ¿podían siquiera pelarse los dientes? Pero ahora, al rendirse al sueño, Rogelio creía que finalmente comprendía el viejo dicho mexicano.

—¡Marisol y Rogelio Acosta!

Los ojos de Rogelio se abrieron de golpe cuando la conductora del autobús dijo sus nombres por el altavoz. Su hermana ya estaba cerrando su mochila. Rogelio se imaginaba que Marisol debía haber estado despierta, leyendo un libro con su miniluz de lectura. A su hermana le encantaba leer poesía, novelas, relatos cortos. Y por eso a Marisol le iba tan bien en la secundaria, como decía su madre a menudo. El amor por los libros llevaría al éxito en la vida, aseguraba su madre. Rogelio prefería entretenerse con videojuegos cuando no podía salir a jugar al baloncesto o al fútbol. Pero esperaba que algún día le gustase leer libros tanto como a su hermana, y quizás entonces obtendría mejores notas.

—Hemos llegado —susurró Marisol—. A la casa de la tía Isabel.

Rogelio miró por la ventana y vio a su tía de pie en el camino de acceso a su casa. Se parecía mucho a su madre aunque tía Isabel era ocho años mayor que su hermana, Alma. De hecho, hubo un tiempo —cuando Alma tenía veintialgo e Isabel acababa de cumplir los treinta— en el que muchos que las conocían pensaban que las hermanas eran gemelas idénticas. Algunas veces, en reuniones familiares, tanto en Chula Vista con Alma y su familia como allí en Los Ángeles con Isabel y la suya, las hermanas confundían deliberadamente a los vecinos que habían sido invitados para celebrar.

A pesar de los doscientos kilómetros de distancia entre Los Ángeles y Chula Vista, las familias de las hermanas permanecieron unidas. De hecho, Rogelio conocía a su tía Isabel muy bien porque la había entrevistado para un proyecto de historia oral el año anterior. Él había aprendido que, con la astuta y cara ayuda de un coyote, Isabel y su ahora fallecida madre, la abuelita Belén, habían entrado en los Estados Unidos siete años antes de que la bebé Alma y su padre pudieran hacerlo. Y por ese simple accidente, la tía y la abuela de Rogelio se convirtieron en ciudadanas de Estados Unidos gracias a la Ley de Control y la Reforma de Inmigración de 1986 del gobierno del presidente Reagan. A la tía Isabel le fue muy bien en los estudios, se licenció en administración de empresas en la Universidad Estatal de San Diego, y luego consiguió su primer trabajo en Los Ángeles, en la recepción del hotel Double Tree del centro. Ahora la tía Isabel era la gestora de ingresos hoteleros en el Courtyard Marriott cerca del aeropuerto de Los Ángeles. A sus cincuenta años, parecía más joven; su edad real solo era revelada por un mechón de pelo blanco que iba desde su frente y que se peinaba hacia atrás sobre el resto de su cabello negro. Las mujeres de esa rama de la familia conservaban su juventud, decía a menudo Alejandro, el padre de Rogelio. Buena piel, gran cabello, bonitos dientes. Alma siempre añadía que también eran inteligentes.

Sí, la tía Isabel gozaba de buena salud, pero su fallecido marido, el tío Manny, que sufrió de diabetes del tipo 2 durante años, sobrevivió a tres apoplejías antes de que un ataque al corazón se lo llevara el día de navidad de 2016. El padre de Rogelio dijo que fueron realmente las elecciones las que mataron a Manny, pero Rogelio no podía imaginar cómo unas elecciones, incluso *esas* en concreto, podían provocar que un corazón se parase.

Unos años después de que Manny muriera, el hijo de tía

Isabel, Mateo, vino desde Sacramento, donde había obtenido un máster en literatura inglesa en la UC-Davis. No quería que su madre estuviera sola y podía encontrar con facilidad un trabajo como profesor en un instituto de Los Ángeles. Mateo no necesitaba mucho para vivir, solo lo suficiente para vestirse y alimentarse mientras trabajaba en una novela. Se mudó a la casita que estaba en el gran patio trasero y que la abuelita Belén había disfrutado como su refugio. Pero había estado vacía desde su muerte, así que de muchas formas era la solución perfecta. Mateo se ahorraba el dinero de un alquiler y ayudaba a su madre a ahuyentar la tristeza y la pérdida. Encontró rápido un trabajo en la escuela secundaria Cathedral High School. "No es un gran salario, pero es suficiente para mantener el cuerpo y el alma juntos —le gustaba decir a Mateo—, mientras escribo la Gran Novela Americana". Pero su madre sabía que había sacrificado la vida plena que había vivido en Sacramento para librarla de la soledad de la viudez. Mateo era su único hijo; aunque era joven cuando lo tuvo, Isabel no pudo volver a concebir. "Calidad, no cantidad —bromeaba Mateo cada vez que su madre se deprimía por no poder darle al menos un hermano. Y añadía—: Y de ese modo te tengo toda para mí.

Rogelio y Marisol bajaron del autobús. La noche se había vuelto muy fría. Los grillos cantaban con fuerza. Su tía Isabel abrió los brazos ampliamente y dijo: "Vengan aquí, mis niños".

Rogelio y Marisol se habían asentado en una rutina cómoda, si no del todo normal, en el mes que llevaban viviendo sus nuevas vidas con la tía Isabel y Mateo. La casa, construida en 1933 en la zona noreste de Los Ángeles, estaba a solo nueve kilómetros del centro, en una parte conocida como Glassell Park, cerca de Eagle Rock, Highland Park, y Mount Washington. Estas comunidades habían sufrido una agresiva gentrificación durante los últimos quince años, y el modesto hogar de ciento treinta y cinco metros cuadrados de la tía Isabel ahora costaba más de un millón de dólares, según las páginas inmobiliarias Zillow y Redfin. Pero Isabel nunca la vendería. Ella y su fallecido esposo habían trabajado duro para ahorrar el precio de la cuota inicial cuando estaban recién casados, y la casa albergaba demasiados recuerdos. Y ahora que sus sobrinos vivían con ella, Isabel necesitaba la casa más que nunca. Había convertido el estudio de su casa con estructura de madera en el dormitorio que había sido cuando Mateo era pequeño. Isabel lo amuebló con robustas literas, dos cómodas y dos pequeños escritorios que había comprado en Ikea. Sabía que nunca podría reemplazar a los padres de Rogelio y Marisol, pero al menos podía hacer que su hogar fuera lo más cómodo posible.

Marisol se inscribió en su último año de la secundaria en la Academia de Aprendizaje Sotomayor en North San Fernando Road, a poca distancia en coche. Rogelio se apuntó en la misma escuela, pero en el programa de secundaria. Como se había identificado en el formulario de inscripción como uno de los niños reubicados, el colegio le garantizó una dispensa que le permitía entrar en sexto antes de tiempo para estar en el mismo centro que su hermana. "Pequeños gestos de amabilidad", había dicho su tía cuando aprobaron la dispensa. Cada mañana, Mateo llevaba a sus primos al colegio y luego se dirigía a su trabajo como profesor en la secundaria Cathedral. Los niños entonces se quedaban en el campus haciendo tareas o asistiendo a reuniones extraescolares hasta las seis y media de la tarde, cuando Isabel conducía hacia el campus y los recogía para cenar. Estructura. Actividades. Casi normalidad.

Y parte de esa normalidad era su videollamada semanal —controlada y aprobada por el gobierno— con sus padres. Cada domingo por la noche, Isabel instalaba su computadora portátil en la mesa de la cocina para Rogelio y Marisol, pinchaba en el enlace aprobado por Seguridad Nacional, tecleaba la contraseña y el código de su familia, y se conectaban con su hermana y su cuñado, que estaban a dos mil quinientos kilómetros de distancia en un pequeño apartamento en Ocotlán, Jalisco, su pueblo natal a unos doscientos cuarenta kilómetros al sureste de Guadalajara. Se les permitían quince minutos cada semana para mirarse y compartir tantas noticias sobre sí mismos como pudieran conseguir en ese espacio de tiempo tan corto. Como las llamadas telefónicas y las conexiones a internet con todos los países de Latinoamérica habían sido bloqueadas por Seguridad Nacional bajo la Orden Ejecutiva 9066, se veían obligados a saborear cada uno de esos minutos. Al final de las videollamadas, la madre de Rogelio siempre rompía a llorar, y su padre intentaba valientemente reconfortarla mientras derramaban libremente sus lágrimas. Lo único que mantenía a sus padres cuerdos era saber que los niños estaban en manos seguras y que claramente estaban prosperando a pesar del dolor de la separación. Y esa era la nueva normalidad: padres en la pantalla de un computador, quince minutos a la semana.

ROGELIO tenía sus sospechas con Marisol.

Al principio pensó que había soñado lo que estaba pasando. Pero una noche, cuando los brillantes números del despertador marcaban las 11:02 de la noche, Rogelio se obligó a mantenerse despierto mientras fingía dormir —con ronquidos falsos y todo— mientras esperaba en su lugar en la litera de arriba. Marisol susurró: "¿Estás despierto?". El niño no contestó. Al cabo de un minuto, Marisol se levantó despacio de la cama. Incluso en la penumbra, Rogelio podía ver que su hermana estaba completamente vestida con una sudadera y pantalones vaqueros. Se puso un par de zapatillas, cogió su mochila y abrió la ventana con presteza. Tras unos segundos estaba fuera, de pie sobre los macizos de flores. Marisol cerró la ventana y se fue.

Rogelio parpadeó con incredulidad. Oyó un auto arrancar —pensó que sonaba como el destartalado Honda Civic de Mateo, que siempre estaba aparcado delante de la casa— y luego una puerta abrirse y cerrarse, seguido por el sonido del motor acelerando para luego perderse calle abajo. Cuando los últimos sonidos del vehículo desaparecieron, la fatiga se apoderó de Rogelio y sus falsos ronquidos se convirtieron pronto en realidad. Su último pensamiento fue que se enfrentaría a Marisol y a Mateo por la mañana, mientras iban al colegio. Rogelio sentía que no tenía más remedio que averiguar la verdad. No le gustaba que le mintieran.

Los caminos de la vida

—SUBE EL VOLUMEN —dijo Marisol, aunque podía haber alargado la mano desde el asiento del copiloto y haberlo hecho ella misma.

Pero Mateo obedeció y pulsó el control del volumen situado en el volante. Marisol movía la cabeza al ritmo de la canción. Rogelio pensaba que era gracioso que su hermana hubiera tomado la costumbre de explorar la amplia colección de CDs (discos compactos) de su tía. Muy pasada de moda. Por suerte, el antiguo Honda de Mateo tenía su reproductor de CDs original, de modo que Marisol podía llevar su música en el trayecto hacia la escuela. Lila Downs se había convertido en el ídolo musical de Marisol esa semana. El español de Rogelio no era tan bueno como el de su hermana, así que se esforzó por comprender la letra de "Los caminos de la vida." Al poco rato se rindió y recordó la tarea que tenía entre manos.

—¿A dónde fuiste anoche? —preguntó Rogelio. Mantuvo sus ojos clavados en la nuca de su hermana, que dejó de mover la cabeza al oír la pregunta. Marisol se volteó hacia Mateo como en busca de consejo, pero él mantuvo sus ojos en la carretera, pendiente de los niños que caminaban hacia el colegio y que cruzaban la calle.

—¿Están saliendo juntos?

—¡Oh, qué asco!

—No, chico —dijo Mateo—. No saldría con mi prima, y ciertamente no salgo con niñas de diecisiete años. ¿Quieres que vaya a la cárcel o algo así?

Entonces Marisol dijo:

—Mira, estábamos esperando para contártelo —y clavó los ojos en Mateo, que asintió en aprobación para que continuase.

—¿Para contarme qué?

Marisol giró el cuerpo para poder mirar a su hermano.

—Vamos a unas reuniones —comenzó a decir.

—¿Qué tipo de reuniones?

—Son reuniones de planificación —dijo Mateo.

—Y nosotros vamos como voluntarios después de las reuniones —añadió Marisol.

—¿Para qué? —dijo Rogelio. Su cuerpo estaba inmóvil, su voz bajo control. Quería la verdad.

—Son reuniones de Los otros coyotes —dijo Marisol con la mirada fija en su hermano—. Ayudan a que las familias separadas se reúnan.

—¿Dónde hacen esas...reuniones y el voluntariado?

—Tienen una oficina en el centro, en el edificio Bradbury —dijo Mateo—. Fingen que son organizadores de eventos. Ya sabes, eventos especiales como bodas, quinceañeras y fiestas de jubilación.

Rogelio conocía el edificio Bradbury por esa vieja película, *Blade Runner*. Marisol, que se autoproclamaba como friki de la ciencia-ficción, había hecho que su hermano viera esa película con ella tres veces, aunque ella creía que la novela de Philip K. Dick en la que se basaba la película era muy superior. El edificio de oficinas de cinco plantas, más conocido por su asombroso atrio con claraboya, escaleras de mármol, pasillos enlosados y ascensores de hierro forjado, había sido un enclave de referencia casi desde el momento en que abrió sus puertas en 1893. Con estremecimiento, Rogelio recordó la espeluznante escena en la que Harrison Ford, blandiendo su arma, se abre camino por el ensombrecido, frío y ruinoso atrio en busca de un androide renegado. *¿Ahí* es a donde se escabullen Marisol y Mateo cada noche?

Marisol vio la confusión en el rostro de su hermano.

—El Bradbury está lleno de negocios y despachos de abogados —dijo—. No se parece en nada a lo que ves en *Blade Runner*.

Rogelio apreció la explicación de su hermana. Ahora podía pasar a la siguiente pregunta.

—¿Podemos reunirnos. . .con mamá y papá?

Marisol miró de nuevo a Mateo en busca de apoyo, pero su primo mantuvo los ojos en la carretera. Ella volvió a girarse hacia Rogelio.

—¿Quieres hacerlo? —dijo ella.

Rogelio parpadeó. Las lágrimas llenaban sus ojos. Asintió.

—De acuerdo —dijo Marisol—. Bien.

Mateo incorporó el coche a la fila donde se dejaba a los alumnos y dijo:

—Hemos llegado. Hablaremos esta noche.

Rogelio volvió a asentir.

—Sí —dijo al fin—. Esta noche.

El Señor es contigo

TRAS LA CENA de esa noche, la tía Isabel conectó su computadora portátil en la mesa de la cocina para pagar las facturas. Marisol y Mateo decidieron que era el momento perfecto para salir de la casa y llevar a Rogelio al edificio Bradbury.

—Tía —comenzó a decir Marisol cuando Rogelio le dio el

último plato para secar—. Mateo dijo que nos iba a llevar a Rogelio y a mí a tomar un helado en el Grand Central Market. Isabel tenía la vista clavada en su pantalla, asintió con la cabeza, y dijo:

—Bueno...

—Es viernes, así que no hay clases mañana —añadió Marisol.

—De acuerdo, supongo —dijo Isabel.

Marisol continuó:

—¿Quieres que te traigamos algo? McConnell's tiene tu helado favorito, de doble chispas de mantequilla de cacahuete.

—No, gracias —dijo su tía sin levantar la mirada, pero revelando una pizca de tentación—. Estoy ganando demasiado peso. Pásenlo bien. Necesito terminar con las facturas.

Marisol hizo un gesto con la cabeza hacia su hermano. Rogelio sonrió. Apreciaba cómo conspiraba su hermana.

MATEO CONDUCÍA SU HONDA por Broadway, pasando por Chinatown. La noche era cálida y las calles bullían con gente que disfrutaba del buen clima. Pero, a lo largo de ellas, había docenas de tiendas de campaña y estructuras improvisadas con lonas multicolores: los hogares de las personas que no podían permitirse un apartamento. Los felices peatones se abrían camino rodeando esos alojamientos improvisados sin detenerse.

Marisol rebuscó entre los discos de su tía, encontró lo que quería, lo metió en el reproductor y "La cumbia del mole" comenzó a sonar. Aún seguía con su obsesión por Lila Downs. A Rogelio le gustaba esa canción —a decir verdad, prefería la versión en inglés que salió más tarde en CD— pero quería que su hermana y su primo le explicaran el siguiente paso.

—Cuéntenme —dijo desde el asiento trasero—. ¿Cómo hacemos para ver a mamá y a papá?

Marisol bajó el volumen de la música y se volteó hacia atrás para mirar a su hermano.

—Tenemos que hacer voluntariado esta noche de todos modos, así que podemos ir temprano y presentarte a ellos.

—¿A ellos?

—Vivaporú —dijo Mateo, mirando a los ojos de Rogelio por el espejo retrovisor.

Rogelio parpadeó.

—¿Vivaporú?

Marisol asintió.

—Así es como mamá pronuncia Vicks VapoRub —dijo Rogelio—. Ya sabes, por su acento. —Cerró los ojos e intentó recordar el tacto de la cálida mano de su madre mientras le frotaba el ungüento por el pecho cada vez que se resfriaba. Ella susurraba el "Avemaría" mientras aplicaba despacio el Vicks en el estrecho pecho de su hijo. Casi podía oír su voz: "Ave María, llena eres de gracia, el Señor es contigo . . ." Rogelio abrió los ojos, que ahora estaban húmedos. Volvió a decir—: ¿Vivaporú?

—Ese es el nombre con el que se los conoce —dijo Mateo.

—¿Los? —dijo Rogelio—. ¿A cuántas personas voy a conocer?

—Solo a una —dijo Marisol—. Pero el nombre que usa es Vivaporú, ¿de acuerdo?

—De acuerdo —dijo Rogelio, que seguía sintiéndose confuso, pero no presionó.

—Estacionaremos en la estructura de Spring Street y luego cruzaremos el patio para entrar en el Bradbury por la entrada trasera —dijo Mateo—. Es más seguro así.

—De acuerdo —dijo Rogelio—. Bueno. Y cuéntenme sobre Los otros coyotes.

—Te hemos contado todo lo que deberíamos por ahora —dijo Mateo.

—Vivaporú te explicará —añadió Marisol—. Sé paciente.

Rogelio asintió. El niño sabía que no le quedaba más opción que esperar.

LOS TRES tomaron el ascensor que bajaba desde la séptima planta del Broadway Spring Center, un gran aparcamiento en Spring Street.

—Cruzamos por aquí —dijo Marisol cuando salieron.

Rogelio miró al otro lado del patio hacia el edificio de ladrillo rojo que señalaba su hermana. A lo largo del camino había una extensa pared gris que se parecía al tipo de línea cronológica inversa que él y sus compañeros de aula hacían para su clase de historia. Mientras caminaban, levantó la vista hacia la primera sección del muro que tenía el año 1900 cincelado encima de las palabras "Los Ángeles llora y venera a Grandma Mason".

—Biddy Mason vivió justo aquí después de la Guerra Civil

—dijo Marisol. Se detuvieron frente a una réplica de una fotografía de la ex esclava—. Ella dirigió la primera guardería en su casa y fundó la Primera Iglesia Metodista Episcopal Africana de la ciudad en su casa también.

—Vaya —dijo Rogelio.

Se pusieron en marcha de nuevo, pero despacio, para poder leer las leyendas de la pared.

—Ella nació como esclava en Georgia —dijo Marisol—. Sus dueños eran una familia mormona. Pero cuando la familia se mudó al sur de California, ella pidió su libertad porque California había entrado en la Unión como estado libre en 1850.

—Te refieres a cuando la Alta California le fue robada a México —añadió Mateo.

—¿Qué pasó? —dijo Rogelio.

—Ella ganó —dijeron Marisol y Mateo al unísono. Y se rieron—: ¡Chispas!

Mientras leían las entradas en la línea cronológica de la pared, Rogelio aprendió que, tras ganar su libertad, Biddy Mason trabajó como enfermera y partera, ayudando a nacer a cientos de bebés durante su carrera. También fue una de las primeras mujeres afroamericanas en poseer tierras en Los Ángeles. Biddy Mason se convirtió en una empresaria de éxito que compartía su riqueza con obras benéficas. Hablaba español fluido, fue muy querida, e incluso cenó en alguna ocasión en el hogar de Pío Pico, el último gobernador de la Alta California. Llegaron al final de la línea cronológica inversa con el año 1810 y las palabras "Biddy Mason nació esclava". Rogelio se estremeció, pero no supo por qué.

—Subimos por estas escaleras —dijo Mateo. Subieron diez peldaños de cemento. Mateo abrió una de las grandes puertas de madera y cristal, y entraron al Edificio Bradbury. Mientras recorrían el pasillo, Rogelio no quedó impresionado por lo que vio. Sí, el piso era hermoso con su mármol italiano y sus baldosas mexicanas —algo que Marisol señaló con orgullo como si ella misma hubiera diseñado el edificio—, pero no se parecía en nada a lo que conocía por *Blade Runner*. Giraron, bajaron unos escalones y, entonces, entraron en el magnífico atrio. ¡Ah! ¡Esto sí!

—Es una puta maravilla, ¿eh? —dijo Mateo. Marisol le dio un codazo a su primo.

—¿Qué? —dijo Mateo—. Sospecho que él ya ha usado esa palabra.

Rogelio se ruborizó pero le gustaba que Mateo lo tratase como a un igual.

—Bueno, de acuerdo —dijo Marisol—. Ahora subamos con Los otros coyotes. Vamos por las escaleras.

Rogelio no podía ocultar su asombro. El Bradbury era un edificio de oficinas en pleno funcionamiento y, aunque había pasado la hora de la cena, los inquilinos —y algunos turistas que se maravillaban y tomaban fotos— se paseaban por allí. En la segunda planta pasaron por varias grandes puertas cuyas ventanas de cristal biselado tenían pintados los nombres de diferentes empresas y bufetes de abogados, como "Charoepong, Eskandari, & Lundgren LLP", "Toma + Van Gelderen Conceptos Arquitectónicos" y "Diseños Pletcher & Jones". Finalmente llegaron a una puerta con el nombre "Los otros coyotes: Organizadores de fiestas". Bajo el letrero había un dibujo que parecía un grabado en madera que mostraba a tres coyotes aullándole a la luna llena. Marisol pulsó un pequeño botón y esperaron. Tras unos instantes, un joven delgado abrió la puerta. Le sonrió a Marisol. Ella le devolvió la sonrisa. El joven dijo: "Pasen".

Entraron. Rogelio observó a unas doce personas jóvenes en escritorios que les permitían trabajar de pie. Estos tecleaban en computadoras portátiles, sus rostros estaban iluminados por las pantallas, casi todos con auriculares, escuchando sus bandas musicales preferidas. Al fondo de la habitación, una gran mesa estaba cargada con refrescos, agua embotellada, platos de fruta, jarras de café, platillos y vasos de papel. A la izquierda de la mesa había otra puerta con el nombre Vivaporú pintado sobre ella con letras en negrita.

Se acercaron a la puerta y Marisol llamó.

—Adelante —dijo una voz que era la más hermosa que Rogelio había oído jamás.

Marisol abrió la puerta, besó a Rogelio en la frente, y dijo: "No tengas miedo". Él asintió y entró en la oscura habitación mientras Marisol cerraba la puerta tras su hermano. Rogelio se volteó y posó su mirada en una figura que estaba sentada en un sillón de cuero verde muy grande delante de un antiguo escritorio de madera. Una lámpara de latón al borde del escritorio ofrecía la única iluminación en la sala. Siete u ocho libros en español e inglés estaban amontonados justo bajo la lámpara. Rogelio pudo discernir los títulos en cuatro de los lomos: *Under the Feet of Jesus*, *La metamorfosis*, *The Children of Willesden Lane*, y *La hija de la chuparrosa*. La figura alzó la mirada puesta en un gran libro de contabilidad. Rogelio levantó la vista de los títulos de los libros y notó por primera vez que, a diferencia de la oficina principal, ninguna computadora adornaba esta habitación. Y en lugar de auriculares, la persona frente al niño tenía un tocadiscos sobre un aparador justo detrás del gran sillón; las palabras "amor supremo" se repetían desde dos grandes altavoces. La figura alargó el brazo hacia atrás y bajó la música hasta que fue solo un susurro.

—Siéntate, por favor —dijo Vivaporú con un gesto hacia una de las dos sillas para invitados que estaban situadas en ángulo delante del escritorio.

Rogelio se sentó mientras Vivaporú se ponía en pie y miraba al niño desde arriba. Rogelio nunca había visto una persona tan perfecta en su vida. Vivaporú vestía un traje de tres piezas en blanco luminoso, acentuado por una llamativa camisa verde, con el cuello bien abierto sobre las grandes solapas del traje. Los lóbulos de las orejas de Vivaporú estaban estirados con grandes expansores dorados acentuados por un gran colgante dorado —Rogelio pensaba que era un perro o algún otro animal— que colgaba de una gruesa cadena alrededor de su largo cuello musculoso. El lustroso cabello negro de Vivaporú iba peinado con una pulcra raya en el medio y caía hasta sus hombros. Debía de medir al menos un metro ochenta o algo así, con las proporciones esbeltas de una persona que practicara ballet. Los ojos castaños de Vivaporú casi nunca parpadeaban y su suave piel morena relucía. Señaló el libro de contabilidad mientras mantenía sus ojos clavados en el chico.

—Rogelio Acosta —dijo Vivaporú, no como una pregunta sino como confirmando un dato. Rogelio recordó cómo el enfermero en el centro de detención había dicho su nombre antes de comprobar la chapa identificativa del niño. Pero donde el enfermero había escupido una versión mutilada de su nombre, Vivaporú dijo "Rogelio Acosta" de un modo casi musical, pronunciado suavemente en español, como si el niño fuera una melodía que debía ser compartida con una audiencia invisible. La voz de Vivaporú le recordaba a Rogelio un sonido que había oído una vez mientras hacía senderismo por Mother Miguel Trailhead con su padre, un año antes de la separación en el Gran Muro: el hermoso canto de un pájaro que llenaba la mente del niño con pensamientos sobre su hogar allá en Chula Vista.

—Sí —dijo Rogelio—. Ese soy yo.

—Tu hermana me cuenta que quieres volver a estar con tus padres —dijo Vivaporú—. ¿Es eso cierto?

—Sí —dijo Rogelio—. Es cierto.

—Están en una ciudad segura. Segura para los niños. Eso lo sabemos.

Rogelio escuchaba en silencio.

—Enséñame tu antebrazo derecho —dijo Vivaporú. El niño se sintió confuso al principio, pero luego se dio cuenta de que Vivaporú quería mirar el lugar de la inoculación. Rogelio se subió la manga y se lo enseñó a Vivaporú. La piel había sanado, dejando solo una pequeña y brillante cicatriz cuadrada.

—¿Sabes lo que es? —dijo Vivaporú.

—Mi inoculación.

Vivaporú soltó una gentil y melodiosa risa.

—No —dijo Vivaporú—, es un microchip.

De repente, una gata blanca y negra saltó sobre el regazo del niño. Ronroneaba como loca y se puso cómoda. Rogelio sonrió y acarició al felino.

—Su nombre es Sophie —dijo Vivaporú.

—Me gusta Sophie.

—Tú le gustas a Sophie.

Rogelio sacó su brazo derecho de debajo de Sophie y volvió a mostrarle la cicatriz a Vivaporú.

—¿Por qué me pusieron un microchip? —dijo.

Vivaporú se inclinó hacia delante.

—Para que Seguridad Nacional pueda rastrearte y saber que sigues en los Estados Unidos.

—¿Por qué?

—Pues porque nos necesitan tanto como nos odian —dijo Vivaporú con un fuerte suspiro—. El país desea gente joven que crezca y luego trabaje en empleos que necesitan ser cubiertos. ¿Entiendes? Todo tipo de trabajos, desde conserjes hasta ingenieros. La población blanca está envejeciendo, no... ¿cómo se dice? ... no se está reproduciendo tan rápido como nosotros. Demasiados trabajos y no suficiente gente.

—Yo quiero estar con mis padres.

—Por supuesto —dijo Vivaporú—. Pero no sé si eso es posible.

El niño se sentó más erguido.

—Usted dijo que era seguro.

Vivaporú negó con la cabeza.

—No, niño, dije que tus padres están en una ciudad segura. Eso es un dato diferente.

—¿Qué quiere decir?

—Es un viaje peligroso —dijo Vivaporú—. Los niños han sido capturados por Seguridad Nacional antes de que pudieran volver al otro lado.

—¿Y qué les sucede?

—Pues que los envían lejos, a lugares como Kansas y Nebraska, o incluso Dakota del Sur. Se convierten en... ¿cómo se dice? ... niños de acogida, los ponen con familias que no son de su sangre.

—¡No me importa!

—No, eso es demasiado arriesgado.

—¡Necesito estar con mis padres!

Vivaporú suspiró, se giró, se acercó al tocadiscos, y aumentó el volumen. Vivaporú cerró los ojos y se meció lentamente al ritmo del jazz. Rogelio se quedó sentado en silencio unos minutos. Le caían lágrimas por su rostro. La canción terminó. Vivaporú apagó la música y se volteó para mirar al chico.

—La respuesta debería ser no —dijo.

El niño contuvo el aliento.

—Pues el primer paso será quitar ese microchip.

Rogelio se enjugó las lágrimas del rostro, sonrió y se incorporó en su asiento.

—¿Sí? —dijo el niño.

—Sí.

Entonces Rogelio se puso serio al mirar su antebrazo.

—Pero el gobierno sabrá que me lo he quitado —dijo.

Vivaporú se echó a reír.

—¡Qué inteligente eres! —Vivaporú caminó alrededor del

escritorio hacia el chico y levantó a Sophie con suavidad del regazo de Rogelio—. Mi hermosa gata se convertirá en ti.

—¿Qué?

—Normalmente usamos mascotas rescatadas. He estado reservando a Sophie para una persona especial, y ya tenemos una aquí: ¡tú!

Rogelio se movió en su asiento. Estaba intentando seguir lo que Vivaporú estaba diciendo.

Vivaporú devolvió a Sophie al regazo del niño, se sentó en la otra silla, cruzó sus largas piernas, y se inclinó hacia Rogelio.

—Una vez hemos identificado a un niño que quiere estar con sus padres, contactamos a los padres hackeando el sistema de Seguridad Nacional —comenzó Vivaporú—. Tu hermana ya está en contacto con tus padres porque ella trabaja con nosotros. Eso es lo que esos hermosos jóvenes están haciendo en la oficina principal. ¿Entiendes? Pues primero retiramos el microchip de los niños y los colocamos en un perro o un gato. De ese modo el gobierno cree que el chip sigue estando de este lado del Gran Muro, aun cuando los niños están siendo transportados de vuelta con sus padres al otro lado. Es como una versión al revés de. . . ¿cómo se dice? . . . una red clandestina.

Rogelio asintió. Su clase había estudiado el Ferrocarril Clandestino el año anterior, cuando trataron el tema sobre la esclavitud. Pensó en Biddy Mason, que no había necesitado usar una ruta de escape secreta porque había tenido éxito al solicitar su libertad en California.

—¿Cómo volveré a México?

Vivaporú respiró hondo y sonrió.

—En el vientre de la bestia.

—¿Qué?

—Esos grandes autobuses negros que llevan a los padres a través del Gran Muro hacia México, como el que se llevó a los tuyos. ¿Entiendes? Hemos identificado a varios conductores simpatizantes, así como guardias que se han vuelto aún más empáticos con una pequeña mordida. . . ¿cómo se dice? . . . con un soborno. Y nosotros no te cobramos. Recibimos dinero de muchas iglesias, mezquitas, sinagogas y templos de todo tipo.

Rogelio asintió.

—Y, ¿qué pasa con mi hermana?

—Pues, ella ha decidido quedarse aquí por ahora. Marisol es una de nuestras mejores hackers y se ha convertido en miembro invaluable de nuestro equipo. Ella es brillante. Y tiene excelentes ideas para la Reconquista.

—¿La qué?

—No es importante —dijo Vivaporú—. En este momento la cuestión es: ¿Quieres reunirte con tus padres aunque sea arriesgado?

—Sí —dijo Rogelio tras pensarlo un momento—. Póngale mi microchip a Sophie y métame en el vientre de la bestia.

Vivaporú aplaudió y se levantó.

—Tu hermana les avisará a tus padres y te preparará.

En el vientre de la bestia

DESPUÉS DE QUE MATEO Y MARISOL hubieron terminado su turno de dos horas en Los otros coyotes, llevaron a Rogelio a un lugar llamado Tina's Café, a dos manzanas del edificio Bradbury. Caminaron en silencio, la fría brisa de la noche comenzaba a hacerse sentir. En la trastienda de lo que, por otra parte, era una cafetería normal, un hombre retiró el microchip del brazo del niño y lo colocó en un tubo de desinfectante para su posterior implantación en Sophie. El lento descenso del chip en el líquido azul hipnotizó a Rogelio. La retirada del microchip le dolió al niño más de lo que había esperado, pero se alegraba de no tenerlo ya dentro de él.

Mientras conducían por Chinatown de vuelta a casa, Marisol le explicó el plan. Ella contactaría a sus padres por la mañana para que pudieran comenzar su viaje desde Ocotlán hasta Tijuana. En una semana, antes del alba, Rogelio y un pequeño grupo de otros niños serían recogidos por un autobús escolar a unas cuadras de sus hogares. Parecería como un autobús cualquiera que llevara a los niños a la escuela pero, en vez de libros y carpetas, los niños habían recibido instrucciones de llevar en sus mochilas varias mudas de ropa, un neceser, agua, algo de comer y todo lo que necesitaran para el viaje. A unos dos kilómetros del gran estacionamiento donde estaban aparcados los autobuses negros, los niños serían trasladados a una furgoneta de las que usa Seguridad Nacional, y desde allí serían llevados a un autobús negro en particular, cuyo compartimiento para el equipaje —el vientre de la bestia— estaría esperando su joven cargamento. Se pagarían sobornos a cada paso. Una vez el autobús atravesara el Gran Muro hacia Tijuana, si todo iba bien, los padres de los niños los estarían esperando para llevarlos de vuelta a sus hogares. Muchos de los padres, que habían vivido en lugares como Guatemala, El Salvador u Honduras, habían recibido asilo por parte del gobierno mexicano para que sus hijos pudieran instalarse con ellos en sus nuevos hogares en México. Marisol no se lo contaría a su tía hasta que Rogelio estuviera a salvo con sus padres. Su tía Isabel se disgustaría, de eso no había duda, pero era el único modo.

EL VIENTRE DE LA BESTIA ESTABA CALIENTE. El autobús negro se balanceaba mientras bajaba los tres niveles hacia la puerta de salida en la base del Gran Muro. Incluso con el traqueteo del motor del autobús, Rogelio podía distinguir el audio del presidente que reproducían en el centro de detención y en el aparcamiento: "Construiré un gran, gran muro en nuestra frontera con el sur, y haré que México pague por ese muro".

Rogelio y otros cinco niños estaban acurrucados en la oscuridad. Dos de ellos gimoteaban en voz queda. El destartalado equipaje y las bolsas de los adultos que viajaban arriba hacía que el pequeño espacio pareciera aún más reducido, como una tumba antigua. Rogelio iba sentado en un rincón, abrazado a su mochila. Se obligó a no llorar. Ya había llorado demasiado. Estaba harto de lágrimas. Pronto estaría en Tijuana. Pronto abrazaría a su padre y a su madre. Y tras varias semanas de vivir en México con sus padres, Rogelio contactaría a su hermana para averiguar más sobre eso que Vivaporú llamó la Reconquista. Esa era la promesa que se hizo el niño a sí mismo. Y él siempre cumplía sus promesas.

El autobús se detuvo de repente con una sacudida. Rogelio oyó gritos en español y en inglés. Contuvo el aliento y los demás niños gimotearon con más fuerza. ¿Qué estaba pasando? Rogelio pudo oír coches que tocaban el claxon y pasaban a toda velocidad junto al autobús. Entonces oyó pasos en la gravilla del arcén de la autopista. Más gritos, tanto de hombres como de mujeres. Discusiones, malas palabras. . .ambos idiomas se mezclaban en una sola conmoción cacofónica. Luego silencio, adultos susurrando, un chasquido y el deslizado del mecanismo de apertura que mantenía a los niños en el vientre de la bestia. De repente luz, tres, quizás cuatro linternas que apuntaban a los niños. Y entonces Rogelio —cegado por las linternas— oyó a una mujer gritar: "¡Oh, Dios mío!".

EL CHICANO QUE HAY EN TI

La primera vez que Javier Zambrano lo experimentó tenía cuatro años. JFK había sido asesinado la semana anterior y el país aún continuaba sumido en el luto; los católicos romanos como la familia de Javier sufrían esta violenta pérdida más que el resto.

Javier se quedó quieto y observó en silencio cómo un gato callejero tricolor se abría camino con cuidado entre las suculentas que alineaban la valla del patio trasero de su abuelita. El cielo de Los Ángeles estaba despejado excepto por unas nubes débiles; la temperatura del mediodía ya había alcanzado los treinta grados aun con el sol bajo, el mismo que calentaba la espalda del niño a través de su favorita camiseta verde desteñida. El gato, sintiendo de repente la presencia de Javier, se detuvo, mantuvo su pata delantera izquierda en el aire sobre el nivelado césped, y clavó sus ojos en el niño. Javier sonrió, preguntándose cómo sería deslizarse —con tanto control de cada pata— entre las plantas de su abuelita.

Y entonces sucedió.

Javier parpadeó. El sol poniente, ahora en su línea de visión, hacía que la larga sombra de una figura sobresaliera hacia él. ¿Quién era ese? Un niño, como él. Vestía la misma camiseta verde descolorida que él. Javier volvió a parpadear y se dio cuenta de que estaba mucho más cerca del suelo que antes. Bajó la mirada y vio una pata blanca y anaranjada posada firmemente en el suelo, la otra levantada delante de él, congelada a mitad de un paso. Javier levantó la vista y se reconoció a sí mismo en el niño. Una húmeda espuma de miedo lo cubrió y cerró los ojos con tanta fuerza como pudo. Cuando los abrió unos instantes más tarde, su línea de visión había vuelto a donde estaba, con el sol a su espalda, y estaba mirando al gato tricolor.

Con el paso de los años, Javier aprendió gradualmente a

ejercer control sobre su habilidad, pero ese control estaba lejos de ser perfecto. Primero aprendió que no podía entrar en una persona, o animal, a la que conociera demasiado bien. Demasiada conexión parecía bloquear su habilidad, aunque bien es cierto que lo había intentado. . . especialmente cuando su padre le pegaba. Segundo, Javier no podía usar su habilidad más de una vez al año, e incluso entonces solo si todo encajaba a la perfección. Tercero, cuando estaba dentro de otra persona o animal, retenía algo de control mientras disfrutaba de la particular destreza, conocimiento y experiencia de su anfitrión. Y, quizás lo más importante, Javier descubrió que podía permanecer dentro de otro ser por meses, cada vez, mientras que el auténtico Javier continuaba con su vida de un modo normal.

Conforme pasaban las décadas, Javier se volvió más cauto con los objetivos que elegía, puliendo su habilidad como si se preparara para un gran objetivo, un final que alteraría la historia. Había aprendido, mientras iba a la universidad, que podía usar su habilidad no solo con personas a las que conocía o veía desde lejos, sino también con aquellos a los que se encontraba solo por televisión, radio o revistas. Otra lección que Javier aprendió: nunca podía usar su habilidad contra un objetivo con la intención de causar daño, para obtener una ventaja egoísta sobre los demás, o para saciar deseos carnales. Eso no quita que no lo intentara; Javier no era más perfecto que usted o que yo. Pero una vez conoció las restricciones de su habilidad, apuntó a permanecer dentro de esos límites, sintiéndose un poco castigado y bastante avergonzado por sus fracasos como persona.

De modo que, a lo largo de las décadas, Javier fue a la universidad, se casó y se divorció rápidamente antes de los veinticinco años de edad, luego se casó con Celia Norte veinte años más tarde. Celia tenía la custodia total de dos niños adolescentes que tuvo en un matrimonio anterior. Javier tuvo varios trabajos hasta que se decidió por una cómoda carrera en el departamento de permisos de obra de la ciudad, lo cual —combinado con el salario de Celia como asistente legal en un gran bufete de abogados— les permitió comprar una encantadora casa de estilo Craftsman de 1923 al noreste del centro de la ciudad. Eso hacía que sus viajes al trabajo estuvieran dentro de lo razonable mientras los chicos asistían a la escuela secundaria Loyola.

Pero mantuvo su habilidad en secreto. No se lo contó a su querida Celia...ni a nadie más, para el caso. A lo largo de los años, antes y después de casarse, Javier había experimentado muchas cosas increíbles: atravesar volando el cielo de Los Ángeles con alas y en la cabina de un Cessna Skycatcher; dar dos conferencias de un curso titulado "Los imaginarios oceánicos: Literatura postcolonial" a alumnos de grado en la UCLA...a pesar de haberse licenciado en Económicas en la universidad; dirigir la Adagio Symphony No. 10 de Mahler, en el Walt Disney Concert Hall; fabricar productos con delgadas planchas de metal que al final se convertían en canalones para la lluvia, letreros de exterior, y conductos para la calefacción y el aire acondicionado; asistir al parto de tres bebés en un día.

Su esposa nunca sospechó que él poseyera esa habilidad especial. Por supuesto, ¿cómo iba a sospecharlo? Pero Celia estaba particularmente impresionada por el preciso y ecléctico conocimiento de Javier sobre aviones, música, literatura, planchas de metal y medicina, por nombrar solo unos cuantos de los muchos temas interesantes sobre los que él podía opinar. Se había casado con un erudito, un sabio a veces distraído de buen corazón.

Y Javier se acostumbró a su habilidad y se imaginó que sería algo que utilizaría hasta su muerte. Pero una noche se dio cuenta de que su habilidad tenía un propósito más allá de la superación personal y la diversidad experimental.

Javier y Celia yacían en la cama mientras las cabezas parlantes de la televisión gesticulaban de un modo casi desorientado. Cuando los asombrados comentaristas dijeron Pensilvania, Celia no pudo seguir viéndolo; se había quedado dormida sollozando, con el rostro parcialmente oculto en la almohada. Javier seguía mirando fijamente la pantalla. Celia había predicho que eso podía suceder, que podía ver el impulso, pero hasta este momento Javier había creído con optimismo que Estados Unidos de América nunca, nunca recompensaría a semejante hombre con su mayor premio. Después de todo, este era un hombre que había basado su candidatura en la promesa de construir un gran muro para mantener a los mexicanos —criminales y violadores, por usar sus palabras— fuera de Estados Unidos. Gente como la ya fallecida abuelita de Javier, una de las personas más amables que había conocido. ¡No! No mientras Javier viviera. Nunca. Nunca jamás.

Y cuando las cadenas televisivas dijeron Wisconsin, otorgándole al hombre suficientes votos del colegio electoral para convertirse en el cuadragésimo quinto presidente, Javier supo la identidad de su próximo objetivo. Esta sería la mayor prueba para su habilidad especial. Requeriría control, fuerza de voluntad, una resignada aceptación de que estaría lejos de su familia durante cuatro o incluso ocho años. Pero Javier tenía que hacerlo. No tenía opción. Sería la única oportunidad heroica de Javier para conseguir que Estados Unidos de América fuera grande de nuevo.

PERMISOS Y FUENTES—AGRADECIMIENTOS

Las historias de este libro aparecieron previamente, en su forma original, en las siguientes publicaciones:

"How to Date a Flying Mexican": Publicada por primera vez en *Exquisite Corpse* (2008). De *The Book of Want: A Novel* (The University of Arizona Press, Tucson, AZ, 2011). © 2008 Daniel A. Olivas. Reimpresa con permiso de The University of Arizona Press.

"After the Revolution": Publicada por primera vez en *Margin* (2005). De *Anywhere but L.A.: Stories* (Bilingual Press/Editorial Bilingüe, Arizona State University, Tempe, AZ, 2009). © 2009 Bilingual Press/Editorial Bilingüe. Reimpresa con permiso de Bilingual Press/Editorial Bilingüe.

"Elizondo Returns Home": Publicada por primera vez en *Fourth & Sycamore* (2015). De *The King of Lighting Fixtures: Stories* (The University of Arizona Press, Tucson, AZ, 2017). © 2015 Daniel A. Olivas. Reimpresa con permiso de The University of Arizona Press.

"Good Things Happen at Tina's Café": Publicada por primera vez en *LA Fiction Anthology: Southland Stories by Southland Writers* (Red Hen Press, 2016). De *The King of Lighting Fixtures: Stories* (The University of Arizona Press, Tucson, AZ, 2017). © 2016 Daniel A. Olivas. Reimpresa con permiso de The University of Arizona Press.

"Don de la Cruz and the Devil of Malibu": Publicada por primera vez en *Exquisite Corpse* (2000). De *Devil Talk: Stories* (Bilingual Press/Editorial Bilingüe, Arizona State University, Tempe, AZ, 2004). © 2004 Bilingual Press/Editorial Bilingüe. Reimpresa con permiso de Bilingual Press/Editorial Bilingüe.

"Señor Sánchez": Publicada por primera vez en *Nemeton: A Fables Anthology* (Silver Lake Publishing, 2000). De *Devil Talk: Stories* (Bilingual Press/Editorial Bilingüe, Arizona State University, Tempe, AZ, 2004). © 2004 Bilingual Press/Editorial Bilingüe. Reimpresa con permiso de Bilingual Press/Editorial Bilingüe.

"Driving to Ventura": Publicada por primera vez en *OutCarar Ink* (2001). De *Assumption and Other Stories* (Bilingual Press/Editorial Bilingüe, Arizona State University, Tempe, AZ, 2003). © 2003 Bilingual Press/Editorial Bilingüe. Reimpresa con permiso de Bilingual Press/Editorial Bilingüe.

"Franz Kafka in Fresno": Publicada por primera vez en *LatinoLA* (2009). De *Anywhere but L.A.: Stories* (Bilingual Press/Editorial Bilingüe, Arizona State University, Tempe, AZ, 2009). © 2009 Bilingual Press/Editorial Bilingüe. Reimpresa con permiso de Bilingual Press/Editorial Bilingüe.

"The Fabricator": De *Anywhere but L.A.: Stories* (Bilingual Press/Editorial Bilingüe, Arizona State University, Tempe, AZ, 2009). © 2009 Bilingual Press/ Editorial Bilingüe. Reimpresa con permiso de Bilingual Press/Editorial Bilingüe.

"Eurt": Publicada por primera vez en *The Paumanok Review* (2000). De *Devil Talk: Stories* (Bilingual Press/Editorial Bilingüe, Arizona State University, Tempe, AZ, 2004). © 2004 Bilingual Press/Editorial Bilingüe. Reimpresa con permiso de Bilingual Press/Editorial Bilingüe.

"The Fox": Publicada por primera vez en *Octavo* (1999). De *Devil Talk: Stories* (Bilingual Press/Editorial Bilingüe, Arizona State University, Tempe, AZ, 2004). © 2004 Bilingual Press/Editorial Bilingüe. Reimpresa con permiso de Bilingual Press/Editorial Bilingüe.

"Belén": Publicada por primera vez en *New Madrid* (2008). De *The Book of Want: A Novel* (The University of Arizona Press, Tucson, AZ, 2011). © 2008 Daniel A. Olivas. Reimpresa con permiso de The University of Arizona Press.

"The Horned Toad": Publicada por primera vez en *Fables* (1999). De *Devil Talk: Stories* (Bilingual Press/Editorial Bilingüe, Arizona State University, Tempe, AZ, 2004). © 2004 Bilingual Press/Editorial Bilingüe. Reimpresa con permiso de Bilingual Press/Editorial Bilingüe.

"Chock-Chock": Publicada por primera vez en *Del Sol Review* (2005). De *Anywhere but L.A.: Stories* (Bilingual Press/Editorial Bilingüe, Arizona State University, Tempe, AZ, 2009). © 2009 Bilingual Press/Editorial Bilingüe. Reimpresa con permiso de Bilingual Press/Editorial Bilingüe.

"The Plumed Serpent of Los Angeles": Publicada por primera vez en *Southern Cross Review* (1999). De *Devil Talk: Stories* (Bilingual Press/Editorial Bilingüe, Arizona State University, Tempe, AZ, 2004). © 2004 Bilingual Press/Editorial Bilingüe. Reimpresa con permiso de Bilingual Press/Editorial Bilingüe.

"La Queenie": De *Anywhere but L.A.: Stories* (Bilingual Press/Editorial Bilingüe, Arizona State University, Tempe, AZ, 2009). © 2009 Bilingual Press/Editorial Bilingüe. Reimpresa con permiso de Bilingual Press/Editorial Bilingüe.

"Devil Talk": Publicada por primera vez en *Facets Magazine* (2001). De *Devil Talk: Stories* (Bilingual Press/Editorial Bilingüe, Arizona State University, Tempe, AZ, 2004). © 2004 Bilingual Press/Editorial Bilingüe. Reimpresa con permiso de Bilingual Press/Editorial Bilingüe.

"Los Otros Coyotes": Publicada por primera vez en *Both Caras: An Anthology of Border Noir* (Agora Books, 2020). © 2020 Daniel A. Olivas. Reimpresa con permiso del autor.

"The Chicano in You": Publicada por primera vez en *Roanoke Review* (2020). © 2020 Daniel A. Olivas. Reimpresa con permiso del autor.

ACERCA DEL AUTOR

DANIEL A. OLIVAS, nieto de inmigrantes mexicanos, nació y se crio cerca del centro de Los Ángeles. Es autor galardonado de diez libros de ficción, no-ficción, obras de teatro y poesía, incluidos *The King of Lighting Fixtures: Stories*, *Crossing the Border: Collected Poems*, y *Things We Do Not Talk About: Exploring Latino/a Literature Through Essays and Interviews*. Su trabajo ha sido recogido en múltiples antologías, y ha escrito sobre cultura y literatura para el *New York Times*, *Los Angeles Review of Books*, *BOMB*, *Jewish Journal*, *High Country News* y *Guardian*. Olivas es también un dramaturgo cuyo trabajo ha sido producido en lecturas y para la escena por Playwrights' Arena, Circle X Theatre Company, y The Road Theatre Company. Escribe con regularidad para *La Bloga*, una página web dedicada a la literatura y las artes Latinx. Olivas recibió su licenciatura en literatura inglesa en la Universidad de Stanford y su titulación en derecho en la UCLA.